IL PREZZO

IL PREZZO

HIGHLANDS: OLTRE IL VELO DEL TEMPO
LIBRO DUE

KIM SAKWA

Traduzione di
ELISA BRUNO, LITERARY QUEENS

Taggart
Press

IL PREZZO

CAPITOLO 1

Ai giorni nostri

Maggie Sinclair fissava gli occhi luminosi della creatura vivente più vecchia che avesse mai visto. Cercava l'indizio di pericolo o di una minaccia, oppure un segno che la rassicurasse. La donna, molto simile alla famosa strega che offrì una mela avvelenata a una certa principessa, piegò verso di lei un dito lungo e nodoso e le fece cenno di avvicinarsi. Un brivido percorse la schiena di Maggie mentre la stanza divenne stranamente silenziosa. Una nebbiolina grigia si alzò dalle vecchie assi del pavimento fino a raggiungere l'altezza del tavolo, dove si fermò, aleggiando intorno alle due donne.

Era inquietante e, senza dubbio, di natura ultraterrena. Da quando aveva varcato la soglia di quella casa, si era chiesta più volte in cosa mai si fosse cacciata.

Giravano un sacco di voci sulla vecchia strega. *Quella* vecchia strega. Voci sulle previsioni che aveva fatto e che poi si erano rivelate vere. E decisamente accurate. Maggie non aveva mai creduto nei sensitivi o nei medium, ma non si era neanche mai sentita così disperata.

In passato, era sempre riuscita a trovare prove attendibili che, in un modo o nell'altro, avevano influenzato le sue decisioni. Era abituata a considerare e a seguire la logica e le prove tangibili. Tuttavia, aveva anche imparato a fidarsi del suo intuito. E non aveva mai avuto bisogno, e neanche il desiderio, di indagare l'occulto. Non aveva avuto dunque, l'occasione per rifletterci più di tanto. Ora, però, era diverso.

All'inizio di quella stessa giornata, quando Celeste, la giovane che avrebbe dovuto diventare la sua futura cognata, le aveva suggerito di recarsi proprio in quel luogo, non aveva battuto ciglio.

Aveva afferrato le sue mani, annuendo con fervore e sorprendendo persino sé stessa per la sua improvvisa fiducia nelle capacità della strega. Certo, voleva entrare in contatto con Derek. Anzi, voleva molto di più. Voleva riaverlo indietro.

Punto.

Due minuti dopo, aveva afferrato una mazzetta di banconote dalla cassaforte per poi trascinare la quasi cognata fuori dalla porta.

Arrivate davanti a uno strano cottage con un vialetto di ciottoli, Maggie sentì un nodo in gola. Dall'espressione del viso di Celeste, anche lei provava la stessa sensazione.

Camminarono mano nella mano lungo il vialetto ricoperto di muschio e salirono i gradini di legno scricchiolante. La porta si aprì prima che mettessero piede sul porticato, spaventandole entrambe.

Nell'ingresso buio videro una donna dalla schiena curva, con un velo avvolto intorno alla testa e drappeggiato sulle spalle che le copriva il collo e gran parte dei lineamenti. Le fece cenno di entrare.

Temendo di perdere il coraggio se avesse guardato Celeste, Maggie fece un passo avanti ancor prima di pensare a quello che stava facendo.

Dopo essersi seduta di fronte alla mistica creatura che viveva in Crabapple Lane, l'ironia della situazione le sembrò evidente. Crabapple, la mela selvatica. Il frutto velenoso per la principessa. La strega.

In un attimo, Maggie cominciò a credere.

I suoi occhi sfrecciarono a destra, verso Celeste, seduta in un angolo. Ormai era troppo tardi per tornare indietro. Nonostante l'aria nervosa, Celeste le fece un cenno veloce. Tradotto: *sono terrorizzata anch'io, ma facciamolo*. Era tutto l'incoraggiamento di cui Maggie aveva bisogno. Si avvicinò, concentrò il suo sguardo sulla donna dagli occhi luminosi e inclinò la testa in segno di accettazione.

«C'è un prezzo da pagare per quello che cerchi, bambina» spiegò la strega in tono serio.

Maggie aveva già deciso di accettare, a meno di non ottenere il ritorno dalla morte del fidanzato violento e terrificante di Nicole Kidman in *Amori & incantesimi*. Sapeva di non essere ragionevole, ma il dolore ti fa compiere azioni irrazionali. Ora Maggie l'aveva capito.

«Non mi interessa» rispose, misurando le parole e stringendo gli occhi con determinazione. Voleva riavere l'amore della sua vita.

Il volto rugoso dell'anziana donna fremette. Maggie non riuscì a capire se fosse per l'eccitazione o per il disprezzo. Nei suoi occhi incandescenti, qualcosa di inquietante la fece rabbrividire di nuovo e deglutire con forza. *Smettila. Non fare la bambina.*

Preoccupata che la donna cambiasse idea, Maggie estrasse la fotografia di Derek dalla tasca anteriore della camicia di flanella che indossava, uno dei capi appartenuti a lui, e la appoggiò sul tavolo di legno.

La foto era una delle sue preferite, scattata durante una partita di baseball. Derek sembrava l'immagine della salute e della forma fisica, con i capelli arruffati dal vento e un luccichio giocoso negli occhi azzurri. Facendo attenzione a non rovinarla o sporcarla più di quanto non lo fosse già, Maggie la stese sul legno del tavolo spostandola in avanti fino a posizionarla tra di loro. Poi spinse le banconote verso la vecchia. Celeste non le aveva detto quanto avrebbe chiesto la donna. Non esisteva una tariffa speciale del tipo "riporta in vita il mio fidanzato morto", quindi Maggie aveva portato con sé uno dei mazzetti di emergenza dalla sua cassaforte.

Derek era tutto ciò che aveva. Era stato la sua roccia fin dal primo giorno in cui si erano incontrati alle scuole superiori, quasi dieci anni prima. Il ragazzo che giocava a football sperando in una borsa di studio, era diventato tutto per lei. Dal momento in cui le si era seduto di fronte, nel centro multimediale dove lei faceva da tutor, tra di loro era nata una connessione immediata. Da quel giorno lui si era dedicato a proteggerla. E poco dopo, lei e Celeste erano diventate quasi come sorelle. Forse anche di più. Erano diventati tutti e tre una famiglia. Non nel modo in cui gli adolescenti creano le loro unioni. Il loro era diventato un legame duraturo. Rimasto tale e quale fino all'università e all'età adulta. Come se fossero sempre stati destinati a incontrarsi e a stare insieme.

Maggie avrebbe fatto qualsiasi cosa, *qualsiasi cosa* pur di riaverlo con sé. L'ultimo mese era stato il peggiore della sua vita.

L'anziana donna strinse gli occhi e sfiorò pensierosa la pila di denaro.

Quando Maggie tornò a guardare Celeste, la vide rabbrividire. Come se lo sguardo della vecchia strega avesse un impatto fisico su di lei. Celeste rispose con occhi spalancati: *forse dovremmo andarcene da qui*. Ma Maggie non si mosse. Puntò il suo sguardo su Celeste con aria determinata. L'amica annuì, prima a lei e poi alla vecchia.

Accantonate le titubanze, l'anziana signora prese la foto di Derek e la fece scivolare sotto la scollatura del vestito, appoggiandola contro il seno. Per un istante Maggie avvertì un'ondata di panico e per poco non allungò la mano per chiedergliela indietro, terrorizzata al pensiero di non rivederla mai più. Invece, fece un respiro profondo, ricordando a sé stessa che era così che doveva andare. Poi osservò la donna zoppicare sulle vecchie gambe e dirigersi verso una credenza, dove iniziò ad armeggiare con un piccolo scrigno.

Lo portò sul tavolo, spazzolò via la polvere con le mani e aprì il coperchio. Cominciò a borbottare tra sé e sé mentre ne toccava il contenuto. Finalmente, gli occhi della strega si posarono su quelli di Maggie, poi estrasse una specie di libro mastro rilegato in pelle dall'aspetto antico. Le sue mani sfiorarono la copertina con riverenza per poi aprirlo e sfogliare con cura gli spessi fogli di pergamena. Quindi si fermò, indicando una riga in cima alla pagina e iniziò a leggerla ad alta voce.

«A un clan delle Highlands lui è legato» gracchiò. La sua voce era calma ma potente. Maggie l'ascoltò rapita. «In un'epoca diversa... no... no... non è questa». Poi, all'improvviso, così come aveva iniziato a leggere, la strega si fermò, mettendo da parte il libro. Maggie era spaventata e confusa, ma pensò che, se la magia esisteva davvero, allora doveva essere imprevedibile.

Stava per chiederle cosa fosse successo quando l'anziana donna borbottò. «Un medico, un detective e un...»

Maggie rimase a bocca aperta pensando stupita all'inizio di una di quelle stupide barzellette "un prete, un pastore e un rabbino", fu allora che la strega si fermò, guardandola con attenzione. *Un momento*! Improvvisamente, Maggie si rese conto che era proprio *lei* la barzelletta. In effetti era la detective di uno dei più importanti uffici investigativi del Paese. Si era impegnata molto per arrivare a quel punto, utilizzando in parte le borse di studio al college e studiando sodo alla facoltà di legge. Tutto il suo duro lavoro era stato ripagato. A meno che la strega non si riferisse a Derek, perché anche lui era, o era stato, si corresse, un detective. Ma allora chi era il medico? Maggie era perplessa. Stava cercando di intuire un significato che non esisteva? Impossibile saperlo.

La vecchia strega ricominciò a trafficare con il contenuto dello scrigno, questa volta estraendo una serie di piccoli oggetti decorativi e Maggie si sporse in avanti per guardare meglio. Erano grosse pietre o gioielli di vario tipo, forma e colore. La donna ne ispezionò alcuni con calma, prima che uno in particolare attirasse la sua attenzione. Sussultando, spalancò gli occhi e reagì con sorpresa al tocco di una bellissima pietra blu, prima di alzare nuovamente lo sguardo verso Maggie. Lentamente, prese la sua mano e Maggie si stupì di quanto quella della vecchia fosse calda, le sue erano gelate fino alle ossa. Ma la mano della donna emanava calore.

Un calore intenso.

«Ricorda, bambina, sei stata tu a chiederlo» disse. Senza dare a Maggie un momento per reagire, le girò la mano e le mise sul palmo il gioiello che aveva estratto dallo scrigno. Il grosso zaffiro era caldo, qualità strana per una pietra preziosa e per un attimo brillò come gli occhi dell'anziana donna.

«Ora, vai» ordinò. Chiuse le dita di Maggie intorno al gioiello, poi si alzò e afferrò le banconote. «Il tempo ci dirà il resto».

«Aspetta!» esclamò Maggie, stringendo in mano la pietra mentre la donna si avviava verso il retro della casa. «Cosa dovrei farne?»

L'anziana donna si voltò verso di lei. «Non lasciarla andare».

CAPITOLO 2

Scozia, 1428

Callum O'Roarke sistemò con cura il tartan che ricopriva la bara di sua moglie. Soddisfatto del risultato, ne stese sopra uno più piccolo. Un elemento di protezione dal significato simbolico per la donna che aveva sposato quasi un anno prima e un po' anche per il loro bambino mai nato.

Non era stato in grado di proteggerli in vita. Il minimo che potesse fare era offrire loro un po' di protezione, per quanto inadeguata e oramai poco tempestiva. Chinò il capo, pregando che Dio li accogliesse, quando una mano pesante gli strinse la spalla in un abbraccio fraterno.

Callum si voltò e scambiò uno sguardo addolorato con l'amico.

«È ora, Callum».

La voce di Greylen era come una fonte di tranquillità nelle acque instabili che stava attraversando. Negli ultimi giorni, Callum si era sentito smarrito e insicuro. Insicuro su cosa fare. Era grato a coloro che lo circondavano e sapevano come agire. Non che non avesse mai seppellito uno dei suoi cari. L'aveva già fatto. Suo padre. Sua madre. Solo che ora sembrava tutto diverso. Era diverso. *Sapeva cosa doveva* fare, ma *detestava* doverlo fare. *Sapeva* che era giunto il momento. Semplicemente non era pronto. Non era neanche sicuro che qualcuno potesse essere pronto.

Mai.

Almeno non per quello.

Fece un cenno all'amico e poi al sacerdote del villaggio. Le porte della fortezza si aprirono e Callum fu accolto da un boato rauco.

Era giusto così, anche lui era arrabbiato.

Sua moglie, incinta del loro bambino, si era recata ad aiutare la madre. Poiché l'autunno era ormai alle porte e presto avrebbe ceduto il passo all'inverno, lui era già partito per occuparsi di alcune questioni urgenti. Se fosse stato a casa quando era giunta la notizia sulla madre di Fiona, l'avrebbe accompagnata lui stesso.

Invece, il cavallo era tornato da solo quella stessa sera e avevano ritrovato il corpo della moglie solo la mattina seguente. Callum non sapeva esattamente come mai era stata disarcionata, ma la donna non era sopravvissuta alla caduta.

Ora stavano portando la bara contenente la moglie e il loro bambino mai nato in una processione lunga e lenta verso la tomba di famiglia, in cima a una collina ondulata che dominava le loro terre. Li avrebbero sepolti accanto a sua madre. Lei avrebbe fatto in modo che Fiona e il loro bambino attraversassero serenamente quelle che lui sperava fossero le porte immacolate del Paradiso.

Callum non era affatto religioso. Non che *non* credesse. Semplicemente, viveva la sua vita dando per scontati Dio e la religione. Credeva in Dio, certo. Tuttavia, si era accorto di avere tempo per Lui solo quando aveva bisogno della fede per sopravvivere. Strano, ora che ci pensava. Se un uomo, un guerriero come lui, non era considerato un debole nel cercare l'onnipotente quando era in difficoltà, non sarebbe stato meglio per quello stesso uomo cercare l'aiuto divino in qualsiasi momento? Valeva la pena rifletterci.

Rientrato alla fortezza, tutto ciò che Callum avrebbe voluto fare era restare da solo, ma le persone continuavano a girargli intorno. Greylen e sua moglie Gwen, Gavin, Darach, Aidan e Ronan in particolare. Erano tutti arrivati per consolarlo pochi giorni dopo la morte di Fiona. Uomini che erano per lui compagni, o più propriamente fratelli, perché sembravano fatti della stessa pasta. Avevano tutti sofferto molto per la sua perdita. Anche Gwen, che ora singhiozzava tra le sue braccia. Nonostante il poco tempo che avevano passato insieme, lei e Fiona erano diventate subito amiche. Lo sfogo di Gwen aveva aiutato Callum a liberarsi dell'angoscia che si era tenuto dentro, quel dolore che altrimenti avrebbe cercato in tutti i modi di ignorare. Ma in quel momento desiderava che tutti se ne andassero.

Guardò Greylen dall'altra parte della stanza, che annuì in segno di comprensione. Non erano poi così tante persone. Ma erano *lì*. E lui non poteva buttarle fuori tutte. Non voleva farlo. La maggior parte viveva a ore, se non a giorni, di distanza. Voleva solo un po' di solitudine, tutto qui.

Con l'approvazione di Greylen, Callum si girò per andare di sopra, dove rimase finalmente da solo. Andò prima nella stanza del bambino, fermandosi al centro. Un tempo quel luogo lo riempiva di gioia e di speranza. Ora si chiedeva cosa avrebbe dovuto fare con tutti quegli oggetti. I vestiti e le coperte che Fiona aveva faticosamente cucito negli ultimi mesi, le novità in cui si era imbattuto durante i viaggi e, naturalmente, i cimeli di famiglia tramandati di generazione in generazione. Fece lo stesso nella sua camera. Prese in considerazione tutti gli effetti personali di Fiona. Era difficile e doloroso vedere i segni e le tracce della presenza di sua moglie ovunque posasse il suo sguardo. Come poteva vivere in quelle condizioni così difficili? E *perché*? Callum non sapeva se doveva pensare a quegli oggetti personali come a un ricordo di ciò che aveva perso o come a qualcosa da cui trarre conforto.

Forse, tra qualche settimana o il mese successivo, li avrebbe sistemati in una delle camere che occupavano i piani superiori. O forse li avrebbe aggiunti a una delle stanze dell'ala occupata da sua madre. Era ancora piena delle sue cose. Callum aveva pensato che forse, col tempo, Fiona avrebbe rammendato alcuni degli abiti di sua madre per adattarli a sé stessa. O che forse un giorno sarebbe toccato alla loro figlia, se ne avessero avuta una. Ora, invece, sembrava che nessuno avrebbe mai potuto utilizzare i tesori lasciati da sua madre.

Quella notte prese il cavallo e attraversò l'unico luogo in cui percepiva un minimo di pace. La terra di Dunhill. Cavalcò per chilometri, fermandosi in cima a una scogliera che si affacciava sul mare, dove rimase a fissare il cielo buio pieno di stelle luminose.

L'ira lo consumava e, in un impeto di rabbia, agitò la spada come per minacciare Dio stesso. Era furioso che proprio a *lui*, un uomo buono, fosse stato inferto un colpo così terribile. Urlò a Dio, ma la sua ira si placò pochi istanti dopo, quando un branco di lupi si unì a lui e iniziò a ululare. Un tuono crepitò sopra la sua testa, seguito un attimo dopo da un fulmine.

La tempesta era vicina.

Spalancando gli occhi, Callum colse l'ironia della situazione con un misto di stupore e orrore. Era lì a lamentarsi con Dio perché ciò che gli era accaduto non era giusto. Rivoleva indietro sua moglie e il suo bambino. E Dio l'aveva ascoltato! Dio l'aveva ascoltato e gli aveva permesso di ricongiungersi a sua moglie e al suo bambino.

Fu questo il suo ultimo pensiero quando un fulmine colpì la punta della sua lama. La spada si illuminò mentre una travolgente energia la percorreva in tutta la sua lunghezza... e poi lo avvolse completamente.

CAPITOLO 3

2 anni dopo

Maggie si strinse addosso il mantello e lo allacciò in vita con una cintura. Dopo aver sistemato i suoi pochi oggetti sulla cassapanca contro il muro, aveva dato un'occhiata agli *altri* effetti personali (quelli che aveva "portato" con sé ma che non erano di dominio pubblico), e poi si era preparata il letto.

Si inginocchiò per poter toccare la spada, *una vera spada*, che aveva scoperto attaccata alla struttura del suo vecchio letto e ora era legata a questo, quando sentì la presenza di sorella Cateline sulla soglia.

Maggie aveva avuto qualche difficoltà a pronunciare il suo nome appena arrivata. «Kat-e-*leen*» ripeteva a sé stessa, anche adesso, forzando la pronuncia francese del suo accento americano. La sorella sorrise e Maggie si sentì abbracciare da un'ondata di calore. Durante il periodo trascorso in quel luogo aveva imparato ad amare suor Cateline.

Maggie non era estranea agli ambienti religiosi, dopotutto alla morte di sua madre, era stata accolta dal pastore e dalla sua famiglia. I Michael avevano due bambine che frequentavano la scuola elementare, ed erano sempre molto impegnati con i vari compiti da svolgere tra la chiesa, i parrocchiani e il servizio alla comunità. Una benedizione, pensò Maggie. Essere catapultata nella mischia, proprio nel momento in cui sentiva di aver più bisogno di distrarsi, l'aveva aiutata a tenersi occupata e concentrata. Aveva quattordici anni e per fortuna non era stata costretta a cambiare scuola. La prima superiore era stata dura per lei, ma era riuscita a superarla mantenendo anche i voti alti.

Per quanto Maggie riuscisse a ricordare, c'erano state solo lei e sua madre... fino a quando era rimasta solo Maggie. Non aveva mai conosciuto suo padre e nessuno le aveva mai parlato di lui. Era semplicemente fuori dai giochi.

Sua madre lavorava sodo, aveva un cuore immenso e cercava sempre di fare del suo meglio in ogni cosa, e secondo Maggie era bravissima come genitore single. La sua perseveranza era uno dei tratti che ammirava di più. Era anche stata molto attiva nella loro comunità, soprattutto al centro sociale e in chiesa. Era stata proprio la presenza dell'intera comunità ad aver consentito a Maggie di non sentirsi sola. Non le mancava mai nulla.

Sebbene vivere nell'abbazia fosse diverso dal vivere nella casa del pastore e dal passare del tempo in chiesa, l'ordine e i rituali che quel tipo di vita comportava non erano poi così diversi.

Ma viaggiare nel tempo per arrivare fin lì? Beh, quella era tutta un'altra storia.

Da diciotto mesi, Maggie viveva in Scozia con le suore dell'abbazia di Brackish.

Diciotto *lunghi* mesi.

Considerando le circostanze in cui era arrivata in quell'epoca, si riteneva fortunata ad averle trovate, e ne era ancora convinta, nonostante l'iperprotettività di suor Cateline. Dopotutto, era stata catapultata, senza tante cerimonie, per secoli nel passato e con sé aveva ben pochi e strani oggetti personali. Non possedeva altro.

Suor Cateline aveva dato un'occhiata al suo aspetto trasandato e alla spada che Maggie portava con sé, e aveva intuito quanto fosse nei guai. L'aveva accolta nel loro piccolo convento, trascurando ogni strana evidenza, come ad esempio il suo abbigliamento del ventunesimo secolo e il telefono cellulare che Maggie continuava ad agitarle davanti alla faccia, frustrata perché non funzionava.

E Maggie ringraziava Dio ogni giorno che le suore avessero subito intuito che lei non rappresentava una minaccia in nessun modo. Anzi, aveva indiscutibilmente bisogno di loro. Era un vero disastro. Quando si era chiusa nel suo silenzio cercando di elaborare ciò che le era accaduto in quelle prime settimane, aveva ricevuto compassione e comprensione. In effetti, tutte le sorelle erano gentili e materne.

Nonostante sembrasse che la vita continuasse ad abbatterla, ogni volta Maggie si ritrovava al sicuro e protetta.

Tuttavia, ora le suore l'avrebbero mandata al nord, in una nuova casa definitiva. Maggie non era entusiasta di lasciare la sicurezza di quella che era diventata la sua residenza, lì, in quel secolo. Infatti, ogni volta che suor Cateline tirava fuori l'argomento, cosa che aveva fatto quasi fin dal loro primo incontro, Maggie la pregava di cambiare idea.

Lì c'era un posto per lei, e aveva sempre cercato di rendersi utile. Ad esempio, durante le prime settimane, anche quando Maggie era chiusa in sé stessa, ragionando sul *come* era andata tutta quella storia, aveva passato lo straccio continuando a elaborare ogni spiegazione plausibile di ciò che le era successo. Aveva cucito, o diciamo che aveva provato a farlo, sfruttando la parte più analitica del suo cervello e accettando tutto ciò che la circondava. Sbattendo i tappeti, a un certo punto, aveva smesso di negare la realtà e aveva accettato come *dato di fatto* di essere rimasta bloccata nel quindicesimo secolo.

Era stato allora che Maggie aveva iniziato a frequentare le sorelle dell'abbazia. Non poteva tornare nel suo tempo. Così, aveva smesso di lottare contro l'idea di andarsene. Ora, invece, la stavano costringendo ad allontanarsi. Con gentilezza, certo, e con una nuova casa già pronta per lei. Ma doveva comunque andarsene. Sorella Cateline doveva avere un buon motivo per mandarla via. Anche se non lo rivelava. Forse, cambiare aria le avrebbe fatto bene, pensava Maggie. Forse, era meglio così.

Secondo suor Cateline, si sarebbe trovata bene e al sicuro. Suo nipote aveva accettato di offrirle un rifugio. Da quello che la sorella le aveva raccontato, era un uomo buono e affidabile e lui e i suoi compagni erano dei veri esempi di cavalleria.

Maggie non riusciva a immaginarsi un sant'uomo del genere, soprattutto nel 1430, eppure detto da suor Cateline, era il massimo dell'elogio. E lei sperava che avesse ragione.

Dio solo sapeva cosa l'aspettava. Maggie non prendeva più nulla alla leggera, da quando la sua vita aveva preso una piega molto seria. Considerando che stava imparando a vivere di nuovo, dopo aver perso il suo fidanzato e che stava facendo fatica a mettere un piede davanti all'altro, beh, era giunta a una svolta che proprio non si aspettava. E anche adesso, continuava a meravigliarsi di quello che le era successo.

Pochi mesi dopo l'incontro con la vecchia megera, come era arrivata affettuosamente a chiamarla, Maggie aveva per sbaglio fatto cadere un gemello di Derek sul pavimento della loro camera da letto. Imprecando sottovoce, si era inginocchiata per recuperarlo da dove era rotolato, quando aveva visto un grosso oggetto avvolto in un panno fissato alla base della struttura del letto.

All'inizio Maggie aveva pensato che si trattasse di un fucile. E già così era strano, perché né lei né Derek erano mai stati grandi appassionati di armi. A parte quelle standard fornite del dipartimento. Ancora più strano era che non l'avesse mai notato prima. Ovviamente, non aveva mai guardato dall'angolazione in cui era appollaiata. Ma lì sotto aveva già pulito e ripulito un sacco di volte.

Maggie era certa che, se fosse stato lì, l'avrebbe visto.

Nelle ultime settimane aveva rovistato tra gli effetti personali di Derek. Non era ancora pronta a separarsene, ma più viveva con quegli oggetti accanto, senza Derek, più la realtà si faceva largo.

Quella realtà in cui era oramai sola e doveva imparare a vivere senza di lui.

Aveva Celeste, naturalmente, ed erano più unite che mai. Trascorrevano la maggior parte delle serate insieme, confortandosi a vicenda. Nei primi giorni anche respirare era stato difficile. Si erano letteralmente sorrette a vicenda e la situazione non era molto migliorata con il passare delle settimane. A volte avevano delle ricadute. Ma nonostante tutto, erano riuscite a trovare qualche momento di serenità tra una cosa e l'altra.

Quando Maggie aveva mandato giù il dispiacere a aveva iniziato a fare la cernita degli effetti personali di Derek, Celeste era rimasta lì ad aiutarla. Anche gli oggetti più banali, come uno spazzolino di ricambio o un vecchio scontrino della spesa, sembravano significativi. Le cose *veramente* importanti, lo sapeva bene, sarebbero state ancora più difficili da gestire.

Maggie aveva quindi deciso di aspettare un anno prima di affrontare la parte più difficile. Perciò, l'aver trovato i gemelli era stata una sorpresa. Non ricordava cosa l'avesse spinta a sollevare il coperchio del suo portagioie, non l'apriva quasi mai. Ma quel giorno aveva attirato la sua attenzione, così si era messa a osservarne il contenuto. L'orologio di sua madre, alcune paia di orecchini e i gemelli di Derek.

Cullandoli in mano, le erano venute le lacrime agli occhi. Era stata sopraffatta dalla nostalgia al ricordo di aver ballato con lui al matrimonio di un amico. Il calore del suo collo sotto la sua mano, il comfort del suo petto quando vi appoggiava la testa, l'odore della sua pelle. Quei ricordi tangibili erano i migliori, ma anche i più tremendi.

Riprendendosi, Maggie aveva deciso che li avrebbe tenuti sul comodino, solo per una notte. Così, più tardi, avrebbe potuto guardarli dopo essere andata a letto. Avrebbe ripensato alla serata che avevano trascorso insieme e poi si sarebbe addormentata piangendo. E proprio in quel momento, era inciampata.

Sul nulla, aveva controllato bene.

Uno dei gemelli le era caduto di mano ed era rotolato sotto il letto. L'espressione d'orrore che le era comparsa sul volto era quasi comica, come se al posto del pavimento di legno ci fosse un abisso sotto il letto che l'avrebbe inghiottito per sempre. Eppure eccola lì, inginocchiata a terra. Era stato *allora* che aveva visto il grosso oggetto fissato alla struttura del letto. Tuttavia, avvolta dalla nebbia del dolore, la logica non aveva avuto la meglio su di lei.

Se fosse stata lucida e non più in preda al panico per il gemello smarrito, forse si sarebbe presa il tempo necessario per capire come raggiungerlo senza togliere il materasso e la rete dalla struttura. Ma non sembrava esserci altro modo.

Dopo averli sollevati di lato, era rimasta in piedi fra le doghe, senza fiato e ancora incapace di capire cosa potesse essere quell'oggetto coperto. Altre cose avevano trovato la loro sistemazione sotto il letto. Maggie aveva raccolto un sacchetto di pezzi di Jack, un gioco che le aveva dato conforto fin dalla morte della madre, e se l'era infilato in tasca.

Poi si era messa a trafficare con il misterioso involucro. Prima aveva cercato di liberarlo con un po' di forza. Un'altra cosa che non avrebbe mai fatto se avesse pensato con lucidità. Impaziente, dopo aver armeggiato con la struttura del letto, Maggie aveva utilizzato il coltellino di Derek per tagliare le spesse fascette che lo reggevano. L'oggetto era caduto sul pavimento con un tonfo e lei l'aveva trascinato fra le doghe fino a metterselo in grembo.

Perplessa per il suo peso, eccessivo per un fucile, aveva iniziato ad aprirlo srotolandolo come un tappetino da yoga, finché non si era trovata di fronte a quella che sembrava essere un'antica spada. Stupita, Maggie l'aveva sollevata per guardarla meglio. Era lunga e lucidata a specchio. Un intricato motivo a treccia ne avvolgeva l'impugnatura e sull'elsa era impresso lo stemma di un lupo.

Era stato proprio quest'ultimo a farle battere forte il cuore.

I lupi erano sempre stati l'ossessione di Derek. Li aveva amati fin da bambino. Si era molto emozionato quando aveva scoperto, durante una ricerca scolastica sull'albero genealogico, che il suo cognome Lowell, *significava* proprio "giovane lupo", e lo considerava come un segno del destino. Il fatto che ci fosse un lupo su quella spada la collegava intrinsecamente a Derek. Almeno, secondo Maggie.

Da dove veniva? Da quanto tempo era sotto il letto? Doveva essere lì da poco. Era strano che Derek non ne avesse mai parlato con lei. Maggie non pensava fosse il risultato di qualche confisca. Derek non avrebbe mai ignorato il protocollo. Inoltre non le veniva in mente nessun caso in cui fossero coinvolte delle spade antiche. Si chiese se fosse un cimelio di famiglia.

Ma comunque... perché tenerla segreta?

Ancora più perplessa, Maggie aveva notato un incavo sotto lo stemma che non sembrava combaciare con il resto del decoro dell'elsa. La fessura sembrava vuota. Come se qualcosa dovesse essere inserito al suo interno e in realtà mancasse. Passandoci il dito, Maggie aveva immaginato un gioiello o un intaglio che ne riempisse lo spazio.

Un momento. Stringendo gli occhi, Maggie aveva esaminato la montatura disadorna, la forma e le dimensioni. Le era venuto in mente qualcosa.

No, non poteva essere. Si era detta che la sua intuizione era folle. Ma non riusciva a liberarsi della curiosità che l'aveva assalita. Senza perdere di vista la spada, come se avesse potuto scomparire se avesse distolto lo sguardo, Maggie si avvicinò al comò dove aveva riposto il gioiello ricevuto dalla strega tanti mesi prima.

Di solito lo teneva in tasca, come le era stato detto, e oramai si era talmente abituata ad averlo che non ci pensava quasi più. La vecchia matta le aveva detto di non lasciarlo andare. Così lo teneva sempre con sé, tranne quando faceva la doccia.

Maggie raccolse il gioiello blu brillante e se lo rigirò tra le mani. Stava per tornare alla spada quando il suo sguardo si era posato su una delle statuette a forma di lupo che Derek era solito intagliare. Ne aveva fatte a centinaia nel corso degli anni. Le aveva scolpite nel legno. Con il tempo e la pratica era migliorato, fino a diventare bravissimo. Un giorno aveva trovato nel cassetto del suo comodino un medaglione di legno e aveva iniziato a indossarlo. All'inizio Maggie pensava che l'avesse fatto lui, ma non aveva l'aspetto fresco e levigato degli altri intagli. Tuttavia, qualcosa in quell'oggetto l'attirava, e dopo averlo legato dietro al collo si era sentita più rilassata.

Ora l'aveva sollevato, tirandolo fuori da sotto la maglietta, per esaminarlo. Maggie aveva sussultato. Il lupo sul suo medaglione corrispondeva a quello sulla spada. Era una sorta di coincidenza assurda? Derek lo aveva acquistato insieme alla spada?

Con il telefono appoggiato tra la spalla e l'orecchio, Maggie aveva chiamato Celeste e si era rimessa la spada in grembo. Aveva tirato di nuovo fuori il medaglione per confrontarlo con lo stemma della spada.

Erano identici. *Strano*, aveva pensato.

In quella posizione aveva chiesto a Celeste se avesse mai saputo che Derek possedesse una spada, forse doveva trattarsi di un vecchio cimelio di famiglia di cui non le aveva mai parlato. Ma Celeste era sembrata confusa quanto lei. Con il cuore in gola, Maggie aveva studiato la forma dell'incavo sull'elsa della spada e si era rigirata il grande zaffiro nella mano, chiedendosi se potesse entrarci. Era convinta di sì. La voce di Celeste le risuonava nelle orecchie, insistendo sul fatto che non sapeva nulla di una spada. Maggie inserì la pietra nell'incavo.

Improvvisamente, era stata sopraffatta da una sensazione simile a quella di essere sott'acqua. Riusciva a malapena a distinguere la voce di Celeste. Sembrava lontana e distorta. Le si era offuscata la vista per lunghi secondi prima di riuscire a rivederci bene. Il gioiello, l'unica cosa che riusciva a mettere a fuoco, aveva iniziato a brillare, e Maggie aveva sentito l'ululato di un lupo prima che il pavimento sparisse da sotto i suoi piedi e tutto diventasse nero.

Quando aveva aperto gli occhi, si era ritrovata in un prato sotto un albero. Completamente disorientata, aveva fatto la prima cosa che le era venuta in mente: richiamare Celeste.

Non sapeva per quanto tempo era rimasta seduta a digitare il numero di Celeste sul cellulare, sempre più frustrata perché non succedeva nulla. Dopo aver accettato che non ci fosse campo, Maggie aveva iniziato a osservare l'ambiente circostante. Cercando indizi su dove si trovasse e su cosa fosse successo. Fu allora che i suoi occhi si erano posati su quella che sembrava una specie di abbazia nel mezzo di un campo mai visto prima.

«C'è un prezzo da pagare per quello che cerchi». E Maggie l'aveva accettato.

A quanto pareva, il destino aveva qualcosa in serbo per lei.

Ma lei non sapeva ancora cosa.

CAPITOLO 4

Per niente felice, da molto tempo oramai, Callum alzò una mano per impedire ad Albert di proseguire. Aveva solo detto: "La ragazza", ma lui era stanco di sentir accennare continuamente alle stesse preoccupazioni.

Con un sospiro rassegnato, Callum si ripeté. Di nuovo. «Ho già detto a mia zia che è la benvenuta qui». Le aveva detto personalmente e più volte che le avrebbe procurato rifugio e protezione. Una volta di persona *e* molte altre volte per lettera. Si era stancato di ripeterlo.

Non era certo un uomo capace di rimangiarsi la parola data.

Mai.

Quante volte doveva sentirselo chiedere da parte di quella donna?

Sua zia si era rivolta a lui per la prima volta la primavera precedente, alcuni mesi dopo la morte di Fiona. Dato che Cateline lasciava raramente l'abbazia, era rimasto scioccato nel trovarla sulla soglia di casa sua. Aveva spiegato alla zia che avrebbe preso in considerazione la sua richiesta di ospitare l'ultima arrivata nell'abbazia, che non era interessata a diventare novizia. Ma anche che non prevedeva di tornare a risiedere a Dunhill fino all'autunno successivo. Quindi avevano discusso e, ripensandoci, Callum si vergognava di essersi sfogato.

All'epoca era arrabbiato. Arrabbiato per aver perso la moglie e amareggiato per la scomparsa della sua famiglia. Vedere sua zia gli ricordava tutto ciò che aveva perso, compresa lei.

Cateline se n'era andata poco dopo la morte della madre di Callum. Lei e sua zia erano state molto unite. Così vicine che il pensiero di rimanere tra le sue cose era troppo doloroso. Ora capiva bene perché se n'era andata. Era difficile vivere tormentati dai ricordi.

Da due mesi era tornato a Dunhill e aveva mandato sue notizie alla zia. Sia per scusarsi, sia per accettare la sua richiesta. Lei aveva risposto subito, informandolo che sarebbero partite entro la settimana e chiedendogli di inviare una scorta.

E ora?

Guardò nuovamente Albert, che aveva la decenza di aspettare pazientemente che lui si schiarisse le idee. Il silenzio del suo uomo lo portò a sollecitarlo. «Ebbene?»

«In quale camera vuoi che venga sistemata?»

Callum si irritò. Sicuramente Nessa o Rose avevano già deciso. Con un po' di fastidio, ci pensò su. «Mettetela nella camera accanto a quella di mia zia».

Dopo aver preso la sua decisione, se ne andò. Il suo passo pesante fu l'unico suono a rimbombare nella fortezza vuota. Era una cosa a cui si era ormai abituato.

La solitudine e la quiete.

La perdita era parte della vita. Lo sapeva. Eppure ultimamente sembrava essere l'unico aspetto che notava. Da un lato se l'aspettava, ma non vedeva l'ora di ottenere anche qualcos'altro. Amore, compagnia, paternità, un po' di allegria.

Il peso delle ripetute perdite si faceva sentire pesantemente. Era evidente mentre guardava il cortile. Dunhill non era più la vivace roccaforte di un tempo. Non c'era nessun segnale luminoso di speranza sulla collina. Purtroppo, Dunhill Proper, nel suo complesso, ora era gestito da una squadra di meno di una ventina di persone, invece dei servitori ben qualificati che impiegava un tempo.

Callum supervisionava molti aspetti, in realtà, quasi tutto. Almeno, da quando era tornato. Anche se non doveva occuparsi di nutrire un centinaio di persone o poco più, c'erano *comunque* diverse bocche da sfamare, oltre al bestiame e i raccolti da curare e la fortezza da sorvegliare.

Si chinò, scelse due pietre e si diresse verso le stalle. Era l'unico posto in cui si sentiva a suo agio.

Tra i cavalli, l'atmosfera era diversa; il silenzio non era così assordante. Edward, il capo scuderia, stava pulendo una stalla insieme al suo assistente. Callum sorrise alla loro vista, padre e figlio.

Forse, esisteva davvero una continuità nella vita.

Il cavallo di Callum gli diede un colpetto col muso sul fianco mentre si avvicinava alla sella. «Lo so, ragazzo» disse accarezzandolo con decisione. La bestia sapeva di che cosa aveva bisogno e scalpitava come per invogliarlo ad andare avanti. Callum fu felice di accontentarlo.

Callum e il suo destriero si diressero verso la collina più lontana, dove lui si preoccupò di spazzolare la sporcizia accumulatasi sulle lapidi durante la notte. Iniziò come sempre con la tomba di Fiona e del loro bambino. Poi passò a quella della madre e del padre. Ultimamente non aveva molto da dire. Non cercava più di inventarsi qualcosa. Il rituale da solo gli era di conforto. Il resto, la realtà, andava come andava.

Dopo una cavalcata veloce, si ritrovò a salire le scale. Se Dunhill doveva essere di nuovo aperta, se quelle stanze dovevano essere di nuovo occupate, Callum voleva prima passarci un momento da solo. Le aveva evitate da quando era tornato al castello.

Stanze piene di ricordi di ciò che aveva perso. In effetti, era stato proprio lo smistamento dei beni di Fiona, mesi dopo la sua morte, a indurlo a prendersi una pausa. Aveva portato a termine il suo compito, riponendo gli oggetti più cari a Fiona in un baule di legno che lui stesso aveva realizzato dedicando molta cura a trovare il legno perfetto, a levigarlo, a colorarlo, a forgiarne gli accessori. Poi l'aveva riempito, impiegando quasi tutto il pomeriggio per piegare e impilare tutto, rimuovendo i vestiti e ripiegandoli innumerevoli volte, prima di posarvi sopra i pochi oggetti che la moglie aveva cucito per il loro bambino.

Era rimasto lì inginocchiato per dei lunghi minuti, sfiorando il coperchio con le mani. Desiderava sentire ancora una volta il calore della sua pelle. Con un ultimo slancio di nostalgia, si era chinato per appoggiare la fronte sul coperchio, poi aveva preparato la sua borsa, intenzionato a partire prima di cena.

Avrebbe accettato la sua sorte nella vita, ma questo non significava che dovesse rimanere entro i confini di Dunhill e dei suoi continui richiami. Era quello il pomeriggio in cui sua zia si era presentata inaspettatamente alla sua porta, quasi un anno prima.

Ora, in piedi sulla soglia di una delle cinque camere che si trovavano tra le due torrette, Callum posò prima la mano sulla maniglia e poi la fronte sul legno. Era sopraffatto dai ricordi. Di Fiona, sì, ma anche dei suoi genitori.

Suo padre aveva passato anni a costruire quel castello, un castello davvero adatto a una regina. L'amore della sua vita, la sua bella Isabeau. La madre di Callum aveva rappresentato l'incarnazione dell'amore, del calore, della generosità e non c'era nulla che suo padre non avrebbe fatto per lei. Costruirle un castello era solo una delle tante dimostrazioni dei suoi sentimenti e della sua dedizione.

Durante il regno di suo padre, Dunhill aveva prosperato. Decine di persone avevano vissuto e lavorato sulla sua terra e all'interno delle mura del castello. Rafforzare Dunhill Proper e rendere più sicuri tutti i suoi abitanti era il dono di suo padre a Isabeau e alla famiglia di Cateline. Era un periodo di crescita e di rinascita. Soprattutto dopo che la peste aveva devastato il continente.

Callum non passò molto tempo a scrutare le stanze che

ricordava luminose e piene di vita e calore. Ora, *tuttavia*, riusciva quantomeno a guardarle e a pensare prima ai ricordi più belli. Non era più sopraffatto dalla crudezza del suo dolore. Era già qualcosa.

Chiudendo la porta della stanza dei suoi genitori, fu colpito dalla profondità di ciò che avevano condiviso. Non ci aveva mai pensato. Non da uomo adulto, almeno. Adesso, però, si rese conto che una parte di lui aveva sempre creduto di poter ottenere la stessa fortuna. Aveva immaginato la sua vita in ordine. Il suo percorso tracciato e sicuro.

Considerando invece ciò che era e ciò che non sarebbe mai stato, tutti i discorsi di sua madre sul fato e sul destino gli sembrarono una sciocchezza. La sua vita aveva preso una piega diversa. La fortuna aveva smesso di provvedere alla sorte della sua famiglia.

Per fortuna, sua madre non aveva dovuto assistere a una simile tragedia.

CAPITOLO 5

Dunhill Proper, come la chiamava suor Cateline, apparve verso metà pomeriggio. Vederla diede a Maggie un sollievo improvviso e sorprendente, così forte da sopraffarla. Da dove provenisse questa sensazione, non ne aveva idea. Ma ciò che sapeva era che la consumava a tal punto che l'attaccamento a Dunhill era già profondamente radicato nella sua anima.

Fino a quel momento, il pensiero di essere separata da suor Cateline, la sua ancora di salvezza nel quindicesimo secolo, l'aveva terrorizzata. Ma se la sua nuova casa comprendeva quelle terre, forse se la sarebbe cavata.

La proprietà si estendeva per chilometri, con splendide colline ondulate, montagne scoscese e corsi d'acqua lussureggianti. Si chiese che aspetto avrebbe potuto avere in primavera. Maggie si rese conto che quello che provava era *ottimismo*, qualcosa che aveva perso negli ultimi due anni.

Certo, la vita all'abbazia era andata bene. E le suore erano state gentili con lei, ma non era casa sua. Aveva trascorso l'ultimo anno e mezzo, tra il cercare di ritrovare la strada verso il suo secolo e la paura che la sua situazione potesse cambiare improvvisamente in peggio, magari catapultandola in un posto ancora più strano. Maggie si era scagliata contro qualsiasi distorsione casuale del continuum spazio-temporale l'avesse riportata indietro di centinaia di anni, ma forse non era poi così casuale.

Forse *era stato* proprio il destino a portarla lì. Era possibile. Dopotutto, ora viveva nel quindicesimo secolo.

Nell'ultimo anno e mezzo aveva avuto molto tempo a disposizione per riflettere. Ad esempio, come mai era finita in quel luogo? Qual era lo scopo di *tutto* quello che le era successo, della sua vita e del suo essere lì? Non riusciva a smettere di pensare a ciò che aveva detto la vecchia strega. Quel riferimento al dottore, al detective e a come si era interrotta improvvisamente prima di finire l'elenco.

E poi, naturalmente, c'era stato il minaccioso avvertimento. *C'è un prezzo da pagare per quello che cerchi.*

Maggie rabbrividiva ogni volta che ci pensava. Era *quello* il prezzo? Avrebbe scontato la sua pena lì e poi sarebbe magicamente tornata a casa e tutto ciò che riguardava la morte di Derek sarebbe stato solo un brutto sogno? Derek sarebbe stato vivo? Oppure si erano sbagliati quando avevano portato via il suo corpo e in realtà non era morto? Sarebbe mai riuscita a tornare a casa? E se ci fosse riuscita, cosa sarebbe successo?

Non riusciva nemmeno a smettere di pensare a Celeste. Maggie provava nostalgia e si sentiva in colpa per averla abbandonata. Non che l'avesse fatto apposta, naturalmente. Sapeva bene cosa significava perdere le persone amate alle quali si teneva. E Celeste ci era passata due volte. Una volta per Derek e una volta per Maggie.

Lei e Celeste si erano parlate ogni giorno per dieci anni. Poi, puff, era sparito tutto. Maggie aveva l'impressione di averla abbandonata. Si chiedeva cosa pensassero Celeste, i suoi colleghi e persino i Michael. Soprattutto, sperava che tutti stessero bene. Che nessuno si stesse preoccupando per lei.

Forse, per qualche trucco del viaggio nel tempo, non sapevano nemmeno che se n'era andata. In alcuni film che aveva visto, funzionava così.

Tre ore dopo essere entrati nella proprietà, la rocca, anzi il *castello*, si corresse, divenne visibile. L'ultima cosa che Maggie si aspettava di vedere era... un luogo magico che le ricordava un castello francese. Si guardò alle spalle, chiedendosi se fosse il sole a farlo apparire così.

Si mise a sedere più dritta, distogliendo la mente dalle inutili domande sul come e sul perché di tutto ciò, e su cosa sarebbe successo dopo. Era importante che facesse una buona prima impressione. Giusto? Essere alla mercé degli altri era la parte più difficile di... beh, di tutto.

Sorella Cateline aveva chiaramente una profonda simpatia per suo nipote, visto quanto ne parlava bene. Pur sperando che la suora avesse ragione riguardo al carattere del nipote, Maggie aveva già visto il meglio e il peggio delle persone.

In entrambi i secoli.

Onestamente, non era molto ottimista. Tuttavia, la suora le aveva anche detto che suo nipote aveva perso la moglie e il figlio che portava in grembo due anni prima, proprio nel periodo in cui lei aveva perso Derek. Si chiese se questo potesse contribuire a creare un po' di comprensione tra loro.

Mentre attraversavano le mura esterne, fu colpita dall'assenza di persone. Da quello che aveva sentito dire, le terre dei Laird erano occupate da persone sotto la loro protezione. Eppure, non v'era anima viva. Maggie rise tra sé e sé. Da quando si esprimeva in quel modo un po' "arcaico"?

Paese che vai, usanza che trovi, pensò. La Scozia del quindicesimo secolo doveva averla contagiata.

Prima che se ne rendesse conto, gli uomini della loro scorta stavano aiutando lei e suor Cateline a scendere. Aspettarono gentilmente un momento prima di lasciarle andare. Le gambe le traballarono un po', ma si riprese subito. Maggie si aggiustò il mantello, poi infilò le mani nel manicotto di pelliccia, sperando di apparire calma.

Era un'espressione che aveva cercato di perfezionare e su cui aveva fatto molta pratica durante il suo soggiorno presso le sorelle.

Inspirò profondamente quando le porte della fortezza si

aprirono. Ne uscì un uomo anziano, che sorprese Maggie. Non avrebbe mai pensato che il nipote di suor Cateline potesse avere cinquant'anni. Ma poi, l'uomo più anziano si fece da parte e ne apparve un altro. Maggie lascio andare un sospiro trattenuto. Naturalmente, il nipote di suor Cateline non poteva essere più vecchio della suora! Il suo sollievo fu così grande che quasi fece un inchino pensando: *Grazie al cielo.*

Cercando di apparire il più serena possibile, Maggie alzò lo sguardo verso l'uomo che veniva a salutarle. Era vestito con camicia, calzoni e stivali. Aveva sempre pensato che gli highlander indossassero il kilt, ma evidentemente quella moda non aveva ancora preso piede. Era alto, con le spalle larghe e si muoveva con disinvoltura e precisione. Parlò brevemente con gli uomini che le avevano accompagnate, prima di rivolgersi a lei e a suor Cateline. Salutò la zia con un bacio sulla guancia, poi guardò Maggie. Lei tenne gli occhi bassi per non apparire troppo schietta e sorrise pudicamente.

«Callum, questa è Margaret Sinclair, la tua nuova protetta».

Maggie non avrebbe mai e poi mai pensato di essere la protetta di qualcuno. Eppure eccola lì.

Finalmente alzò gli occhi e incontrò il suo sguardo. La sua prima reazione fu di gratitudine. Sembrava avere tra i venti e i trent'anni. Fino a quel momento era invecchiato bene, anche per quei tempi, il *quindicesimo secolo.* Una cicatrice gli correva dalla tempia sinistra all'attaccatura dei capelli, ma non toglieva nulla al suo aspetto.

Anzi, ne aumentava il fascino.

L'uomo aveva un aspetto severo. Maggie era sorpresa che non si fosse già risposato. Rendendosi conto di averlo fissato, sentì il calore salirle sulle guance. In qualche modo, però, sapeva che i suoi pensieri non avevano importanza.

I suoi occhi erano di un blu intenso, pieni di calore. Le sembravano familiari. Per quanto strano potesse essere, lo *conosceva* senza conoscerlo realmente. Non avrebbe potuto descrivere in un altro modo la sensazione che provava.

La mente di Maggie lavorava a un ritmo rapidissimo, tanto che la testa, letteralmente, le ronzava. Lasciare la sicurezza di suor Cateline e dell'abbazia la terrorizzava.

Si sentiva di nuovo come la bambina che era stata portata dai Michael. Una famiglia adorabile, per carità, ma era stato tutto così nuovo e spaventoso. In quel luogo, l'abbazia era tutto ciò che conosceva. Le era diventata familiare e sicura. Tuttavia, Maggie sapeva che doveva fidarsi del suo intuito. E sapeva che in qualche modo sarebbe andato tutto bene.

Lui parlò. «Sei tu la sorella di cui mi ha parlato mia zia? O semplicemente la signorina Sinclair?» La sua voce era profonda, ma il suo accento e il suo gaelico scozzese erano facili da capire.

Maggie aveva avuto più di un anno per immergersi nella lingua e in qualche nuovo dialetto. Per fortuna non c'era rabbia nella sua domanda né un rimprovero nascosto, quindi lei gli rispose onestamente. Almeno avrebbe iniziato con il piede giusto.

«Non sono una suora, Laird O'Roarke, ma mi sono rifugiata presso le sorelle dell'abbazia di Brackish. Vostra zia è stata molto gentile con me. Le sono molto affezionata e mi mancherà molto». Un'ondata di tristezza la investì e le lacrime le riempirono gli occhi. I lineamenti di Laird O'Roarke si addolcirono.

«Puoi chiamarmi Callum» disse. «Posso assicurarti che mia zia è sempre la benvenuta. Non passerà molto tempo prima che tu la riveda».

La sua compassione quasi la mise in difficoltà. Chinò il capo in segno di assenso, il che le permise di riprendere il controllo di sé. «Grazie, per la vostra gentilezza. E io, signore, preferisco essere chiamata Maggie».

«Molto bene, allora. Albert e io andremo a prendere le tue cose» disse, indicando l'uomo più anziano. Sembrava un maggiordomo o un valletto di qualche tipo.

Maggie aveva solo un piccolo baule con i suoi effetti personali. Qualche misero capo di abbigliamento, i suoi oggetti più cari e la spada.

Quella spada.

Quella da cui, ogni giorno, aveva cercato di togliere il gioiello, sperando di ritornare a casa. Al suo tempo. Non a quel secolo, dove la vita era cruda e a volte squallida, sporca e crudele.

Supponeva che fosse più facile risiedere nell'abbazia isolata, dove le suore vivevano in modo semplice e l'ambiente circostante era spartano. Dopotutto, l'abbazia era pulita e le suore erano gentili, ma Maggie desiderava una certa libertà.

Sperava di trovarsi meglio lì, ma si teneva pronta a ciò che avrebbe potuto trovare all'interno. Se fosse stato decrepito o sporco, pulire quel castello avrebbe richiesto una vita. *Ehi, almeno questo mi darebbe qualcosa da fare mentre cerco di capire come tornare a casa.* Nonostante tutto, il gioiello incastonato nella sua spada non si era mosso.

Ci aveva provato, fino alla nausea.

Albert cercò di prendere il suo baule, ma Callum gli passò la borsa di sorella Cateline. Maggie fu nuovamente colpita dalla sua premura. Era un buon segno. Grazie al cielo.

Callum portò il baule su per i gradini e lo posò accanto alla porta. Poi tornò al carro per recuperare la spada. Maggie si augurò che non sembrasse altro che un tappeto arrotolato. Lui se lo issò sulla spalla e si diresse di nuovo verso la scalinata d'ingresso.

Maggie e sorella Cateline lo seguirono. Gli occhi di Maggie continuavano a sfrecciare in giro, cercando di capire dove si trovasse. Tirò un altro sospiro di sollievo quando entrò. I pavimenti erano ricoperti di paglia e alle pareti erano disposti strategicamente tessuti ricchi e decorati. La casa di Callum sembrava pulita.

Anzi, era anche meglio di così. Da quello che vide, era incantevole, anche per quell'epoca.

Quando le ginocchia le si indebolirono, inciampò, ma Callum allungò la mano e la sostenne. I loro occhi si incrociarono mentre la sua grande mano le circondava il braccio. Il calore la avvolse e capì che anche lui l'aveva notato. Gli occhi di lui si spalancarono prima che riuscisse a controllare la sua espressione. Poi indicò la spada coperta che portava ancora appoggiata sulla spalla.

«Cos'è questa?» chiese, posandola sul pavimento.

Maggie cercò di fermarlo mentre iniziava a srotolarla. «Aspetta!» gridò.

«È calda. Si è scaldata quando ti ho toccato».

A quel punto Maggie si fermò. *Che cosa?* Controllò se fosse a causa del sole entrato da una finestra o da una fessura nella pietra, forse. Ma naturalmente non era così. Eppure era rimasta lì a fissarlo proprio quando era successo.

«Sei sicuro?» chiese. Non era più preoccupata che lui vedesse la spada, ma si chiedeva invece cosa avesse provocato ciò che Callum aveva percepito.

Con un attimo di esitazione, Callum le rivolse la stessa domanda. «Se sono *sicuro?*»

Ops. Meglio non chiedere troppo al Laird. Sembrava irritato, uno sguardo che gli si addiceva. Lei mormorò delle scuse. *Appunto personale: non è il caso di interrogare Callum.*

«È una spada. Un cimelio di famiglia». Glielo disse semplicemente, rivelando così il suo segreto. Tanto valeva giocare d'anticipo.

Così, all'ingresso della fortezza, si inginocchiarono sul pavimento ricoperto di paglia. Quando lui si avvicinò all'ultimo rotolo di iuta e lo lasciò cadere scoperto, i suoi occhi si posarono su quelli di lei. Un brivido le corse lungo la schiena.

«Dove l'hai presa?» le chiese. La sua voce sembrava arrabbiata e sospettosa.

«Come sarebbe a dire? È mia» disse lei in preda alla disperazione.

«Questa spada è appartenuta alla mia famiglia per anni prima di essere stata smarrita, quasi due anni fa».

«Questa spada era la mia...»

«Stai attenta!» abbaiò Callum, e lei ritrasse il braccio. Aveva cercato di afferrare la lama, dato che la mano di lui era sull'elsa.

«Callum» intervenne allora sorella Cateline, «sorella Margaret...»

«Non è una suora! E questa non è la sua spada!» *Accidenti, era decisamente arrabbiato.*

Maggie raggiunse l'elsa, cercando disperatamente di riprenderla, nonostante Callum fosse più grande di lei e più forte. Nella colluttazione, una delle sue mani coprì quella di lui. L'altra coprì la pietra. Avrebbe giurato di vederla brillare, come non accadeva da diciotto mesi. L'aveva osservata.

Spesso.

Aspettando che la pietra prendesse di nuovo vita. Non era mai successo. Non da quando l'aveva catapultata senza tanti complimenti in Scozia, cinquecentoquarantadue giorni prima.

Maggie si bloccò. Era quello? Il motivo per cui suor Cateline aveva insistito tanto perché Maggie venisse lì? Suor Cateline era molto riservata su tutto. Il giorno in cui Maggie si era imbattuta nell'abbazia, bussando con impeto alla porta, non era stata la sua stessa presenza ma quella della spada a far sì che le venisse concesso di entrare all'interno.

Ora Maggie ne era sicura. Certo, si era trovata in difficoltà in quel momento e le suore l'avevano aiutata, ma gli occhi di suor Cateline erano quasi usciti dalle orbite quando aveva visto l'arma. E non con lo sguardo spaventato del tipo *sei qui per ucciderci.*

Sapeva che portare lì Maggie e la spada avrebbe fatto tornare in vita la pietra?

La pietra l'avrebbe rimandata indietro?

Callum sarebbe venuto con lei?

Le ci volle un attimo per rendersi conto che, anche se la pietra sembrava brillare, non stava accadendo molto altro. Non aveva una visione sfocata, il volto di Callum, severo ma bello, era chiaro e limpido davanti ai suoi occhi. La stanza non le girava intorno e l'udito era a posto. Non si sentiva affatto sott'acqua.

Sperava che la pietra apparisse iridescente agli occhi di Callum o che non notasse nulla di strano. L'ultima cosa di cui aveva bisogno era di essere considerata una strega.

Stupida megera. La odiava e se la immaginava sgretolata in un cumulo di polvere, proprio come era destino per le streghe malvagie.

«Dove hai preso questo gioiello?» chiese Callum, con voce più dolce, continuando a sfiorare la pietra.

Maggie pensò a come rispondergli. Che cosa avrebbe dovuto dire? Qualcosa come "Me l'ha data una vecchia matta? Un incantesimo mi ha fatto viaggiare nel tempo quando ho inserito la pietra nella spada"?

Sì, esatto.

Invece, rispose: «Cosa vuoi dire? Fa parte della spada». Non era una bugia. Solo una forzatura della verità, magari.

Lui scosse la testa. «No. Il gioiello non c'era». Callum non alzò gli occhi verso di lei e mantenne lo sguardo sulla spada.

Guardandolo mentre esaminava con attenzione la lama tenendola sul palmo della mano e tracciandone l'impugnatura e l'elsa, Maggie rabbrividì. «Allora, a quanto pare, questa non è la tua spada» disse, cercando di liberarsi di una strana sensazione di déjà vu.

Lui le sorrise e lei quasi svenne per il bagliore fanciullesco dei suoi occhi. Era un bagliore di pura gioia. Qualcosa che non aveva più visto in nessuno dopo... beh, dopo Derek. Era così nella foto che aveva dato alla vecchia matta. Quella che non aveva mai più avuto indietro. «Sì, Maggie, è la mia» disse lui.

Le ci volle un attimo per scrollarsi di dosso lo stupore. «Come fai a esserne sicuro?» chiese. Lui spostò la spada sulla mano sinistra e le porse la destra, con il palmo alzato.

Maggie sussultò.

Senza pensarci, allungò la mano per afferrare la sua: l'intricato motivo a treccia impresso sulla pelle di Callum corrispondeva a quello della spada. Quando i suoi pollici ne sfiorarono la cicatrice, sentì un tuffo allo stomaco.

Era la terza volta, ormai.

Non era una coincidenza.

Quando alzò di nuovo lo sguardo su di lui, trovò i suoi occhi che la fissavano riflettendo la stessa sensazione di scombussolamento che aveva nello stomaco.

Suor Cateline intervenne, facendo sobbalzare Maggie. «Risolveremo la questione più tardi. È stata una lunga giornata» disse, rivolgendo loro uno sguardo attento.

Callum distolse gli occhi da lei e guardò la zia. «Sai che questa è la mia spada, zia. Eri presente il giorno in cui mio padre me l'ha consegnata».

Maggie trattenne il respiro, in attesa di ciò che avrebbe potuto dire. Quella spada era tutto ciò che aveva di valore. Era di Derek. Era uno dei suoi unici legami con la sua casa.

Sorella Cateline alzò le spalle e disse: «Cosa posso dire, Callum? Sono vecchia».

Maggie si chiese di nuovo se la suora lo avesse sempre saputo. E se era così, perché non le aveva detto nulla? Quindi alzò lo sguardo verso Callum. «Ti prego, ti supplico, non portarmela via. È tutto ciò che ho».

Lui sembrò preso alla sprovvista dalla sua supplica e abbassò lo sguardo dove le mani di lei stringevano ancora le sue. Imbarazzata di trovarsi a stringere la sua mano quasi contro il petto, Maggie allentò la presa. Callum la tolse lentamente e lei si ritrovò a sentire profondamente la sua assenza.

Dopo un lungo momento di silenzio, durante il quale i loro sguardi rimasero immobili, lui si alzò, aiutandola a sollevarsi con la sua grande mano avvolta intorno al braccio. Non disse nulla della spada, ma nei suoi occhi c'era uno sguardo di rassegnazione che fece sentire Maggie sollevata.

Non era ancora sicura cosa comportasse quella situazione. Ma l'idea di lasciarsi alle spalle quella discussione fu accolta come una grande liberazione. Senza un'altra parola, Callum si voltò e si avviò verso le scale. Maggie si fermò incerta, ma dopo un cenno di sorella Cateline lo seguì insieme alla suora e ad Albert.

Concentrarsi su ciò che la circondava le permise di calmarsi e di liberarsi dal panico per l'intensità dell'incontro con la spada. Nella sua vita del ventunesimo secolo, Maggie era stata ossessionata dai tour virtuali delle case in vendita. Lei e Celeste si mandavano i link, immaginando le vite fittizie che avrebbero vissuto in ognuna di esse. Le case che sceglievano erano di solito grandiose ed eleganti, ma nessuna assomigliava al bellissimo chateau del quindicesimo secolo che Maggie aveva trovato in vendita da qualche parte in Francia. Certo, quel posto era stato restaurato, ma il castello dove si trovava glielo ricordava.

I pavimenti e le pareti in pietra erano grigio chiaro e puliti. Davanzali profondi, incorniciati da persiane, mostravano vetri spessi e lavorati. Al secondo piano, grandi travi color legno sostenevano il soffitto. Le scale giravano intorno al muro sulla destra, in una lunga e non troppo ripida ascesa verso l'ampio pianerottolo che si estendeva tra le due torrette.

Sembrava che ci fossero cinque stanze su quel piano. Ognuna con una grande porta di legno incastonata in un arco di pietra. La seconda stanza che superarono era quella in cui avrebbe alloggiato suor Cateline. Quando Albert aprì la porta per far passare la suora, Maggie quasi sussultò. L'aveva vista solo di sfuggita, ma la sua stanza era bellissima. Suor Cateline la salutò mentre Albert la seguiva con la sua borsa. Maggie trattenne il respiro, chiedendosi quale fosse la sua e cosa contenesse.

Ancora privo di parole, Callum spinse la porta più vicina, sulla destra e aspettò che Maggie entrasse. Facendo un passo avanti, la donna quasi inciampò e cadde mentre un fiume di lacrime le salì di nuovo agli occhi. Lacrime di quelle buone.

Non si trattava del castello buio, umido e sporco che si sarebbe potuta aspettare da quei tempi. I pavimenti erano ricoperti da splendidi tappeti, alle pareti erano appesi raffinati arazzi e gran parte dell'arredamento era rivestito da ricche tappezzerie. *Come mai era stata così fortunata a finire lì? Un attimo... fortunata?* Da dove veniva *quella* parola?

La stanza era abbastanza grande, con un letto a baldacchino appoggiato alla parete di fondo. Una zona spogliatoio alla sua sinistra, uno scrittoio e un'area per la corrispondenza personale o altro alla sua destra. Infine, un'invitante zona salotto disposta davanti al grande camino.

Maggie si girò verso Callum, con la bocca aperta per lo stupore. Proprio in quel momento, una ragazza entrò nella stanza e fece un inchino.

«Maggie, lei è Nessa. Si occuperà di tutto ciò di cui hai bisogno» disse Callum mentre Nessa si accingeva ad accendere il fuoco. Callum fece in modo di appoggiare la spada sui due ganci di ferro che sporgevano dalla parete, come se fossero stati messi lì apposta per un'arma. «Per ora la lasciamo qui» disse prima di uscire dalla stanza.

Pochi istanti dopo era di ritorno con il suo baule. Posandolo, le indicò un'altra porta oltre il paravento dell'area dedicata allo spogliatoio. «Troverai un'anticamera e una latrina personale al di là». A quel punto la lasciò.

Mentre Nessa si dava da fare, Maggie rimase in piedi al centro della camera. La *sua* camera. La sensazione era travolgente. Era passata dal vivere in condizioni umili e piuttosto spoglie a tutto quello. Era grata per le molte benedizioni che sembrava aver ricevuto. Non che essere catapultata indietro nel tempo fosse esattamente una benedizione. Ma con la scoperta di suor Cateline e ora l'arrivo a Dunhill, si considerava fortunata.

Lasciando Nessa a sistemare i suoi abiti nell'armadio, Maggie prese i suoi due fagotti avvolti nel lino e nascose con discrezione i suoi tesori provenienti da casa. Infilò sotto la camicia il telefono, il gioco del Jack e il medaglione del lupo. Erano tutto ciò che aveva addosso quando era arrivata lì.

Nessa si offrì di prepararle il bagno. Rispondendo all'immensa gratitudine di Maggie, sorrise e le mostrò la vasca nell'anticamera che aveva già riempito per metà di acqua fresca. Dopo aver rifiutato l'aiuto che Maggie le aveva offerto, Nessa dovette fare due viaggi con le bacinelle d'acqua calda per riuscire a preparare un bagno dalla temperatura adeguata.

Maggie recuperò rapidamente la saponetta dal baule, ma Nessa sorrise e scosse la testa. Aprì una piccola credenza appoggiata alla parete e tirò fuori un vassoio carico di saponi e articoli da toeletta. Maggie la guardò con un sorriso e poi scoppiò in una risata.

«Quindi è da qui che proviene il rifornimento di suor Cateline? Me lo sono sempre chiesto».

«Sì, lei e Miss Isabeau amavano il sapone. Callum e suo padre li portavano tutte le volte a casa dai loro viaggi».

Dopo averle mostrato dove erano riposti gli asciugamani e averne steso uno su una panca, Nessa la lasciò alla sua privacy.

CAPITOLO 6

Callum affrontò la zia non appena entrarono nella sua camera. Si trovava proprio accanto a quella di Margaret, no, di Maggie, si corresse. Nonostante le spesse mura di pietra tenne la voce bassa, per evitare che il suono viaggiasse da una stanza all'altra. «Sai bene che quella è la mia spada».

La zia si voltò e gli lanciò un'occhiata tagliente. «Certo, so che è la tua spada, Callum. È il motivo per cui l'ho portata qui». Allungò la mano e lo colpì sul petto. «È più di un anno che cerco di portarla qui!»

Callum sospirò e annuì. Cateline ci *aveva* provato. La sua irritazione era giustificata. Eppure... «Questa non è una Camelot magica, zia. Il custode della spada non è destinato a, beh, a nulla di particolare».

«Maggie ha la pietra» disse lei. Come se la questione avesse un grande significato.

Era vero che il possesso dello zaffiro da parte di Maggie era insolito, persino sconcertante, ma Callum non era uno che amava le macchinazioni, anche quelle fantasiosamente costruite, come in quel caso. Avrebbe scommesso che c'erano dozzine di posti in cui trovare una pietra del genere.

«Non significa che la mia spada sia diventata improvvisamente Excalibur o simili».

«Se lo dici tu, Callum» disse lei, andando a disfare la sua borsa, apparentemente ignorando la sua presenza.

Tuttavia, a Callum sembrò di scorgere un piccolo sorriso all'angolo delle sue labbra. Naturalmente, sapeva di aver stuzzicato la sua curiosità.

«Zia?» chiese.

«Oh, Callum» sospirò lei con un sorriso malinconico. «Tua madre e io amavamo tanto le storie di Camelot, di Tristano e Isotta, di...»

«Sì, zia, me lo ricordo bene. È per questo che abbiamo una stanza piena di libri di poesia e di storie». Sua madre e sua zia amavano le storie romantiche, era così che il padre aveva conosciuto la moglie.

La zia si mise davanti a lui, prendendogli il viso tra le mani. «Isabeau mi manca tanto. Riesco ancora a sentire la sua voce, Callum».

Cateline si commosse parlando. A dire il vero, anche lui era vicino alle lacrime. Sua madre era tutto ciò che era luminoso e bello. Animata e piena di affetto, la luce degli occhi di tutti. Suo padre la adorava; in realtà, chiunque avesse la fortuna di incrociare il suo cammino la adorava.

Desideroso di trattenere l'ondata di emozioni che quel ricordo avrebbe sicuramente provocato, o almeno di anticiparla, Callum si concentrò sulla sua spada e sul mistero che la circondava. In verità, non se ne era mai parlato, dell'incavo nell'elsa della spada. Strano, se ne rendeva conto solo ora.

Era come se per tutta la vita non avesse avuto alcun significato.

Eppure, ora, secondo la zia, significava molte cose insieme.

«Come fai a sapere della pietra?»

La zia sorrise e l'espressione le fece spuntare qualche lacrima dagli angoli degli occhi. Gli prese la mano e lo condusse verso il salotto accanto al camino, un gesto che gli ricordò sua madre.

«Vieni, Callum» diceva sua madre prendendogli la mano. «Vieni a sederti con la mamma». Voleva sapere tutto quello che aveva fatto quel giorno, o forse gli avrebbe raccontato una storia divertente. Quando era ancora molto piccolo, se lo metteva sulle ginocchia. La sua guancia calda contro la tempia, la sua voce lieve all'orecchio.

Non vedeva l'ora di fare lo stesso con il proprio figlio o la propria figlia, di sommergerlo o sommergerla di calore e amore come sua madre aveva fatto con lui.

Man mano che Callum cresceva, le loro chiacchierate davanti al caminetto giravano intorno all'amore e tutte le sue benedizioni, buone e cattive. Cosa non avrebbe dato per averla con sé ora.

Una storia in più... Un sorriso in più... Qualsiasi cosa.

Sua madre gli rendeva la vita più gradevole, indipendentemente dalle circostanze. Era un vero raggio di sole. Anche nei momenti più cupi.

Callum sedeva ora con la zia su uno dei suoi mobili preferiti. Uno dei tanti che avevano fatto il percorso dalla casa ancestrale di sua madre e di sua zia Cateline in Aquitania fino alle coste di Dunhill. Imballato con amore dal nonno, che voleva che le sue figlie portassero con loro un pezzo di casa.

Come ricordava sua madre, il nonno di Callum aveva portato le sue figlie in una cittadina di mercato, a Libourne. Si era recato lì per incontrare un mercante che gli aveva scritto di essere in possesso di molti dei libri interessanti sia per la madre che per la zia. Avendo fatto affari con quello stesso mercante in passato, il nonno aveva colto l'occasione per unire l'utile al dilettevole. In seguito si era pentito dell'incontro, perché l'amico del mercante, il padre di Callum, aveva visto la sua futura moglie e se n'era innamorato perdutamente.

«Mi manca ogni singolo giorno, Callum» disse Cateline. «Mi dispiace che tu abbia sofferto così tanto. Forse dovrei tornare a Dunhill e lasciare la chiesa. Forse Margaret era il motivo per cui dovevo essere lì».

«Ovviamente sei la benvenuta quando vuoi» disse Callum.

«Ma cosa vuol dire che Margaret è il motivo per cui dovevi essere lì?»

«Quando ho visto la spada, con la pietra ben inserita nell'elsa, ho capito subito che c'era qualcos'altro nella storia di Maggie. Tua madre aveva rimosso quel gioiello quando eri una piccola creatura che cresceva nel suo ventre, per assicurarsi la conservazione della tua anima».

«Abbiamo visto tutti com'è andata a finire. La mia non è stata una storia d'amore epica come quella di cui parlavate voi due, ma una tragedia. È un bene che la pietra sia tornata a noi, visto che siamo stati ingannati».

«Prima di tutto, nipote» gli accarezzò il viso, distraendosi come spesso faceva quando parlavano di sua madre. «Mi manca ogni giorno. Era la mia compagna più cara, la mia confidente e... Ci piaceva tanto vederti crescere». Sorrise. «Anche tuo padre. Mi dispiace che tu sia solo, ma sia chiaro... Hai *subito* una tragedia; la tua vita non è *una* tragedia».

«Parlami della pietra» disse lui. Non volendo approfondire ulteriormente l'argomento.

«Ah» disse Cateline, con gli occhi che scintillavano. «*Questa* sì che è una storia da raccontare. Ogni primavera tuo padre ci portava a una fiera che attirava gente da ogni dove. Ogni anno, tra i mercanti e il bestiame, c'era anche chi praticava le arti magiche. Isabeau era tentata da molti, ma sosteneva che chi aveva veramente potere non aveva bisogno di fare affari in quel modo. C'era solo una persona con cui voleva parlare. La donna eterea dagli occhi vibranti, l'incantatrice che non si preoccupava mai di vestirsi in modo sgargiante o dei giochi di prestigio. Questa donna, con occhi che sembravano brillare, aveva bisogno di sé stessa e nient'altro. Un anno, Isabeau la trovò e le disse che voleva assicurare a suo figlio l'amore più profondo di tutti».

Questo non sorprese affatto Callum. Sua madre era sempre stata il tipo di persona che credeva nella magia. Pensava che tutto fosse possibile quando si trattava del vero amore. Tuttavia, qualsiasi cosa sua madre e sua zia pensassero di ottenere, niente di tutto ciò si era realizzato. Ogni amore profondo e duraturo che aveva avuto era stato sepolto lassù sulla collina. Il che gli ricordava che quel giorno doveva ancora mettere una pietra sulla loro lapide.

«Non dimenticherò mai quella donna che guardò la pancia di tua madre e vi posò sopra la mano» raccontò Cateline dopo un attimo, con un tono di voce più tranquillo. Qualunque ricordo le fosse venuto in mente, gli fece capire che non si trattava solo di un racconto fantasioso. Se prima Callum aveva ascoltato con poco interesse e molto scetticismo, ora cominciava a rendersi conto della serietà di quella storia. «Poi, fissò gli occhi di tua madre e parlò con il tono più grave che abbia mai sentito» aggiunse con un brivido.

«E che cosa disse, zia?»

«Disse: "C'è un prezzo da pagare per quello che cerchi"».

«E la mamma cosa fece?»

«Quella sera tolse la pietra dalla spada di tuo padre. Dopo l'arrivo dell'alba, passammo quasi tutta la mattinata a inseguire la carovana della fiera che era partita nella notte, dirigendosi verso la loro prossima destinazione».

Santo cielo, quando si trattava di amore, sua madre non aveva paura di niente. «Suppongo che l'abbiate trovata».

La zia annuì. «La pietra con cui Isabeau l'ha pagata è proprio quella incastonata nella tua spada».

«Ne sei sicura?»

«Ci potrei scommettere. Ecco cosa ti dico, Callum Sebastian O'Roarke: tua madre ha riportato la speranza e la vita in questo mio vecchio cuore».

La storia raccontata dalla zia era molto interessante, ma non gli dispiacque quando lei lo scacciò via, stanca per il viaggio.

Dopo aver lasciato la sua stanza, Callum si voltò verso la porta chiusa di Maggie. Grattandosi i baffi, si chiese come avesse fatto a trovare la spada. Che in effetti era scomparsa da quasi due anni. La pietra era un mistero ancora più grande. Maggie era troppo giovane per essere l'incantatrice che sua madre aveva conosciuto decenni prima.

Lui aveva visto la spada per l'ultima volta quella notte in cui aveva combattuto con l'Onnipotente ed era stato colpito dalla tempesta.

E aveva perso la battaglia.

Il suo cavallo, fortunatamente illeso, anche se nervoso, lo aveva atteso nelle vicinanze. Callum si era fasciato la mano e aveva cercato la sua arma, ma quando non l'aveva trovata, aveva pensato che fosse caduta in mare. In seguito, si era fatto costruire un'altra spada, ma non gli si era mai adattata bene come quella che aveva perso.

Fissando la cicatrice sul palmo della mano, ricordò l'espressione di Maggie quando l'aveva vista. Come aveva sussultato e preso la sua mano in entrambe le sue. Era stata una sensazione così strana, essere toccato con tanta riverenza. Essere guardato in modo così... curioso.

Avrebbe potuto giurare di riuscire ancora a sentirne il tocco.

Callum non la vide più fino all'ora di cena. Quando lei entrò nella sala da pranzo, lo colpì la grazia con cui si muoveva. Un'impresa, considerando che si spostava con cautela, come se una botola potesse cedere sotto i suoi passi. Gli occhi di lei si muovevano in tutte le direzioni. Se suo padre non lo avesse addestrato a rilevare sottigliezze del genere, il suo comportamento latente sarebbe passato inosservato.

Ciò che più lo incuriosiva era lo stridente contrasto tra i suoi capelli scuri e la pelle d'alabastro. Margaret Sinclair era piuttosto bella, nonostante il tessuto logoro e semplice del suo abito. Vivere all'abbazia non le aveva concesso molto, ma almeno l'abito le stava bene, pensò Callum.

Mentre si riunivano intorno al tavolo, si chiese quali fossero i motivi dell'apprensione di Maggie. D'altronde, si trovava in un luogo sconosciuto con persone sconosciute. Quando Cateline entrò, le spalle di Maggie si rilassarono notevolmente.

«Ide è una brava cuoca» disse Callum, sperando di tranquillizzare Maggie almeno un po'. Se non altro, la cucina di Dunhill era ben al di sopra della media.

«Oh sì» si unì la zia, sorridendo e afferrando la mano di Maggie. «Ti ho tenute nascoste varie cose, tesoro. Stai per scoprirne un'altra».

Santo cielo. Il cuore gli si strinse nel petto allo sguardo che Maggie rivolse alla zia. Era chiaro che non provava solo semplice affetto per lei.

«Se questa è un'altra di quelle cose, zia» la rimproverò lui, «qual è stata la prima?»

Allora Maggie lo guardò. «Non immaginavo che la tua casa fosse così bella».

Lui sorrise. «Sì, la famiglia di mia madre e di mia zia aveva grandi mezzi».

«Davvero?» Maggie sembrò stupita. «Suor Cateline, non me l'hai mai detto».

Ide, Albert e Nessa portarono la cena. Ide si faceva sempre in quattro quando c'era sua zia. Aveva un debole per lei. A dire il vero, però, si impegnava a fornire sempre ottimo cibo, anche quando si trattava di piatti semplici.

Quella sera non era diverso. Sulla tavola comparve un saporito stufato di carne con ortaggi e pane croccante, uno dei piatti preferiti della zia. Maggie si rallegrò quando venne aperta la zuppiera. Prese una piccola porzione per sé e iniziò a mangiare lentamente, assaporando ogni boccone.

La zia Cateline stava tenendo occupato Callum, aggiornandolo sulle notizie dei parenti lontani, ma lui si trovò a distrarsi e a perdere la concentrazione. I suoi occhi si posavano ogni volta su Maggie. La osservava mentre strappava un pezzo di pane, con la voce della zia che gli ronzava nell'orecchio. Quando lui le passò del burro, che era troppo lontano dalla sua portata, lei sorrise e mormorò un "grazie". La sua voce era dolce e piacevole.

Callum notò che la giovane aveva guardato più volte la zuppiera mentre le loro conversazioni continuavano. Si servì ancora una porzione e poi la spinse verso di lei. Maggie alzò lo sguardo. «Mangia» le disse. «La cucina ha il suo stufato. Inoltre, Ide si offenderebbe se non finissimo tutto».

Per dessert gustarono un dolce ripieno di frutta che Ide aveva imparato a fare durante l'ultima visita ai MacGreggor a Seagrave. Avevano una cuoca eccezionale. Gwen, la moglie di Grey, si prendeva grandi libertà nella pianificazione dei pasti, un aiuto prezioso per tutti loro. Se Maggie era soddisfatta di quel semplice pasto, non riusciva a immaginare quanto sarebbe stata felice con... *Che strano*... Ci teneva a vederla felice.

Era passato così tanto tempo dall'ultima volta che aveva provato una sensazione del genere, che era quasi caduto dalla sedia. Era straordinario. Una cosa così semplice come prendersi cura di qualcuno poteva dargli un po' di pace e, soprattutto, infondergli una scintilla di vita.

Dopo quel pensiero, provò una fitta di senso di colpa. Non stava forse abbandonando la memoria di sua moglie e del suo bambino? Si scrollò di dosso l'idea e tornò a concentrarsi sulla zia, che stava raccontando a Maggie la storia di come lei e Isabeau avevano incontrato per la prima volta il padre di Callum e dell'eccitazione che ne era seguita. E anche di come la loro casa in Aquitania era divenuta un punto nevralgico di attività nel corso dei mesi successivi, fino a quando le sorelle erano arrivate a Dunhill.

A sentire la zia, sembrava che avessero avuto una scorta degna di un esercito. Suo padre aveva scelto gli uomini di cui si fidava di più per accompagnarle. Callum sapeva per esperienza personale, avendoli frequentati da ragazzo, che riuscivano a farti sentire come se ti trovassi fra i Cavalieri della Tavola Rotonda di Camelot. Si considerava fortunato di essere cresciuto all'ombra di uomini così impavidi, intelligenti e ben addestrati.

Callum fu sorpreso dalla facilità con cui la cena e il resto della serata progredirono. Più tardi passeggiarono per il piano principale della fortezza, mostrando a Maggie le stanze più importanti, di cui alcune gli erano addirittura sfuggite dalla memoria . Poi si recarono nel cortile, loro due soli, per un'altra passeggiata. Era una bella serata ed era presto. Una volta tornati al castello, la zia li condusse verso la sala grande.

«Maggie, cara» disse. «Perché non vai a prendere il gioco che hai portato. Credo che la lastra di pietra davanti al camino sia abbastanza liscia da evitare che i tuoi gingilli o la pallina vi restino incastrati».

Maggie guardò la zia con scetticismo, poi osservò lui. Cateline era stata più vivace del solito per tutta la sera, alzando il bicchiere per un brindisi dopo l'altro e parlando di Callum e Maggie. Quasi come se stesse giocando a fare l'organizzatrice di matrimoni. Sebbene Callum gradisse il suo comportamento malizioso, avrebbe anche dovuto capire che poteva risultare intimidatorio per una nuova arrivata. Alzò un sopracciglio, perché non aveva idea di cosa stesse parlando Cateline.

«Mia zia è piena di idee e di propositi, signorina Sinclair. Chi siamo noi per spegnere il suo fuoco?» disse, sperando di nuovo di metterla a suo agio.

Mentre Maggie si dirigeva al piano di sopra, lui accompagnò la zia nella sala grande e le versò un bicchierino di brandy. La zia rifiutò il liquore e si accomodò su una delle grandi poltrone davanti al camino. Lui prese posto accanto a lei.

La signorina Sinclair li raggiunse pochi istanti dopo e si mise di fronte a loro, guardando la zia con aspettativa. Callum trattenne un sorriso divertito, ancora più incuriosito da ciò che stava per accadere.

La zia annuì. «Vai, tesoro. Mi piace guardarti giocare».

Maggie osò lanciargli un'occhiata sotto le ciglia e, con grande sorpresa di Callum, si sedette sul freddo pavimento di pietra. Quasi sputò il sorso di brandy che aveva appena bevuto quando lei ritrasse una gamba e spostò l'altra di lato, esponendo una discreta porzione di pelle liscia e delicata fin quasi al ginocchio.

Lui la guardò, inclinando la testa, mentre lei apriva una piccola borsa nera con uno strano involucro. Poi scosse con cura il contenuto facendolo cadere in una pila tra le cosce e, nello stesso momento, afferrando rapidamente una sfera colorata e brillante che stava iniziando a rotolare via. Un mucchio di stranezze d'argento giaceva davanti a lei.

«Di grazia, Maggie Sinclair» chiese, decisamente incuriosito. «Che cosa hai lì?»

«Si chiamano Jack» spiegò lei, prendendoli in mano e tenendoli in bella mostra. Gli diede un momento per guardarli, poi osservò di nuovo lui e Cateline. Lui vide sua zia farle un cenno e, un secondo dopo, lei gettò delicatamente i pezzi davanti a sé.

Certo di non aver mai visto un gioco simile, la osservò con attenzione per diversi minuti mentre eseguiva quella che sembrava una sequenza. Ancora più sicuro che qualunque cosa fosse quella sfera, non apparteneva al suo mondo. Gli venne in mente la moglie di Grey, Gwen, anche lei aveva la sua parte di stranezze.

Proprio in quel momento, la sfera rimbalzò e volò verso di lui. La afferrò mentre Maggie sussultava. La fece rotolare tra le dita, certo che si trattasse di una meraviglia che non riusciva a comprendere.

E sempre più convinto che ci fosse qualcosa di più grande in gioco.

CAPITOLO 7

Maggie guardò suor Cateline lasciare Dunhill, con il cuore sempre più pesante man mano che si allontanava. Ora che stava tornando all'abbazia, Maggie capì che sarebbe rimasta davvero sola. Rimase in cima ai gradini a guardare la carrozza finché non fu soltanto un puntino all'orizzonte, poi fece un respiro profondo per cercare di tranquillizzarsi.

Quando si voltò, fu sorpresa di vedere Callum appoggiato all'ingresso del castello, intento a masticare un rametto. Era una calda mattina d'autunno e lui si era allentato i lacci della camicia. La tunica le ricordava una Henley con scollo a V a tre quarti, il suo modello preferito che comprava spesso per Derek, ma con i lacci al posto dei bottoni.

Per essere un uomo così serio e intenso, possedeva anche una certa spensieratezza. Realizzò in quel momento che era qualcosa, un cambiamento, che poteva accadere quando ci si trovava costretti ad affrontare i momenti difficili della vita. Un tempo anche lei era stata ottimista e piena di gioia di vivere, ma ora era dolorosamente consapevole della natura arbitraria dell'esistenza di ogni persona e del duro peso della realtà. Aggrappata a pochi sporadici ricordi del passato, poteva essere facile comportarsi in modo impulsivo e non pensare alle conseguenze. Essere un po' spericolati. Anche lei ci era passata, poteva capirlo.

«Tornerà. Prima di quanto pensi».

Era un'osservazione gentile, che le ricordava ancora una volta la sua premurosità. Suor Cateline aveva ragione in merito al carattere di suo nipote. Negli ultimi due giorni, Callum non aveva fatto altro che essere educato e sinceramente gentile. Si era offerto di accompagnare la zia in giro per il castello, era sempre in piedi quando lei o la suora entravano in una stanza. Maggie lo aveva persino visto prendere il piccolo di Nessa, irritato dal dolore e dal fastidio dei dentini che stavano iniziando a spuntare, e calmarlo. Ne era rimasta molto sorpresa.

Maggie, che si era sempre considerata una buona conoscitrice del carattere degli altri, nutriva grandi speranze. Chissà, forse avrebbero persino potuto fare amicizia. Non sarebbe stato bello? Avere di nuovo un amico.

«Lo spero» disse, sentendo già la mancanza di suor Cateline, l'unica costante di Maggie.

Con un cenno del capo, Callum iniziò a scendere le scale. Sentendosi un po' persa e non avendo altro da fare, Maggie lo seguì. Lui si piegò inaspettatamente, *proprio nel bel mezzo dei gradini*, e lei gli finì addosso. Con una rapidità fulminea, lui si voltò e la mise in salvo, prima che potesse perdere ulteriormente l'equilibro.

«Stai bene?» chiese, studiando intensamente il volto di lei.

Maggie non rispose per un attimo, troppo stordita dalla presa di lui sul suo braccio. Non riusciva a ricordare l'ultima volta che aveva provato il contatto umano.

Un contatto umano di *quel* tipo, stretta nel cerchio delle braccia di qualcuno.

Erano passati anni.

Il calore le salì alle guance. Lui la teneva vicina. Abbastanza vicina da riuscire a percepire quasi ogni centimetro della sua imponente corporatura muscolosa. Abbastanza vicina da sentire un accenno di profumo di pino dal suo viso fresco di rasatura.

Abbastanza vicina da notare le macchie luminose nei suoi occhi blu profondo. Abbastanza vicina da sentire il suo alito caldo e profumato. Menta, si rese conto. Aveva masticato un rametto di menta.

Sembrava un assalto frontale da parte di Callum O'Roarke. Rise, sperando di nascondere la strana sensazione indicibile che era certa fosse evidente sul suo volto.

«Mi dispiace» riuscì a dire, «ti stavo seguendo». Poi scrollò le spalle, ancora completamente abbracciata a lui e aggiunse: «Come un cucciolo».

Callum ridacchiò e i suoi lineamenti si ammorbidirono. «Troverai la tua strada, Maggie di Sinclair».

L'aveva chiamata così anche la sera prima, quando si erano ritirati nella sala grande dopo cena e sorella Cateline le aveva suggerito di giocare a Jack nell'area prima del camino. Quel gioco le dava un conforto nostalgico anche ora che era adulta. Così, mentre Callum e suor Cateline si erano seduti nelle due grandi poltrone di fronte al fuoco, lei aveva provveduto all'intrattenimento della serata. Se così si poteva dire. Quando Callum le aveva chiesto di lei e del Jack, aveva formulato la sua domanda in modo misterioso: «Di grazia, Maggie di Sinclair, che cos'hai lì?» Il tutto reso ancora più intrigante dal fatto che sorseggiava brandy da un bicchiere di vetro mentre la luce del fuoco giocava sui suoi lineamenti.

Tornando alla sua dichiarazione, lei chiese: «Come lo sai?» Sembrava così sicuro. Sicuro come quando aveva preso la pallina e l'aveva strofinata tra il pollice e le dita prima di restituirgliela. Come se gli fosse venuta in mente una risposta a qualcosa.

«Alla fine ci riusciamo tutti, Maggie. A prescindere da ciò che la vita ci riserva».

Uscendo dalle sue riflessioni, lei chiese: «Sei sicuro?»

Lui valutò la sua domanda, continuando a tenerla stretta. Qualsiasi persona normale l'avrebbe già lasciata andare. D'altra parte, nemmeno Maggie si stava tirando indietro.

Callum annuì in risposta. «Sì, ne sono sicuro».

«Dove hai preso la menta?»

Lui sorrise, suscitando in lei un'altra reazione fisica: il suo stomaco ebbe un sussulto e la presa sulla sua camicia si strinse per riflesso. Il materiale morbido cedeva tra le sue dita. Non per la prima volta, Maggie si stupì della risposta del suo corpo alla vicinanza di Callum. Il suo cuore e la sua mente volevano resistergli, sia per il suo bene che per il ricordo di Derek, ma era inequivocabile. Tra loro c'era chimica.

Una chimica autentica.

Maggie era terrorizzata dall'idea di permettersi di interessarsi davvero a qualcuno, per non dire di amarlo di nuovo. Aveva già conosciuto, suo malgrado, il disastro assoluto del crepacuore. Così fu felice quando Callum la rimise in piedi lasciandola andare. Finalmente.

«Questa sì che è una domanda interessante» disse con un'espressione maliziosa. «Ide ne tiene un po' in un barattolo sul bancone della cucina».

Maggie ci mise un attimo a ricordare a cosa stesse rispondendo. Felice di aver lasciato da parte i pensieri precedenti, si concentrò invece su quello. La menta.

Rinfrancata da un nuovo proposito, Maggie ricambiò il sorriso e fece un inchino... Accidenti, un'altra volta ancora. Mormorando un ringraziamento, si diresse verso la cucina, ripetendo fra sé e sé il nome di Ide per tenerlo a mente.

Dunhill poteva anche essere una grande tenuta, ma da quello che Maggie aveva visto vi risiedevano solo quattordici persone. Sì, le aveva contate. Non c'era molto che tenesse viva la sua attenzione in quei giorni. La vita si muoveva così lentamente in quel posto. Così, aveva deciso di riversare le sue energie su ciò che la circondava e sulle caratteristiche di quella terra sconosciuta.

Quando rientrò nella fortezza e attraversò il vestibolo, fu colpita da un'ondata di soddisfazione. Si sorprese nel rendersi conto che le sembrava di tornare a casa. Sfiorò con le dita i fiori freschi che Nessa o Rose avevano messo nel vaso al centro dell'ampio tavolo rotondo finemente lavorato che abbracciava la curva delle scale.

Maggie pensò a quanto fosse bello il posto che ora chiamava casa. Era una sensazione strana, che non provava da molto tempo. Ma era anche benvenuta. Nonostante la confusione di qualsiasi cosa stesse vivendo con Callum.

Le cucine si trovavano sul retro del castello. Maggie le aveva intraviste la prima sera in cui era arrivata. Callum e suor Cateline le avevano fatto fare un giro del piano nobile. Tutte le stanze importanti di quel livello avevano enormi ingressi ad arco. Alcuni con doppie porte, come lo studio di Callum, e due piccoli salotti.

Avvicinandosi alle cucine e addentrandosi maggiormente nel castello, Maggie notò che l'architettura interna cambiava. Le stanze erano contrassegnate da un'unica porta, anche se ben realizzata. Lì si trovavano gli appartamenti del personale e le stanze più utili. Come la stanza del cucito e quella piena solo di lucido per stivali e stracci.

Dopo aver girato a sinistra alla fine del corridoio, Maggie vide la cucina. All'interno, Ide e due ragazze erano intente a trafficare. Maggie fece un inchino quando entrò. Si rese conto che oramai era diventata un'abitudine.

«Non c'è bisogno di fare l'inchino, tesoro» le disse nuovamente Ide. Il suo modo di chiamarla le ricordava quello di suor Cateline.

«Callum mi ha detto che hai della menta?»

«Sì, e prezzemolo. Lady Gwendolyn dice che sono benefici».

Maggie si chiese chi fosse Lady Gwendolyn. Il suo nome era stato citato un paio di volte. Dopo il dessert della sera prima, Callum aveva spiegato che molte delle ricette di Ide provenivano da Seagrave e dalla sua padrona. Chiunque fosse, Maggie era grata che avesse portato la menta a Dunhill. Era uno dei sapori che preferiva in assoluto. Non la mangiava da quasi due anni. Su un grande tavolo rettangolare addossato alla parete, Ide aveva disposto un assortimento di leccornie. Le erbe già citate, un cesto di pane croccante foderato di lino, un piatto di formaggio e frutta e una brocca di acqua pulita. Maggie afferrò un po' di prezzemolo e di menta, poi prese una pera e la infilò nella tasca del suo vestito.

Tornata nella sua camera, si attardò accanto alla porta, toccando pensierosa il gioiello della sua spada. A prescindere dall'ora del giorno, la luce lo colpiva in modo particolare facendolo scintillare. Anche se ora sapeva che il suo scintillio era un caso, non un'indicazione del fatto che si fosse animato per rimandarla a casa, lo sfregava come di consueto ogni volta che gli passava accanto.

Si sistemò davanti allo scrittoio e scrisse un'altra lettera a Celeste, cosa che aveva fatto ogni giorno da quando era arrivata a Dunhill. Che lusso avere inchiostro e penna d'oca. Per non parlare della scrivania, era un bel posto, solo per sé, dove sedersi comodamente.

La vista dalla sua stanza, proprio al centro del castello, spaziava sul cortile e sugli edifici circostanti. Non c'era da stupirsi che la famiglia O'Roarke avesse scelto quel luogo come la propria residenza. Si poteva vedere chi andava e chi veniva. Soprattutto in caso di crisi o di guerra. Al solo pensiero, rabbrividì.

Più tardi, Maggie andò in esplorazione. Passò un po' di tempo a sbirciare tra gli scaffali del solarium. Era una grande fortuna che la famiglia di Callum amasse la letteratura. Considerando che si trovavano nel bel mezzo del Rinascimento europeo, Maggie aveva a sua disposizione molte opere letterarie, religiose e profane.

E che sorpresa quando trovò *I racconti di Canterbury* di Chaucer e la *Divina Commedia* di Dante, oltre a vari racconti di Tristano e Isotta, Camelot e il Santo Graal della leggenda arturiana. Scelse un libro su quest'ultima, scritto in francese. Almeno era una lingua che capiva, dopo quattro anni di studio al liceo e due all'università. Leggerlo sarebbe stato più difficile, ma si sarebbe impegnata. Non è che non avesse tempo a disposizione. Considerando quanti altri ce n'erano, tanto valeva darsi da fare.

Quel pomeriggio, dal suo angolo preferito, beh, era il posto che le piaceva di più, nella sala grande, Maggie osservò Callum entrare nella fortezza. Si chiese cosa facesse durante il giorno. Cosa lo teneva lontano per così tante ore?

Lui si passò le dita tra i capelli, un'abitudine che lei aveva notato fin dal primo momento. Mani grandi, capelli folti. Si avviò lungo il corridoio, verso lo studio, ma si fermò e la osservò a lungo prima di dire: «Qui sei al sicuro, Maggie».

L'intensità dei suoi occhi la fece trasalire. Da dove veniva?

«Perché dici così?» chiese lei, *non* sentendosi improvvisamente al sicuro.

Lui le si avvicinò e allungò lentamente la mano per posarla sul suo collo. Maggie annuì, dandogli il permesso di toccarla, cercando di ignorare come il calore della sua mano la facesse sentire.

Callum le toccò delicatamente la nuca. Maggie rabbrividì, ricordando la sensazione di essere tenuta tra le sue braccia quella stessa mattina. Si chiese se anche lui l'avesse provata. Quella... quella cosa che c'era tra loro.

«Questo» disse lui, sentendo il suo battito cardiaco, «mi dice che hai paura».

Non tutti erano allenati a notare certe cose. Ancora una volta, fu colpita dalla sua perspicacia. «Solo perché il mio battito cardiaco è irregolare, non significa che abbia paura». In quel caso, infatti, era *lui* a farle battere il cuore. Solo che non era sicura di volerlo.

Lui si impose di riflettere, rimanendo in silenzio per lunghi secondi. «Forse. Ma sappi che, finché sei qui, nella mia terra, nella mia casa, sei al sicuro».

Gli occhi di lei si allargarono. *Finché* era lì? Suor Cateline aveva detto chiaramente che quella sarebbe stata la sua casa, ma Callum stava insinuando che fosse solo temporanea? «Come, scusa?»

Lui sospirò. «Non intendevo insinuare che *potresti non essere* più qui. Qualunque cosa sia successa prima, *questa* è la tua casa ora, Maggie. Te lo giuro. È permanente».

Si rese conto che forse non aveva ancora abbandonato quel

dubbio assillante dove prima o poi il terreno le sarebbe stato tolto da sotto i piedi, ancora una volta. Nonostante si fosse ambientata facilmente, forse *aveva bisogno* di sentirselo dire. E in qualche modo, sapeva che doveva essere lui a dirglielo. C'era qualcosa in Callum, a prescindere da ciò che la sua vicinanza provocava al suo corpo, che la faceva sentire al sicuro. Rassicurata.

Maggie ricordava la prima volta che aveva incontrato Derek. Anche con lui si era sentita al sicuro. Dopo tanti cambiamenti nella sua vita, lui era diventato immediatamente il suo punto fermo. Non solo nel pensiero o nella teoria, ma a un livello intrinseco e profondo.

Era Callum, ora, il suo nuovo punto fermo? Anche senza l'intensità e l'eccitazione adolescenziale, o la luce speciale dell'amore nei suoi occhi, Callum sembrava quasi predestinato. Si trattava di un'attrazione più solenne, più profonda e più vicina all'anima. Erano entrambi adulti, dopotutto, ed erano molto più simili di quanto si potesse pensare.

Callum sorrise, come se tutto fosse stato risolto, e si congedò fino all'ora di cena.

Quella sera lo incontrò nella sala da pranzo, piccola e intima, accanto al salotto, dove avevano mangiato da quando lei era arrivata. Maggie aveva supposto che mangiassero lì perché era più vicina alla cucina rispetto all'enorme tavolo della sala grande, e inoltre era incantevole. Un piccolo camino riscaldava l'intera stanza e le tende pendevano dal soffitto fino al pavimento.

Maggie aveva fatto di nuovo il bagno, un vero lusso, e indossava il semplice cambio con cui aveva viaggiato. Nessa l'aveva lavato, lasciando il vestito leggermente profumato di menta e lavanda. Era un po' nervosa, persino ansiosa, perché quella sarebbe stata la sua prima cena senza sorella Cateline.

Quando entrò nella piccola stanza, Callum si alzò e le tenne la sedia. Quel piccolo gesto le fece passare un po' di nervosismo. Era un gentiluomo, persino premuroso. I suoi capelli erano umidi e lei percepì di nuovo un sentore di pino.

«Grazie. Hai davvero delle buone maniere, Callum. Sono sicura che tua madre fosse molto orgogliosa di te».

Lui sorrise. «Sì, lo era. Mi hanno insegnato bene, lei *e* zia Cateline».

«Si vede».

«Domani Nessa e Rose ti mostreranno la sala da cucire. C'è un'infinità di tessuti tra cui scegliere. Dovresti avere un guardaroba adeguato».

Maggie chinò il capo e lo ringraziò, provando un impeto di gratitudine. Chi avrebbe mai pensato che un guardaroba adeguato avrebbe significato così tanto? Ma si rese conto che era proprio così, anche se si trovava nel quindicesimo secolo. Non aveva mai avuto un armadio pieno di abiti firmati. Possedeva solo tre vestiti semplici, quindi qualsiasi aggiunta era più che gradita. Nuova *oppure* di seconda mano.

Ide portò la cena: un grasso uccello arrosto di qualche tipo che aveva cotto alla perfezione, servito con un condimento saporito e dolce. Ricordava a Maggie il ripieno di salsicce e ciliegie secche che lei e Celeste avevano preparato per il loro ultimo Ringraziamento insieme.

«Mi racconteresti della tua famiglia, Maggie?»

Stava imburrando un altro pezzo del delizioso pane croccante di Ide quando Callum le fece la domanda. Gli occhi di lei si posarono su quelli di lui. Affidabili, stabili, rassicuranti. Sapeva come fare una domanda e poi ricevere una risposta. Un uomo intelligente. Aspettò la sua risposta.

Nel frattempo, lei pensò: perché no? Erano anni che non parlava della sua famiglia. Letteralmente.

«All'inizio eravamo solo io e mia madre» iniziò Maggie, cercando di fare in modo che la sua voce non si spezzasse. «Era fantastica. Qualsiasi cosa accadesse, guardava sempre il lato positivo».

Le vennero le lacrime a pensare a come sua madre avrebbe affrontato il viaggio nel tempo fino al quindicesimo secolo. Il suo atteggiamento in stile "il futuro è così luminoso da dover indossare gli occhiali da sole" sarebbe riuscito a superare lo shock terrificante di tutto ciò che le era successo? Molto probabilmente sì.

«Maggie?»

Lei gli concesse un piccolo sorriso. «Scusa» sussurrò, e lui le strinse leggermente la mano. Maggie rabbrividì ancora una volta, sentiva il suo tocco nello stomaco, come se ci fosse un filo diretto. Cercava di ignorarlo, ma ogni volta diventava più difficile. «Morì quando avevo quattordici anni. Da allora ho vissuto con padre Michael e la sua famiglia».

«Padre Michael Linton, il sacerdote dei MacGreggor?» chiese Callum.

«No, no, no» disse lei, dissipando il suo entusiasmo per chiunque fosse quest'altro padre Michael. «Mi sono espressa male. Questo era il *pastore* Michael, una persona che ho conosciuto quando ero giovane. Ho incontrato Derek poco dopo e siamo stati insieme poco più di dieci anni».

«Cosa è successo a tuo marito?»

Decise di non dirgli la verità. Non si erano mai sposati. Anche se era come se lo fossero stati. Lei e Derek avevano sempre progettato di farlo. Ma c'erano sempre degli altri obiettivi da raggiungere prima. La carriera, le vacanze, la casa. Inoltre, erano molto felici insieme. Una famiglia felice nella propria identità.

«È stato ucciso due anni fa». Era da molto tempo che non lo diceva ad alta voce.

«Mi dispiace, Maggie. Come si chiamava?»

«Derek, Derek Lowell».

Mister Precisione colse l'errore prima di lei. «Non eravate sposati?» Sembrava mortificato per lei.

Lei rise. «Non fa niente, davvero» disse, accarezzandogli la mano. Rendendosi conto di averlo toccato troppo facilmente, Maggie la ritirò subito, ma lui sembrò non accorgersene.

«Quanti anni hai?»

«Ventisette».

«Siete stati insieme quasi dieci anni e lui non ti ha sposata?»

«Non capiresti».

«Prova a spiegare».

Come orientarsi in quel pasticcio? Scoppiò a ridere. L'espressione di Callum diceva tutto: era inorridito.

«Come fai a trovare questa cosa divertente non lo capisco proprio» disse, con lo sguardo improvvisamente intenso. «Ma ti assicuro che se mai ci sarà un pretendente per te, la tua mano sarà chiesta e assicurata».

«Non credo che ci sarà un altro pretendente, Callum. Non sono sicura di avere abbastanza cuore per affrontarne un altro».

«Ah, so come ti senti. Pensi che un solo vero colpo di fulmine sia sufficiente, no?»

Lei sorrise, ma stavolta si trattenne prima di accarezzargli la mano. «Parlami di tua moglie».

Lui versò altro vino. Armeggiò con il cibo. Poi appoggiò i gomiti sul tavolo. Strinse le mani, come se avesse tutta l'intenzione di parlare. Ma un attimo dopo scosse la testa.

Povero Callum, conosceva quella sensazione.

Maggie lasciò che il silenzio si prolungasse. Voleva onorare le emozioni che lui stava vivendo in quel momento. Bevve un sorso di vino, si schiarì la gola e infine disse: «L'amavo. Era una mia responsabilità ed è morta mentre ero via».

Il suo cuore si rivoltò per lui. Erano quelle le cose che pesavano di più.

«Mi scuso, non l'ho mai detto ad alta voce».

Maggie gli coprì la mano con la propria, senza più trattenersi per una sorta di decoro insensato, e gliela strinse delicatamente. «Ti capisco» disse, cercando di ignorare che quel povero uomo torturato era per lei ancora più affascinante proprio per la sua sofferenza. «Dirlo ad alta voce aiuta. Se ne hai bisogno, puoi ripeterlo».

Era bello avere qualcuno, della stessa epoca o meno, con cui condividere tutto quello. Sebbene tutti fossero sempre stati comprensivi con lei, non era mai sembrato che la capissero davvero. Non veramente. Callum capiva il suo dolore e anche lei il suo.

Parlarono per ore. A volte con toni sommessi, altre con una risata o un sorriso. Condivisero anni di ricordi e di confidenze l'uno con l'altra. Nel frattempo, Maggie era consapevole che ciò che stavano facendo consolidava ulteriormente il legame che li univa.

Era catartico e piacevole allo stesso tempo.

Non aveva mai avuto qualcuno che capisse veramente come ci si sentiva a perdere la persona con cui si condivideva tutto. Dal corso della loro conversazione, capì che anche per Callum valeva lo stesso.

Quella sera non si ritirarono nella sala grande. Avevano passato tutta la serata a testa china, parlando mentre la cera delle candele colava. Lui la salutò in cima alle scale.

Con una leggerezza che non provava da tempo, Maggie andò in camera sua. Il fuoco ardeva e la luce della luna entrava dalla finestra mentre lei, distrattamente, accarezzava la pietra in un rituale oramai inconsapevole.

Se fosse stata a casa, nel suo tempo, avrebbe acceso un po' di musica e si sarebbe accoccolata sul divano. O magari si sarebbe infilata a letto per leggere un libro. Invece, indossò una sottoveste. Ne aveva solo due. Ma Nessa era pronta a farle avere abiti lavati. Si occupò della sua routine notturna, poi si mise a letto. Si segnò mentalmente di prendere altri libri dal solarium il giorno seguente.

I suoi pensieri erano piuttosto piacevoli. Il che era già di per sé una novità. Si addormentò in un sonno tranquillo quando, come sempre, le paure si insinuarono nella sua mente.

Si era forse sistemata un po' troppo comodamente, godendo della compagnia di Callum e persino di quella del suo staff? La paura di perdere tutto ciò che aveva, ancora una volta, divenne schiacciante.

Dopo circa un'ora di tortura, finalmente si addormentò.

CAPITOLO 8

Le urla di Maggie svegliarono Callum di soprassalto. Il fatto che si fosse addormentato così in fretta era già di per sé uno shock. Forse tutte quelle chiacchiere dopo la cena erano servite. Parlare davanti al dessert e a un bicchiere di vino dopo l'altro, mentre le candele bruciavano a fuoco lento, aveva ulteriormente facilitato il suo sonno.

La porta della sua camera non era sbarrata, quindi, entrando nella sua stanza, i suoi occhi si posarono per la prima volta sullo zaffiro, illuminato dalla luce della luna che filtrava dalla finestra. Le imposte erano state lasciate aperte e le tende si muovevano con la brezza notturna.

Maggie gridò di nuovo, attirandolo al suo capezzale dove sembrava piccola, quasi inghiottita dalle lenzuola. I suoi capelli scuri erano in netto contrasto con le coperte fra cui giaceva. Si girò e si rigirò, poi gridò bruscamente, stringendo il ciondolo che lui aveva notato portava al collo fin dal suo arrivo. Di solito lo teneva nascosto sotto i vestiti, ma qualunque cosa fosse, evidentemente le dava conforto.

Le toccò delicatamente la spalla con la punta delle dita, pensando di svegliarla. Non funzionò. Premette un po' più forte, usando questa volta il palmo della mano. La mano di lei gli si strinse intorno al polso come una morsa e, prima che lui potesse reagire, lo strattonò in avanti.

Un secondo dopo lui giaceva prono sul letto, bloccato sotto il gomito di lei. Gli occhi di Maggie si spalancarono, selvaggi, mentre ansimava e teneva tutto il braccio nella sua presa, con il pollice in un angolo precario. Se non fosse stato così sorpreso, Callum avrebbe reagito con maggiore precisione difensiva. Invece se ne stava lì, apparentemente in trappola.

Non percepiva la ragazza come una minaccia, ma gli faceva pena chiunque fosse un vero nemico.

«Perché sei qui?» gli chiese Maggie mentre iniziava a riconoscerlo. Gli occhi di lei scrutarono la stanza. Come se il pericolo fosse ancora in agguato.

«Hai urlato».

Gli occhi di lei tornarono a lui e si restrinsero. «Io non urlo».

Callum pensò fosse meglio non discutere per il momento e mantenne lo sguardo diretto e fermo. Il respiro di lei stava tornando normale. Soffici e caldi sbuffi che riempivano l'aria tra di loro.

Tornando in sé, Maggie allentò la presa e liberò il pollice di lui. Poi, con una mossa che lo sorprese, si mise su un fianco con un colpo secco, la testa sul cuscino, rivolta verso di lui.

Senza menzionare il motivo per cui si trovava nella sua camera, le sue urla e l'evidente terrore notturno che aveva provato, Maggie gli accarezzò il lato del viso con la mano sottile.

«Mi dispiace di averti disturbato» disse, sembrando improvvisamente esausta.

Callum era stupito dalla sua mancanza di malizia, dall'innocenza assonnata del suo gesto e, ancora una volta, da come il suo tocco lo faceva sentire. Vivo. Fino a quel momento si era accontentato di passare inosservato, ma ora rispose: «Non è un disturbo».

Lei sorrise imbarazzata e, come una bambina che percepisce sicurezza e protezione, chiuse i suoi begli occhi e si addormentò proprio davanti a lui.

Callum la osservò a lungo, chiedendosi cosa l'avesse tormentata così tanto. Non era troppo felice di ammettere che gli piaceva la sensazione di averla tra le braccia, ora che lei aveva trovato la strada e lui l'aveva avvolta nel suo abbraccio.

Mentre guardava la stanza, i suoi occhi si fissarono sulla spada. Strano, non ci aveva pensato molto da quando l'aveva messa lì il giorno in cui era arrivata. Ripensò alla storia della zia e dovette ammettere che la ricomparsa dell'arma, con il gioiello di famiglia al suo posto, *era* sconcertante.

Per un attimo, Callum si chiese se la storia dell'incantatrice e del gioiello fosse vera. Non era sicuro di volere che lo fosse. Ma Grey e Gwen, e il loro amore predestinato, ora erano più forti che mai.

Poteva davvero esserci *un'altra* profezia destinata a esercitare la sua influenza su uno dei loro confratelli? O forse erano stati così uniti fin da ragazzi proprio per quel motivo. Era troppo per Callum. Inoltre, capiva come Maggie si sentiva di fronte alla prospettiva di trovare qualcun altro. La prospettiva di perdere quella persona.

In realtà, non ci aveva mai pensato, nemmeno una volta dalla morte di Fiona. Non aveva considerato l'idea di avere un'altra amante, un'altra moglie. Per lo meno, fino a poco tempo prima, da quando era arrivata Maggie.

Per l'amor del cielo, da allora, ci aveva pensato più di una volta.

Pensò a quello che le aveva detto prima, sul fatto che era al sicuro sotto le sue cure e nella sua casa. Modificò la sua dichiarazione in quel preciso momento. «Da questo momento in poi, Margaret di Sinclair, ovunque tu vada, sarai al sicuro. Lo giuro».

Callum si svegliò poco prima dell'alba, sconvolto dal fatto di aver dormito profondamente per tutta la notte. O almeno per quel che ne era rimasto. Dopo essersi districato con lentezza e attenzione da Maggie, le rimboccò bene le coperte. Sembrava di nuovo tranquilla. Cosa c'era di male nel trarre conforto l'uno dall'altra?

Davvero, cosa mai poteva esserci? Non c'era bisogno di altro.

Senza volerlo, sfregò la pietra lucente mentre passava accanto alla spada e, in silenzio, attraversò il corridoio per tornare alla sua camera. Non poté fare a meno di ricordare come si sentiva bene con Maggie accoccolata tra le sue braccia. Callum si chiese se si trattasse proprio di Maggie, o se gli sarebbe bastata un'altra donna. Era buffo come cercasse di giustificarsi pur sapendo bene che era una bugia.

Era proprio Maggie.

Per sette volte l'aveva toccata o era stato toccato *da* lei.

Sì, aveva tenuto il conto.

Non poteva negare che, come un colpo di fulmine, ognuno di quei tocchi, aveva scombussolato il terreno sotto ai suoi piedi.

Solo che lui era più bravo di lei a nasconderlo.

CAPITOLO 9

Il mattino seguente, un sole splendente e uno stormo di oche sopra il castello accolsero Maggie. Dopo aver fatto tanta fatica ad addormentarsi, si era svegliata rinfrescata e ottimista. Si stiracchiò dopo essersi seduta, portandosi le lenzuola, sorprendentemente morbide, al viso e inspirando profondamente.

Profumavano di pino. Il profumo la fece pensare a Callum e sorrise ricordando come i suoi folti capelli si erano asciugati durante la cena della sera prima. Il suo volto illuminato dalla luce della candela. Come il tremolio aveva rivelato la cicatrice sulla tempia.

Si avvicinò alla finestra, guardando il cortile che prendeva vita. I pochi residenti nel castello avevano cominciato a muoversi. Dopo un attimo, Maggie rifece il letto e si occupò della sua routine mattutina. Poi andò alla ricerca di qualcosa di caldo da bere.

Ogni giorno, Ide aveva qualche piacevole intruglio pronto sulla credenza della sala da pranzo. La miscela del giorno era un tè caldo speziato con zenzero e arancia. Aveva appena bevuto il primo sorso quando Callum entrò e se ne versò una grande tazza. Bevendo, emise un suono di apprezzamento.

«Sono completamente d'accordo» disse lei, guardandolo.

Lui sorrise e mormorò il suo buongiorno.

«Hai dormito bene?» Lei sicuramente sì. Forse tutte le chiacchiere della sera prima l'avevano aiutata a mettere in ordine alcuni ricordi ingarbugliati. O forse era solo perché aveva qualcuno con cui parlare.

Lui le rivolse uno sguardo curioso, quasi dubbioso. «Io ho...» disse, poi fece una pausa. «Tu?»

«Come una bambina».

Callum ridacchiò, con un rossore che gli si diffondeva sulle guance. Era molto attraente. «Ho dato istruzioni a Nessa e Rose di sfruttare al massimo la mattinata. Non appena avrai interrotto il digiuno, dovrai raggiungerle nella sala da cucire».

«Penso che salterò la colazione» disse Maggie con un sorriso. Aveva dimenticato che quello era il giorno dei vestiti nuovi. La prospettiva la riempiva di eccitazione.

Lui allungò la mano con una rapidità fulminea, i riflessi di quell'uomo erano sorprendenti, e la fermò mentre lei si voltava per uscire. «Ide non sarà contenta» disse, lanciando un'occhiata alle spalle prima di farle un occhiolino cospiratorio. Poi prese un quadrato di lino e vi pose al centro una grossa fetta di quella che sembrava una quiche. «Questo sarà sufficiente».

Lei accettò la sua colazione da asporto ringraziandolo e facendo un inchino, *praticamente si inchinava di continuo, oramai. C'erano cose peggiori nella vita che essere ben educati!*

Tre ore e innumerevoli scelte dopo, Maggie andò in cerca di cibo. Non riusciva a vedere bene e aveva bisogno di sgranchirsi le gambe. Chi avrebbe mai immaginato quanto potesse essere noiosa e intensa la scelta dei tessuti?

Non che non fosse grata. Il fatto di non doversi cucire da sola i vestiti era una piccola benedizione. Non era molto capace, le suore l'avevano intuito. Nessa e Rose, tuttavia, sembravano entusiaste di creare un nuovo guardaroba per lei.

Maggie si era offerta di aiutarle a svolgere altri compiti per alleggerire il carico, ma loro avevano detto assolutamente di *no*.

L'aveva chiesto per due volte, ma le avevano ripetuto che avrebbe ottenuto almeno un capo nuovo al giorno.

Dai pochi giorni in cui si trovava a Dunhill, la routine prevedeva una colazione formale e una cena con il "tavolo dell'ospitalità" dedicato a eventuali ospiti o ai visitatori, così Maggie chiamava l'abbondante offerta quotidiana di cibo di Ide. Si chiese da dove avesse preso quell'idea moderna, ma poi pensò che forse non era così moderna, dopotutto.

Cosa ne sapeva lei in effetti del Medioevo? Oltre, naturalmente, a quello che *aveva imparato* fino a quel momento.

A volte si sorprendeva a ridere di sé stessa.

Forse stava venendo fuori un po' dell'ottimismo di sua madre. O forse era perché la sera prima aveva parlato di sua madre con Callum. Era la prima volta che la ricordava così intensamente da anni. Maggie non si sarebbe spinta fino a dire che il futuro poteva essere radioso, ma vedeva, anzi sentiva che le cose avevano preso una piega positiva.

Quando entrò nelle cucine, Maggie salutò Ide e le ragazze, che rifiutarono *nuovamente* la sua offerta di aiuto e la scacciarono verso "il tavolo". Ide portò un'altra grande tazza di tè caldo e Maggie prese pane, formaggio e frutta. Era il suo pasto preferito.

Quel pomeriggio esplorò i terreni intorno alla fortezza. Trovò due bei giardini fioriti fiancheggiati da siepi e sentieri tortuosi, punteggiati da fontane, tavoli in pietra e panchine. Un posto perfetto per godersi la primavera e il clima più tiepido.

Attraversando il cortile, vide Callum per la prima volta dalla colazione. Lui le fece un cenno e lei ricambiò il saluto. Lui si chinò, proprio come il giorno prima, quando lei lo aveva urtato senza tanti complimenti da dietro, e raccolse due pietre. Incuriosita, lo seguì nelle stalle e si fermò di colpo.

Magnifica era la parola che le venne in mente. La struttura a due piani era ampia e spaziosa, con almeno venti stalli. Non tutti erano occupati. Ma a prescindere dal numero di cavalli ospitati, tutti gli animali erano ben curati.

Maggie amava i cavalli. Da bambina aveva frequentato il

campo estivo della chiesa e l'equitazione era stata la sua parte preferita. Si era sempre iscritta al servizio di scuderia, sapendo che così avrebbe potuto passare più tempo con gli animali. Più tardi, quando si era trasferita dai Michael, tempo permettendo, aveva avuto la possibilità di accedere liberamente al fienile e alla stalla nella proprietà della chiesa.

«Vai a cavallo?» le chiese Callum, dopo averla notata imbambolata sulla porta.

«Sì. So anche pulire le stalle e aiutare a dare da mangiare». Guardò verso il fienile e salutò il ragazzino che le sorrideva.

Callum ridacchiò. «Non credo che Edward o il giovane Benjamin sarebbero contenti» disse, parlando del padrone della stalla e di suo figlio. Poi le prese il gomito, guidandola verso il centro. «Qui ci sono due giumente. Le mettiamo fuori ogni giorno e cerchiamo di cavalcarle. Se ti va, puoi cavalcarne una o anche entrambe».

«Davvero?» sorrise lei, lasciando scorrere la mano lungo le belle travi di legno colorato che incorniciavano i box su entrambi i lati.

Lui guardò perplesso solo per un secondo, poi ripeté. «Sì, Maggie. Davvero. Se non riesci più a vedere il castello, vorrà dire sei andata troppo lontano. Avrai comunque molta libertà. Credimi, mio nonno ha costruito questa fortezza pensando proprio a questo. Si può vedere per quasi una lega dalla sua posizione. Capito?»

Riflettendo sulle sue fortune, Maggie accettò rapidamente. Quasi cinque chilometri, una lega era sufficiente per il momento. E poi, onestamente, non era sicura di volersi avventurare oltre.

Senza dire altro, Callum sellò il suo cavallo, le fece un cenno e partì.

Solo il giorno dopo Maggie si rese conto di quanto le avesse concesso. Sicuro della sua parola, il nonno di Callum aveva costruito il mastio originale in modo strategico. La vista era chiara, nonostante le dolci colline, per almeno cinque chilometri tutto intorno.

Durante il primo giro ufficiale Maggie si imbatté nella tomba di famiglia. Bellissime lapidi con i nomi del nonno di Callum, dei suoi genitori e della sua amata moglie, Fiona. Le si spezzò un po' il cuore quando notò le pietre sopra la lapide di Fiona. Ora sapeva perché ogni mattina si chinava nel cortile per andare alle stalle.

La sera successiva, ben dopo cena, Graham e Andrew tornarono dopo aver accompagnato Cateline a casa. Maggie guardò Callum accoglierli dalla finestra della sua camera da letto. Parlarono per un po' e lei si ritrovò ipnotizzata. Si sentiva confortata anche mentre conversavano, annuendo, punzecchiandosi e talvolta ridendo. Non riusciva a sentire quello che dicevano. Ma da quello scambio capì che erano molto uniti e che gli era mancato il cameratismo negli ultimi giorni.

Anche a lei mancava. Il cameratismo. Certo, le suore l'avevano fatta sentire benvenuta, ma non era mai stata veramente parte del loro gruppo. Non aveva nemmeno un'amica intima lì nel quindicesimo secolo. Non aveva nessuno come Celeste.

Invidiosa dello scambio di battute fra gli uomini, Maggie sperava di poter approfondire l'amicizia, o come la si volesse chiamare, che stava sbocciando tra lei e Callum.

Pensò a cosa avrebbe potuto fare l'indomani. *Sì*, era quello che dicevano le persone, *e allora?* Adesso le piaceva. Dopotutto, paese che vai, usanza che trovi. Aggiunse "fare una passeggiata veloce nel pomeriggio" al suo scarno elenco di attività da fare. Poi si infilò a letto.

La notte stava diventando più fredda e Nessa aveva avvolto una grossa pietra riscaldata dal camino e l'aveva infilata tra le coperte. Le lenzuola avevano ancora un leggero odore di pino, e lei le portò al viso e inspirò. Era un profumo piacevole, che le era diventato fin troppo familiare.

Si addormentò poco dopo con il sorriso sulle labbra.

CAPITOLO 10

Seduto dietro la scrivania, Callum prese un nuovo blocco di legno e iniziò a intagliarlo. Era passato un po' di tempo dall'ultima volta che l'aveva fatto. Anni, in effetti. Ma ora aveva davanti agli occhi un numero crescente di stranezze.

Un nuovo set di Jack per Maggie.

Sorrise, pensando alla gioia che avrebbe potuto darle. Le dita gli facevano male a lavorare con tanta precisione, ma la pratica lo tranquillizzava. Se solo avesse pensato di farlo prima. Forse non sarebbe stato così irrequieto negli ultimi anni.

Era un hobby che aveva imparato da suo padre, che era un esperto di quel mestiere. Con il tempo, le capacità di Callum erano migliorate ed era riuscito a riprodurre repliche raffinate della maggior parte di qualsiasi oggetto, ma i suoi preferiti erano ancora quelli che aveva intagliato il suo genitore. Per la prima volta dopo anni, si chiese che fine avesse fatto il medaglione che suo padre aveva realizzato per lui.

Callum si rese conto di non ricordare l'ultima volta che l'aveva visto. Tuttavia, un tempo lo considerava un bene prezioso. Mettendo da parte il progetto in corso, passò quasi un'ora a cercarlo nella scrivania e negli scaffali, ma non riuscì a trovarlo.

Inquieto, rimase sveglio fino a tarda notte. Era felice di riavere

Andrew e Graham con lui, ma ammetteva che la loro assenza gli aveva permesso di passare più tempo con Maggie. Anche a lui era piaciuto.

Era la provvidenza, si chiedeva? E non per la prima volta che si faceva questa domanda. Anzi, continuava a pensarci dal giorno in cui Maggie era arrivata e dal momento in cui la zia gli aveva raccontato la storia della festa, dall'affare che aveva concluso la madre per avere il gioiello e dalla misteriosa incantatrice.

Se la magia era viva per Grey e Gwen, sicuramente poteva esserlo anche per lui. Avrebbe dovuto essere uno sciocco per non prendere in considerazione la questione della provvidenza, della guida divina, o che altro. Dopotutto, lei aveva la sua spada. La spada che era scomparsa la notte della tempesta.

Pensava che *potesse* essere una semplice coincidenza che le suore avessero accolto Maggie. Che lei avesse la sua spada, il gioiello perduto da tempo nuovamente incastonato. E ogni volta che si toccavano... Beh, condividevano un legame potente. *Avrebbe potuto* non essere nulla. Qualcosa in lui, però, diceva che era più probabile che fosse il destino.

La vita sembrava un po' più luminosa ultimamente; era finalmente cambiata la situazione?

Ridacchiò. La vita era più che luminosa. Per così tanto tempo era rimasto confinato in uno strano e solitario spazio da non rendersi conto di quanto fosse opprimente la sua condizione. Tutto gli pesava enormemente. O almeno così gli sembrava. Ovvio, aveva dei doveri. Ne aveva sempre avuti. Anche quando aveva lasciato Dunhill per un lungo periodo, si era dedicato ad aiutare i suoi confratelli.

Aveva trascorso quasi un anno a Seagrave dopo la morte di Fiona. Non era mai stato così grato di non dover pensare o riflettere sulla vita. Doveva semplicemente fare. Seguire gli ordini, dare gli ordini. Sebbene lui e Grey fossero alla pari, quando si trovavano insieme, era il suo amico a prendere il comando. Anche se, lui era felice di fornire rinforzi in caso di necessità.

Grey sapeva che aveva bisogno di una distrazione e lo aveva

tenuto occupato. Soprattutto nell'addestramento delle nuove reclute. Callum si sentiva più a suo agio con Greylen e Gwen, ma anche con Lady Madelyn, Gavin e Isabelle, quando venivano in visita. Non c'erano mai conversazioni imbarazzanti fra di loro.

Invece di evitare di parlare della sua perdita, facevano domande e pronunciavano il nome di Fiona ad alta voce, senza fingere che non fosse mai esistita. Aveva scoperto che la maggior parte delle persone si sentiva a disagio, non solo per la sua morte, ma anche per il solo fatto di nominarla.

Non sentir pronunciare il suo nome gli dava più fastidio che sentirlo.

Gwen gli aveva messo a disposizione uno degli alloggi degli ospiti al loro piano. Callum sarebbe stato felice di stare con gli uomini della guarnigione, visto quanto era ancora cruda la sua perdita, ma in seguito aveva ipotizzato che Gwen lo avesse messo lì vicino di proposito.

Era il suo piano per attirarlo nella loro famiglia e per farlo tornare alla vita.

Non c'era niente di meglio dei loro continui e rumorosi battibecchi o del fatto di avere uno dei bambini che gli veniva gettato in braccio più volte nel corso della giornata per distrarlo. L'attitudine mentale di Gwen, col senno di poi, era eccellente.

Seagrave e Dunhill erano luoghi completamente diversi. Grey aveva centinaia di persone sul territorio e quasi un'intera legione di uomini a sua disposizione. Mentre Callum, al momento, ne aveva pochissimi sotto la sua tutela. Aveva un esercito a disposizione, in caso di necessità. Anche se, negli ultimi tempi, si trattava solo di rare scaramucce a Dunhill o nelle vicinanze. Molti erano consapevoli delle sue capacità e nessuno era così sciocco da minacciarlo.

I pochi che lo avevano fatto, erano stati eliminati con l'aiuto di Andrew e Graham.

Callum non vedeva l'ora di tornare a Seagrave. La Festa d'Autunno si stava avvicinando rapidamente. L'ultima celebrazione che si sarebbe tenuta in riva al mare fino alla primavera successiva. Aveva intenzione di andarci e di riportare indietro uno dei carri di Grey carichi di merci.

Era l'ultima occasione per raccogliere provviste prima dell'inverno. Non solo i normali prodotti di base necessari per la stagione, ma Gwen li aveva viziati con prelibatezze come olive, agrumi, vaniglia e chicchi di caffè. Oltre all'abbondanza di ingredienti che i capitani di Grey raccoglievano viaggiando di porto in porto.

Quella volta avrebbe portato Maggie con sé. L'attesa che provava a quella prospettiva lo sorprese. In base a ciò che aveva visto delle capacità di Maggie con i cavalli, sembrava in grado di affrontare un lungo viaggio. L'avrebbe osservata più da vicino per esserne sicuro, magari portandola con sé in una delle sue cavalcate serali.

Santo cielo, i miracoli non finiscono davvero mai? Lui, Callum Sebastian O'Roarke, pensava di divertirsi a portare Maggie con sé nella sua sacra cavalcata notturna. Forse sua zia aveva sempre avuto ragione. Cominciava a sembrare che, dopotutto, Maggie appartenesse davvero a quel posto.

CAPITOLO 11

Una settimana dopo, Maggie si risvegliò in un'altra giornata di sole splendente. Con rinnovato entusiasmo e buoni propositi, salì le scale prima del solito, indossando l'abito nuovo che Nessa aveva lasciato appeso nel suo camerino.

Lei e Rose dovevano averlo completato tardi e l'avevano portato di nascosto nella sua stanza dopo che si era addormentata. Era blu scuro, con graziose cuciture bianche. L'avevano abbinato a una spessa fascia a quadri in tinta. Non avrebbe sostituito uno dei suoi mantelli più caldi e utili, ma sarebbe stato perfetto per la casa e più piacevole da indossare. Maggie si precipitò in cucina, sapendo che Ide stava ancora preparando la colazione. La maggior parte del personale, se non tutto, avrebbe mangiato mentre lei cucinava.

«Guardate» disse, posizionandosi tra l'ampio tavolo dietro il quale Ide stava impastando e quello dove si trovavano Nessa, Rose e Albert. «Ecco una sfilata di moda». Si girò e finì con un inchino.

Ormai era diventata esperta in quel tipo di mossa.

Il pubblico applaudì. Anche Callum, in piedi sulla porta in fondo alle cucine. Maggie si sentì arrossire. Se avesse saputo che lui era lì, non avrebbe mai fatto quella piccola sfilata di moda. Era la terza volta che sfoggiava un vestito nuovo, quindi oramai era quasi una routine. Callum doveva probabilmente essere partito presto a cavallo, prendendo il sentiero vicino alle scuderie e alla forgia, che dal cortile circondava la fortezza. «Il calzolaio dovrebbe essere già passato. È tardi per la stagione» disse Rose.

«Sì, ha ragione» replicò Callum, allontanandosi dallo stipite ed entrando nella stanza. Espresse la sua ammirazione per il vestito nuovo. Le prese la mano e la sollevò in alto. Lei girò su sé stessa, sapendo che era... Oh, insomma, ormai era completamente immersa nell'atmosfera di un altro tempo, ed era quello che lui voleva. Desiderava solo che smettesse di prenderle la mano: ogni volta che si toccavano era dolorosamente consapevole del loro legame. Quando la lasciò andare, Maggie notò che il colore del suo vestito era identico a quello dei suoi occhi.

«Ha solo due paia di scarpe» spiegò Nessa.

Maggie staccò gli occhi da quelli di Callum. «Va bene così. Davvero».

Callum scosse la testa. «Non va bene». Fece un cenno di ringraziamento in direzione di Nessa e poi disse: «Vieni, credo di avere una soluzione che fa per te».

Ide porse a ciascuno di loro una tazza grande e alta piena dell'infuso fresco del mattino.

«Ha un profumo divino» disse Maggie riconoscente, mentre nell'aria si diffondeva il profumo di menta. Bevendo un sorso, si unì al mormorio di apprezzamento di Callum. Era praticamente diventata la sua bevanda preferita.

Seguendolo lungo il piano principale, fu sorpresa quando Callum prese le scale e si diresse verso la torretta all'altra estremità del corridoio. Si chiese cosa ci fosse dietro la porta. Aveva esplorato la zona, ma non le sembrava giusto addentrarsi nelle altre stanze di quel piano. Sapeva che erano, o erano state, occupate dalla sua famiglia.

«Callum, di chi è questo appartamento?» chiese, esitando quando lui le fece cenno di entrare.

«Appartamento?»

Ops, probabilmente quella parola non esisteva ancora. «Camera» si corresse lei. Anche se in realtà il termine appartamento era corretto; era uno spazio enorme diviso in almeno tre aree.

«Era la camera dei miei genitori e poi di mia madre» disse malinconicamente, guardando la stanza come se fosse piena di ricordi felici. «Vieni, ho qualcosa da mostrarti».

Maggie si fermò sulla soglia, guardandosi intorno. I bei mobili, i tendaggi, i rivestimenti del pavimento e tutti i tocchi personali che rendevano una casa un luogo speciale.

Una pila di libri giaceva ancora su un tavolo vicino alla finestra, volumi impilati con cura e ovviamente perfettamente spolverati. Una coperta ordinatamente piegata adornava ancora il divano e la parte finale del letto. Quando gli occhi di Maggie si posarono su un oggetto d'arredamento, posto in un angolo, il suo cuore ebbe un sussulto di riconoscimento.

«Aspetta» disse, e si affrettò a esaminare le decine di statuette di legno che vi erano appoggiate sopra. «Chi le ha fatte?»

Callum ne prese una. «Io». Sorrise, ma i suoi occhi sembravano distanti. «Le ha conservate tutte, anche quelle brutte, da quando ho iniziato». Poi ridacchiò leggermente, come faceva sempre.

A Maggie piaceva quel suo modo di fare. Le guance le si colorarono e il suo atteggiamento serio si ammorbidì un po'. Era molto affascinante.

«Posso?» chiese, facendo un gesto verso una delle statuette.

«Certo».

Con lentezza, quasi trattenendo il respiro, scelse un piccolo elefante dalla collezione. Quando lo prese in mano, le sembrò un oggetto familiare. «Sei molto bravo» disse, con la voce piena di emozione.

Quando le venne da piangere, si voltò, mortificata. Callum le avvolse le grandi mani intorno alle spalle, abbracciandola da dietro.

«Maggie? Cosa c'è?» chiese dolcemente.

Era così bello essere abbracciata da lui che Maggie si appoggiò al suo petto, finché non fu sopraffatta dal senso di colpa. Come poteva godere del tocco di un altro uomo quando pensava ancora a Derek e a casa sua? Quanto era orribile?

Facendo un respiro profondo, si scosse, si asciugò gli occhi e si voltò. Callum non indietreggiò e lei si ritrovò a fissare dritto il suo petto.

Lui le sollevò il mento. «Cosa c'è che non va?» le chiese, scrutando i suoi occhi.

Con un'alzata di spalle lei gli rispose. «Anche Derek amava intagliare il legno. Ne ha fatte molte nel corso degli anni».

«È la verità?»

Lei annuì. «Sì».

Lui la tenne ferma per un altro momento. Forse non sapeva cosa dire. Fu lei a rompere il silenzio per prima.

«Ora sto bene. Grazie».

Callum sembrò soddisfatto della sua risposta, molto probabilmente felice di averla aiutata a superare quel momento di sfogo. «Vieni» le disse. Poi percorse un breve corridoio e girò a destra, entrando in un armadio pieno di vestiti di sua madre.

«Oh santo cielo, Callum». Maggie si portò una mano alla bocca, stupita. Gli abiti erano appesi ovunque. Scarpe e stivali erano allineati sugli scaffali.

«Non ci avevo nemmeno pensato» spiegò lui scuotendo la testa. «Ho sempre immaginato che un giorno Fiona o nostra figlia, qualora ne avessimo avuto una, avrebbero potuto ammirare i tesori di mia madre». Si sedette su una panca imbottita al centro della stanza. «Ma a cosa servono ora, se non a prendere polvere?»

In realtà, era impossibile vedere anche solo un granello di polvere. Nessa e Rose avevano sicuramente dedicato molto tempo ad assicurarsi che la stanza fosse perfettamente in ordine, proprio come le altre. Fu ancora una volta sorpresa dalla facilità con cui riuscivano a condividere il loro dolore e i loro pensieri più profondi.

C'era qualcosa di silenziosamente potente nel fatto che Callum ricordasse Fiona pochi istanti dopo che lei aveva pensato a Derek.

«Maggie?» Callum si alzò. «Cosa c'è che non va?» Le afferrò il mento, inclinandole ancora di più la testa all'indietro e guardandola intensamente negli occhi. Dopo un attimo, disse: «Non sei costretta a prendere le sue cose. Pensavo...»

Lei gli afferrò il polso e scosse la testa, sciogliendosi davanti alla sua sensibilità. «Sarei onorata di indossare qualsiasi oggetto di tua madre».

Maggie era davvero commossa. Cosa non avrebbe dato per avere qualcosa di sua madre. Che Callum condividesse tutto quello con lei, che glielo regalasse, era stupefacente e molto generoso da parte sua.

«Vieni, cerchiamo delle scarpe. Credo che abbiate lo stesso numero». Lei si sistemò sulla panchina che lui aveva lasciato libera, guardandolo curiosare tra gli scaffali. «Ah» esclamò lui, afferrando un paio di stivali di pelle alti e piatti. «Gli stivali da equitazione di mia madre».

Erano stivali bellissimi. Maggie li indossò, mosse le dita dei piedi e lo guardò raggiante: le andavano bene. «Penso siano perfetti!»

Condivisero un momento di gioia. Euforici e ridicoli allo stesso tempo. Erano solo un paio di stivali, ma quel momento aveva un significato profondo. La pelle era morbida, era stata indossata con amore e ben ammorbidita. Maggie camminò da un capo all'altro dell'armadio e le suole le sembrarono decisamente comode. Si sedette di nuovo e guardò le calzature. Non c'era un graffio.

«Callum, sono in perfette condizioni».

Lui alzò le spalle. «Il calzolaio ha un talento eccezionale. Sostituiva le suole ogni anno. Puoi prendere quello che vuoi, Maggie».

«Non so come ringraziarti».

«Non ce n'è bisogno» disse con un sorriso gentile. «Puoi tenere anche la statuetta».

Maggie stava quasi per mostrargli il medaglione, ma qualcosa la fermò. Quel momento era perfetto.

Avrebbe aspettato un'altra volta.

CAPITOLO 12

Callum sentì il leggero calpestio dei passi di Maggie. Sembrava che i suoi sensi si fossero acuiti da quando lei era arrivata a Dunhill. Da tempo ormai si era abituato alla solitudine, ma ora lei stava riportando vita all'ambiente e a chi lo abitava, lui compreso.

Ide aveva un'altra bocca da sfamare, e una bocca che apprezzava molto: Maggie non faceva altro che esternare il suo apprezzamento a ogni pasto che le veniva servito. Nessa e Rose potevano mettere a frutto le loro abilità e ogni giorno si rallegravano grazie alle lodi di Maggie per gli abiti che le confezionavano. Persino Albert aveva una marcia in più in quei giorni, quando si occupava della "piccola Maggie", come gli piaceva chiamarla.

Sì, Maggie di Sinclair aveva un certo modo di fare. Qualcosa che anche adesso, lo spingeva a lasciare la comodità del suo studio per osservarla mentre passava per il corridoio. Gli piaceva il modo in cui lasciava che la sua mano sfiorasse la pietra mentre camminava.

Una mano delicata, sottile e leggera. Esile e sinuosa.

Intrigante.

E affascinante.

Il suo stupore quotidiano nell'esplorare la fortezza era una delizia a cui assistere. Callum era da sempre orgoglioso della casa in cui era cresciuto. Suo padre era stato un uomo semplice e nobile. Non nobile per posizione. Nobile di carattere. Sua madre, invece, proveniva dalla vera e propria nobiltà e dalla ricchezza. A dire il vero, però, era sempre stata la più felice nel donare agli altri. E lui aveva la sensazione che le sarebbe piaciuto dare a Maggie alcuni dei suoi oggetti personali.

Callum osservò Maggie, le cui dita scorrevano lungo il muro, e la seguì con lo sguardo mentre girava intorno al pilastro di pietra che ornava l'ingresso della sala grande e poi vi entrava leggera. La trovava spesso lì. Era stata anche la stanza preferita di sua madre. Fiona, invece, aveva preferito uno studio più piccolo, dove passava ore a cucire e cose del genere. Non che stesse facendo paragoni. Stava solo prendendo nota del suo comportamento.

Si rese conto, con una certa sorpresa, di quanto gli piacesse avere intorno una persona nuova. Anche se, a essere sinceri, non era solo il fatto di avere *qualcuno* intorno a sé che gli piaceva, ma in particolare gli piaceva stare con Maggie.

Gli piaceva averla intorno.

Gli piaceva il suo viso espressivo, incorniciato da una zazzera di capelli scuri e ondulati. A volte era l'unica cosa che riusciva a vedere mentre lei leggeva o giocava a Jack.

Sembrava che ultimamente fosse la prima cosa che notava quando entrava dalla porta. Il suo corpo davanti al fuoco e al suo gioco. O forse sulla sedia a leggere. Ripensò all'imminente viaggio con lei a Seagrave. E a quanto desiderava che Grey e Gwen la conoscessero.

Quello che voleva davvero era la loro opinione sul perché Maggie, la spada e il gioiello fossero arrivati a Dunhill. Era possibile che ci fosse in atto una magia? Pochi sapevano della profezia di Grey e Gwen.

Lui era uno di quelli.

Maggie era seduta sul pavimento di pietra, a gambe divaricate, a giocare a Jack. Gli piaceva vederla così. Completamente a suo agio e concentrata su ciò che le procurava gioia. Gli aveva insegnato a giocare al suo strano gioco in una delle prime sere passate a Dunhill.

Callum la guardò far rimbalzare la sua buffa pallina e raccogliere i pezzi d'argento un paio di volte prima che lei avvertisse la sua presenza. Quando alzò lo sguardo, arrossì graziosamente e depositò i pezzi del gioco nel piccolo astuccio di stoffa per il quale era molto protettiva.

«Ti va di giocare a scacchi?» le chiese, sporgendosi dalla grande sedia dietro la quale si trovava.

Anche se si sarebbe accontentato di stare lì a guardarla, doveva ammettere, come spesso accadeva, di voler fare qualcosa *con* lei.

La donna lo osservò per un attimo e poi strinse le labbra come se avesse preso in considerazione la sua domanda.

«Non so come si gioca» rispose, sporgendo un po' il mento.

Le labbra di lui si sollevarono agli angoli. «Tu, Maggie di Sinclair, che possiedi stranezze come quel Jack?» la stuzzicò, percependo il sentore della provocazione che aleggiava fra di loro.

Lei arricciò il suo bel naso e poi alzò gli occhi al cielo. «Suppongo che abbia un valore per me».

«*Tu* hai valore. Non i tuoi gingilli».

Lei arrossì di nuovo e distolse lo sguardo.

«Vieni». Le fece un gesto con la mano. «Ti insegnerò».

La accompagnò nel salotto, al tavolo vicino alla finestra. L'illuminazione non era sufficiente a quell'ora del pomeriggio, così lui accese alcuni stoppini e alimentò il fuoco calante. Sentiva il suo sguardo mentre girava per la stanza.

Quando si sedette di nuovo, lei ammirò i pezzi. «Questo set l'abbiamo fatto io e mio padre» disse lui sorridendo. «Beh, per lo più mio padre. Io però ho levigato e mordenzato la tavola». Fu momentaneamente sorpreso quando lei prese in mano un cavaliere, l'unico pezzo con un'imperfezione. «Se guardi bene...» Andò da lei e le si inginocchiò accanto, osando avvicinarsi. Il calore crepitò tra loro, anche prima che lui le coprisse la mano, girando il pezzo in modo che la luce lo colpisse appena. «Si vede dove l'ho intaccato».

Lei toccò l'imperfezione e lo guardò con curiosità per poi allungare la mano e tracciare la cicatrice sulla tempia. «Un gemello del tuo guerriero ferito» sussurrò.

Lui rimase sbalordito dallo sguardo e dal tocco riverente di lei, rimasta ferma per un momento. Si guardarono l'un l'altra. Callum si chiese se, passando il dito lungo la vena lunga e delicata del suo collo, questa pulsasse con la stessa intensità del suo cuore in quel momento. Poi, schiarendosi la gola, si tirò indietro e Maggie ritirò la mano.

Aveva bisogno di qualcosa per raffreddare il calore che lo stava consumando. Quindi si alzò, fece una deviazione verso la credenza dove versò due bicchieri di brandy.

«Hai intenzione di sederti?» lo stuzzicò Maggie con un tono esasperatamente schivo.

Lui le fece un sorrisetto e tornò a parlare di scacchi. Si preoccupò di spiegarle le posizioni, i valori dei pezzi e lo scopo del gioco.

«Lo scopo è vincere, giusto?» chiese.

«Sì, in questo gioco lo scopo è vincere».

La testa di lei si inclinò, e la luce proiettò parte del suo viso nell'ombra. Si sentiva talmente intrigato dalla sua presenza. Forse si stava divertendo più di lei a quel gioco, prima ancora di giocare a scacchi.

«Stai dicendo che non è sempre questo l'obiettivo?» chiese.

Era una domanda interessante. E anche perspicace. Questo la rendeva ancora più attraente. «Per molti l'obiettivo è sempre vincere, Maggie. In alcuni casi, però, una vera vittoria significa un pareggio o una resa».

«Vincere suona meglio».

Ridacchiò. «Il mio amico Grey sarebbe d'accordo». Pensando che fosse il momento giusto per parlare di Seagrave, affrontò l'argomento dopo che lei ebbe terminato la sua mossa. «Devo partire per un viaggio tra qualche settimana. Mi piacerebbe che tu venissi con me».

Nonostante fosse seriamente concentrata sulla scacchiera, gli occhi di lei balzarono verso di lui, scintillando maliziosamente. «Stai cercando di rovinarmi la partita?»

Per l'amor del cielo, l'attrazione fra loro era potente. «Strategia, Maggie di Sinclair. Strategia».

«Mmh» sussurrò lei, in modo adorabile. «Dimmi *Callum* di O'Roarke, cosa comporterebbe questo "viaggio" che devi fare?»

Godendo della sua arguzia, lui le spiegò: «Un giorno di cavalcata verso un rifugio costruito da me e da mio padre. Seguito da un altro breve viaggio, magari in mattinata».

«Capisco. Quindi, un giorno e mezzo di viaggio». Si appoggiò allo schienale, intrecciò le dita e gli rivolse quello che lui era sicuro fosse uno sguardo imitativo. «E di grazia, Callum di O'Roarke, cos'altro?»

Lui ridacchiò, scolò il resto del suo bicchiere e spiegò chiaramente. «Dopo il nostro viaggio, saremo ospiti per quasi una settimana del mio confratello più vicino, Greylen MacGreggor e di sua moglie, Gwendolyn».

I suoi occhi si spalancarono. «Una settimana?»

«Sì. Hai la mia parola che Seagrave e i nostri ospiti ti piaceranno». Con questo fece la sua mossa successiva.

Lei prese nota della mossa, poi si voltò verso di lui. «Una settimana?» chiese di nuovo. Come se fosse incerta sul fatto di stare via per così tanto tempo.

«Sì, devo raccogliere le provviste per l'inverno. Io e Grey passeremo un giorno o due a sistemare l'inventario. Anche se questo fosse l'unico motivo del viaggio, Gwen non mi... Non *ci* permetterebbe mai di restare solo una notte o due. E poi, naturalmente, c'è anche una festa a cui partecipare».

«Ah, che furbizia. Aspettare fino all'ultimo per dirmi il *vero* motivo» lo prese in giro. Sembrò un po' preoccupata e disse: «Non sono sicura di avere qualcosa da indossare per una festa. Non vorrei disturbare Nessa».

«Hai già l'abbigliamento adatto» dichiarò lui, sperando di metterla a suo agio. «Ti garantisco che sarai comoda e ti troverai bene».

Lei finì il suo brandy e lo guardò con attenzione facendo la prossima mossa. «Va bene» accettò, tornando al suo comportamento abituale. «Verrò».

CAPITOLO 13

«Prendi un mantello, Maggie».

Callum era in piedi all'ingresso della grande sala, con una pelliccia appoggiata sul braccio. Lei alzò la testa, spaventata dal suo tono burbero. Lo shock si trasformò rapidamente in allegria: guardandolo in piedi, con gli occhi che scintillavano per l'entusiasmo, capì cosa stava realmente succedendo.

Lo fissò per un secondo, poi corse verso le scale. Una rara e precoce nevicata aveva spolverato le Highlands e lui la stava portando a cavallo!

Sebbene Callum le avesse dato accesso alle scuderie e concesso libertà di movimento con i cavalli, non l'aveva mai portata *con sé* a cavalcare. Era come essere invitati in un club privato.

Un *vero* club.

Maggie corse in camera sua e tornò giù in fretta, trafelata ed eccitata più di quanto volesse ammettere, con gli stivali da equitazione nuovi ai piedi. Senza dire un'altra parola, ma chiaramente cercando di reprimere un sorriso, Callum aprì la porta e la lasciò passare sotto il suo braccio teso per poi richiuderla dietro di loro.

Maggie cercò di non saltellare, ma nonostante tutti i suoi sforzi, non ci riuscì, provocando in lui una risata.

La raggiunse in fondo ai gradini del castello e prese il comando. Maggie si fermò un attimo per apprezzare la scena. Quando la luna piena illuminò le forme di Callum, mettendo in risalto la sua bellezza, lui rise di nuovo, con la leggerezza di un ragazzino spensierato.

Sorridendo, Maggie si mise a trotterellare per raggiungere quella nuova parte della personalità di Callum che non aveva ancora visto prima, e lo seguì fino alle stalle. Quando prese la giumenta a cui Maggie si era profondamente affezionata, non riuscì a trattenere un'espressione di piacere.

«Oh, la adoro, Callum».

Lui sorrise. «Credo che il sentimento sia reciproco».

Callum si voltò in direzione delle selle e dell'attrezzatura da equitazione, ma lei lo fermò. Anche da ragazzina, Maggie si divertiva a montare da sola il proprio cavallo.

«Ci penso io» disse, prendendo la sua sella preferita.

Lui annuì e andò a prendere il suo cavallo, un magnifico esemplare. Sembravano andare d'accordo, la giumenta e il suo stallone.

Maggie notò che lo stallone dava dei colpetti alla tasca di Callum. Callum vi inserì una mano e recuperò alcune carote, porgendogliene una per la sua cavalla.

Mentre preparavano i loro cavalli, entrambi osservarono un tranquillo silenzio per la compagnia reciproca, come stava diventando loro abitudine. Infine, Callum prese la pelliccia che aveva portato e la drappeggiò intorno alle spalle di lei.

«Pronta?» chiese, mettendole un cappello in testa.

Maggie poté solo annuire. Era uno di quei momenti perfetti. Di quelli speciali, che arrivano improvvisamente inaspettati.

Aveva appena raggiunto il pomo della sella e messo il piede nella staffa per sollevarsi, quando le grandi mani di Callum, una a coppa sul sedere e l'altra intorno alla coscia, la depositarono in cima alla cavalla.

All'inizio si sentì offesa dal fatto che lui pensasse che avesse bisogno di aiuto. Ma poi si rese conto di due cose. Uno: Callum era sempre premuroso. E questo le piaceva molto di lui. Due: le piaceva anche essere toccata dalle sue mani. Il cuore le batteva ancora forte quando anche lui montò sul suo destriero accanto a lei e insieme lasciarono la stalla.

La luna piena illuminava l'intera campagna e i fiocchi di neve spolveravano l'aria. Era tutto splendido.

Dopo un'ora di facile cavalcata, Callum si voltò verso di lei, con un sorriso da ragazzo che gli illuminava il viso. «Sei pronta?» chiese di nuovo.

Lei ricambiò il sorriso e scattò in avanti, al galoppo su un tratto di prato chiaro e pianeggiante. Non aveva mai visto quel lato di lui. Sembrava improvvisamente libero. La sua energia era completamente diversa.

Quando si avvicinarono a un ruscello, Callum le fece cenno di rallentare e di fermare la cavalla. Dopo essere smontato, le spazzolò via la neve dalle spalle, poi rise e le mise una mano ai lati della testa per scuotere quella che si era accumulata sul cappello.

I cavalli bevvero, e così fecero anche loro. Poi ripartirono.

Si fermarono in cima a un crinale che dominava l'intera valle sottostante. Era una vista mozzafiato. Callum estrasse una specie di borraccia dalla giacca e gliela porse, in modo che lei potesse bere per prima.

Quando tornarono, era ormai molto tardi. Le guance di Maggie erano arrossate dall'aria gelida della notte, ma si sentiva terribilmente calda dentro. Rimasero con i cavalli mentre si rinfrescavano e passarono un'altra ora a spazzolarli, a lodarli e a dar loro qualche bocconcino.

Avviandosi verso il castello, ritornarono silenziosi e, una volta entrati, presero la direzione delle scale. Maggie si voltò quando si separarono sul pianerottolo.

«Grazie, Callum».

Lui sorrise e annuì, allungando una mano per sfiorarle la guancia. «Non c'è di che, Maggie». Fu la fine di una serata meravigliosa.

CAPITOLO 14

Svegliata da quella che sembrava un'invasione nel cortile, Maggie afferrò la sua vestaglia e si affrettò a raggiungere il corridoio. Si imbatté in Callum, già vestito con la solita camicia, calzoni, stivali neri e la spada in mano.

«Ho sentito arrivare dei cavalieri» esclamò lei, infilando le braccia nelle maniche della vestaglia mentre lui si dirigeva verso le scale.

Quando si voltò, Maggie notò qualcosa di molto diverso nel suo modo di fare. Qualcosa che non aveva mai visto prima in lui.

Potere, autorità e una grave serietà.

Lo percepiva anche a venti passi di distanza e rabbrividì quando lui le si avvicinò. Quasi indietreggiò. Ecco quanto era intenso e notevole il suo cambiamento.

«Torna a letto, Maggie».

Non c'era affetto nei suoi occhi, né un momentaneo ammorbidimento. Niente. Era come se l'uomo che aveva lasciato poche ore prima fosse scomparso.

Al suo posto c'era... un guerriero.

Le aprì la porta della camera e lei tornò dentro, obbediente. Una volta richiusa la porta alle spalle, Maggie corse alla finestra.

Un gruppo di almeno dieci uomini a cavallo stava aspettando

all'entrata del castello. Quando Callum apparve, li salutò, ma non si fermò, dirigendosi con sicurezza verso la stalla dove Edward aveva già sellato il suo stallone e lo stava portando nel cortile. Saltò in sella al destriero, facendo cenno agli uomini di seguirlo.

Lei li guardò andare via.

Callum non si voltò mai indietro.

Quella notte non tornò a dormire. Quando il sole sorse, lasciò la sua stanza e passò l'intera giornata a camminare fuori e dentro il castello. La povera Ide le portava piccoli spuntini da consumare, ma Maggie era troppo nervosa per avere fame. Sgranocchiò un po' di cibo per educazione, ma talmente sopraffatta dalla preoccupazione che era l'ultimo dei suoi pensieri.

Nessuno sapeva nulla di quello che era successo, né dove fosse andato Callum. Solo Albert sembrava avere qualche informazione. Quando Maggie si rivolse a lui, Albert disse solo che si erano verificati dei problemi, che poteva voler dire un milione di cose, e che c'era bisogno di Callum.

Quando si avvicinò il crepuscolo, Albert apparve in cima ai gradini del castello e insistette perché lei rientrasse. A malincuore, Maggie obbedì, ma continuò a camminare avanti e indietro e a preoccuparsi nell'atrio. Un'ora dopo, Albert le si avvicinò di nuovo con uno sguardo affettuoso ma severo e un gesto della mano. Era stata bandita anche da lì.

Era quasi mezzanotte quando Maggie fece l'ennesimo giro a un'estremità del focolare nella sala grande. Si bloccò quando lo vide in piedi nell'arco della porta. Si scambiarono uno sguardo e il sollievo la pervase. Un po' del Callum che conosceva era visibile sul suo volto. Ma non si mosse affatto, così lei si precipitò verso di lui, ancora più allarmata.

«Stai bene?» chiese, controllando di persona. Come una statua, lui rimase fermo mentre lei lo tastava dappertutto. «Dì qualcosa!» gridò disperatamente, tentando di capire cosa non andasse in lui, passandogli le dita tra i capelli. Poi lo sentì e tirò indietro le mani.

Il sangue caldo e appiccicoso le ricopriva i palmi. Maggie urlò.

Ricordava vagamente che lui aveva cercato di calmarla. Ide che entrava e le porgeva qualcosa di caldo da bere. Callum si assicurò che bevesse tutto, poi la accompagnò nella sua stanza, dove Nessa la stava aspettando, e la aiutò a mettersi a letto.

L'ultima cosa che ricordava era Callum al suo capezzale. La sua mano premuta sul lato del viso e le sue dita che scivolavano fra i suoi capelli allontanandoli dal viso.

Ricordava anche di essersi sentita amata e al sicuro.

CAPITOLO 15

Era da tempo che Maggie non urlava nel sonno. Anche se Callum sapeva che la mancanza di incubi notturni era una cosa positiva, c'era una parte di lui che amava confortarla nel cuore della notte. Anche se poi al mattino lei non ricordava più nulla dei suoi gesti. In verità, non lo sorprese sentire le sue urla quella notte, considerando la sua angoscia quando era tornato a casa.

Percorse il lungo corridoio, aprì la porta della sua stanza, toccò il talismano e si infilò nel letto accanto a lei. Maggie stringeva al collo l'oggetto che portava di solito, ma lo teneva nascosto, come sempre. E lui era ancora più curioso di sapere cosa fosse. Ma in quel momento cercò di tranquillizzarla finché lei non si calmò e si sistemò tra le sue braccia.

Ricordò la notte precedente, quando quei maledetti intrusi avevano richiesto la sua attenzione. Tra tutte le notti in cui potevano verificarsi problemi, il Creatore aveva scelto proprio quella.

Che era stata perfetta, fino a quel momento.

La cavalcata serale con Maggie era stata rovinata da ciò che era seguito. A quanto pareva, Dio, o chiunque fosse a controllare il destino, non aveva ancora finito con lui.

Ma soprattutto, Callum pensava al momento del suo ritorno.

Quando si era affacciato alla soglia della sala grande e l'aveva vista. Era come se una morsa nel suo petto si fosse allentata. Era rimasto paralizzato alla vista della sua bellezza, della sua sicurezza e del calore che emanava dopo una notte in cui aveva vissuto tutt'altro.

Il sollievo sul volto di lei, quando lo aveva visto, gli era rimasto impresso nella mente. Come si era precipitata da lui, con il viso pallido e sollevato incorniciato dai lucidi capelli scuri. Gli aveva fatto un'accurata ispezione. Era rimasta sconvolta per il sangue sulla parte posteriore della sua testa. E lui non aveva avuto il tempo di dirle che la ferita non aveva alcuna importanza. Era stata causata dai bracconieri che cercavano di derubare lui e un clan vicino alle sue proprietà. Il problema era stato risolto senza difficoltà.

Maggie era sembrata inconsolabile. Il suo sguardo si era trasformato in orrore. Non c'era altro modo per descriverlo. Anche se lui era in piedi di fronte a lei, sano e salvo, alla vista del suo sangue sulle mani, lei era sembrata intrappolata in un ricordo.

Aveva già visto sguardi simili. Santo cielo, era capitato anche lui. Un'occhiata o un odore che ti mette di fronte a un ricordo che vorresti non aver mai vissuto.

Ora, grato di poterla tenere stretta anche solo per poche ore, dormì profondamente. E anche lei, grazie a un piccolo rimedio curativo che Ide aveva preparato in fretta e furia.

Più tardi, quella stessa mattina, Maggie gli diede il buongiorno nella piccola sala da pranzo. Callum sperava che si ricordasse delle sue cure, ma non sembrava così. Quando, assonnata, gli chiese perché fosse lì e lui le raccontò del suo spavento, lei sospirò e disse ancora una volta che non era tipo da urlare di notte.

Evidentemente, Maggie di Sinclair preferiva minimizzare l'ovvio. Deciso a non soffermarsi sulla sensazione del corpo di lei accoccolato contro il suo, mise da parte quei pensieri.

Poco dopo, senza convenevoli o sotterfugi, lei gli fece una richiesta facendolo quasi soffocare con un delizioso boccone dell'omelette di Ide.

Rifiutandosi di credere di aver sentito bene, Callum bevve un lungo sorso di tè per riprendersi e la guardò.

«Ti ho chiesto di mostrarmi come si usa la spada» ripeté lei.

Il fatto che avesse detto *la* spada e non la *mia* spada era molto probabilmente il motivo per cui lui aveva preso in considerazione la sua richiesta. «Ti ho sentito».

Giustamente non lo rimproverò per averla fatta ripetere. «Allora?»

«Io... Io... Perché?» Non riusciva proprio a immaginare *perché* lei volesse farlo.

«Vorrei sapere come difendermi. E anche come difendere te e Dunhill. La nostra casa».

Stupito dalle sue affermazioni, in verità, *sbalordito*, non poté fare altro che fissarla. Sapeva che l'esistenza di donne abili con la spada era una cosa insolita ma non inaudita; tuttavia, il fatto che tra le sue motivazioni ci fosse quella di proteggere lui e la "loro" casa, lo colpì profondamente.

Maggie doveva aver percepito che il suo silenzio aveva un qualche significato, e lasciò in sospeso sia la sua richiesta, sia il motivo che l'aveva determinata, tornando a mangiare. Non aggiunse più nulla sull'argomento.

Callum rifletté sulla sua richiesta per il resto della mattinata. Pensò anche alla spada. Era strano che il suo attaccamento verso quell'oggetto sembrasse cambiato. Non lo preoccupava il fatto che fosse ancora appesa alla parete della sua camera. Il gioiello lo attirava ogni volta che vi passava davanti e lui lo toccava come per scaramanzia.

Eppure, da quando l'aveva messo lì, non aveva mai più desiderato toglierlo. O sentirne il peso nella sua mano.

Era metà pomeriggio quando prese la sua decisione. Trovò Maggie nella sala grande, con la testa nascosta in un libro.

«Prendi la tua spada» disse, pensieroso e mortalmente serio. Anche se aveva deciso di insegnarle, non ne era felice.

La testa di lei si alzò di scatto. Una miriade di emozioni le attraversò il viso. Poi corse verso le scale.

Callum era un maestro spadaccino. Pochi possedevano le abilità che lui e i suoi confratelli avevano raggiunto. In passato aveva addestrato molti ragazzi a maneggiare un'arma, quindi poteva sicuramente insegnare anche a Maggie.

Sapeva che sarebbe stata capace. Era in forma e agile, un'abile cavallerizza e si era allenata con le lunghe passeggiate nella proprietà. Ma impugnare, sollevare e *brandire* un'arma di quelle dimensioni, di quel peso e così letale non era cosa da poco.

Maggie lo seguì all'esterno lungo i gradini dell'ingresso e nel cortile. Quando raggiunsero il punto in cui lui si esercitava, capì dalla sua posizione che lo aveva osservato nelle ultime settimane senza rendersene conto.

Per mettere alla prova il suo coraggio e il suo istinto di base, Callum iniziò la sua lezione come era solito fare, spaventando Maggie e spingendola a reagire. Si girò sui tacchi e fece roteare la spada verso di lei in un ampio arco. Osservò lo shock e poi la rabbia illuminare i suoi lineamenti quando lei capì il suo bluff. Ma c'era qualcos'altro nei suoi occhi, e, francamente, questo lo scioccò, se non lo riempì di orgoglio.

Riflessi, abilità e spirito combattivo.

Era una reazione elementare, ma Maggie alzò la spada per bloccare il colpo. Sapeva che l'impatto era stato violento, la vide fare una smorfia e immaginò che molto probabilmente si stesse mordicchiando l'interno della guancia.

Se le avesse circondato il braccio con la mano, molto probabilmente avrebbe continuato a vibrare. Sollevato dalla sua reazione viscerale, fece un nuovo movimento dall'altra parte. Era ambidestro nell'uso della spada. L'arco proveniente da quel lato la confuse e la paralizzò prima di recuperare la lucidità. Fece del suo meglio per riportare rapidamente la spada in alto, appena prima dell'impatto, ma lui la disarmò.

Scuotendo le mani per la sensazione di bruciore comune ai neofiti, si chinò per recuperarla. Lui si pose sopra la lama, fermandola.

«Cosa stai facendo?» disse lei amaramente. «Se non vuoi insegnarmi, allora non farlo. Ma non trattarmi così».

«Perché è così importante per te?» la incalzò.

«Te l'ho già detto, Callum».

Scosse la testa. «No, c'è di più. È successo qualcosa. Ieri sera, quando...»

«Non posso proteggerti. Non sono riuscita a proteggere lui!»

«Chi?» chiese Callum. Fece una pausa, cogliendo lo sguardo che passò sul volto di Maggie. Poi capì. «Derek?» Per l'amor del cielo. Che cosa era successo perché avesse così paura o sentisse quel bisogno di proteggerlo, di proteggerli?

«Sì, Derek. Lo hanno ucciso. È morto tra le mie braccia».

Ah, ecco cos'era successo. Povera Maggie.

Il suo cuore si spezzò per lei.

Callum si abbassò per aiutarla ad alzarsi, tendendole la mano. Lei esitò un attimo prima di afferrarla. Lui la sollevò in piedi. Poi raccolse la spada e gliela porse. Maggie lo guardò, un po' diffidente.

«Cominciamo con le basi».

«Proprio come avremmo dovuto fare?» replicò lei, inarcando il sopracciglio.

Lui sorrise. Poi passò l'ora successiva a sottoporla a una routine estenuante. I migliori lo avevano addestrato e lui tramandava le sue conoscenze. Poi le ordinò di immergersi in un bagno caldo e di cenare a letto.

Quella sera non la vide più e immaginò che si fosse addormentata prima che la sua testa toccasse il cuscino.

CAPITOLO 16

Con l'aiuto di Nessa e Rose, Maggie fece i bagagli per il viaggio a Seagrave. Callum si era in qualche modo ricordato che possedeva soltanto un baule e aveva lasciato due borse uguali sulla panca nella sua stanza. Un biglietto appuntato su una di esse recitava:

Maggie,

poiché mia madre non può più spostarsi come faceva sempre, avrebbe voluto che avessi tu le sue borse per i tuoi viaggi.

Callum

Sperò che Maggie capisse di poterle prendere entrambe. Non era facile fare le valigie per una settimana intera, con il cambio di stagione e gli abiti del quindicesimo secolo, particolarmente ingombranti. Ma Nessa e Rose arrotolarono e piegarono i suoi vestiti con maestria. Si assicurarono anche di lasciare sopra a tutto il resto gli indumenti per la notte al rifugio e per la mattina successiva.

Maggie era nervosa all'idea di passare del tempo con degli sconosciuti. Ma Ide le aveva spiegato che Seagrave era un posto incantevole e che i MacGreggor erano tra le persone migliori che si potessero incontrare. Il fatto che Ide stesse paragonando l'atmosfera di Seagrave a quella di Dunhill mise Maggie a suo agio. Almeno un po'.

Se ne andarono mentre il sole cominciava a sorgere. Maggie si vestì per affrontare il freddo con un morbido abito di lana, un mantello che Callum insistette perché usasse, un altro tesoro dell'armadio di sua madre, e, naturalmente, gli stivali. La spada era fissata alla sella, così come le nuove borse riempite con alcuni cambi di vestiti. Callum aveva gli stessi bagagli, più un arco e una faretra.

Con una lunga giornata davanti a loro, Callum stimò di arrivare al rifugio con abbastanza luce per procurarsi la cena. Disse che avrebbero potuto prendersela comoda l'indomani, dato che Seagrave era a poche ore di viaggio da quel punto.

Mantennero un'andatura costante per tutta la mattinata, dirigendosi verso sud e poi svoltando verso ovest. Ide gli aveva preparato un pranzo abbondante composto dal suo pane croccante farcito con un arrosto che Maggie classificò come pollo, proprio come faceva con tutti gli uccelli misteriosi che Ide cucinava. In più c'erano erbe, formaggio e crostate di frutta. In tutte le pause fatte finora, tre compreso il pranzo, Callum aveva insistito affinché entrambi bevessero molta acqua fresca, cavalli inclusi.

A metà pomeriggio, Callum indicò l'ultima collina prima della discesa finale. Specificò che il rifugio era stato costruito alla base della montagna, vicino a un ampio ruscello.

Quando arrivarono, si occupò dei cavalli, mentre Maggie prese della legna da una catasta all'esterno. Sul focolare si trovava un sacchetto con pietra focaia e acciarino, e c'era della paglia asciutta nel camino. Ci vollero alcuni tentativi, ma presto il fuoco iniziò a scoppiettare.

Maggie aprì le imposte, diede una rapida spolverata all'ambiente, scrollò la biancheria e spazzò il pavimento. In breve tempo, il caratteristico rifugio era pulito e caldo. Quando iniziò a sistemare le lenzuola sui letti, Callum ritornò.

«Cosa c'è per cena?» chiese Maggie con un sorriso.

«Salmone» disse lui, tenendo in mano due grossi pesci appena pescati, che doveva aver pulito presso il ruscello.

Lei rise. «Sei partito con faretra e arco» replicò, intendendo che si aspettava qualcosa come un coniglio.

«Volevo vedere se i bordi del ruscello avevano già iniziato a ghiacciare. Per nostra fortuna, la cena attendeva il mio arrivo».

«Come facciamo a mangiare tutto?»

Lui sorrise. «Ti ho visto mangiare» le fece notare. «E stasera ho un buon appetito anch'io».

Mentre il pesce arrostiva, Callum portò dentro alcuni secchi d'acqua fresca e li mise a scaldare sul focolare. Si sedettero sul pavimento davanti al camino. Callum aveva tagliato i pesci al centro e li aveva arrostiti con la pelle ancora attaccata. Insieme, ne spennellarono la carne, ancora calda e succulenta.

«Oh santo cielo, Callum» Gemette Maggie in segno di apprezzamento a ogni morso.

Lui sorrise, con quel suo luccichio fanciullesco negli occhi, e allungò una mano per pulirle il labbro. Era un gesto intimo, uno dei tanti che condividevano già da un po'. Che il cielo l'aiutasse.

No, davvero, le serviva un aiuto divino.

Non stava chiedendo di tornare a casa. Non stava chiedendo di riavere Derek. E nemmeno che l'ultimo anno e mezzo fosse diverso. Ma quello... *Ti prego...*

Lo sentiva e sapeva che anche per lui era lo stesso.

Non voleva agire basandosi su quei sentimenti o ipotizzare dove potessero andare a parare. Onestamente, la terrorizzavano e la eccitavano allo stesso tempo. Quella sensazione di innamoramento che non si riesce a reprimere. Quella che ti dà la carica e ti fa battere il cuore così forte che temi possa esplodere. Sì, Callum la faceva sentire così. Doveva tenerlo a bada. Rispettare la linea di demarcazione e NON OLTREPASSARLA.

Quando finirono di cenare, l'acqua aveva raggiunto una temperatura appena al di sopra del punto di congelamento, e insieme sistemarono tutto. Maggie stava per lavarsi il viso, ma lui le fermò la mano. Poi andò verso una piccola dispensa accanto al letto. Estrasse un fazzoletto di lino fresco e una piccola scatola, aprendola prima di porgerle tutto. Lei si chiese se fosse di Fiona. Quasi leggendole nel pensiero, Callum scosse la testa. «Era di mia madre».

In quel momento la verità su cosa e come si sentiva la colpì in pieno. A quindici anni non sarebbe stata in grado di provare quei sentimenti. Non che non avesse amato Derek, certo che lo aveva amato, con tutto il cuore. Ma i sentimenti che provava per quell'uomo erano più completi, più profondi, più maturi. Considerando dove si trovavano nelle loro vite, le esperienze che avevano vissuto, non era sicura di aver mai provato quello che stava provando ora.

Era così giovane quando aveva incontrato Derek. L'amore c'era stato, ma era un tipo di amore diverso.

Il senso di colpa la consumava e la lasciava allo stesso tempo soddisfatta e confusa.

Il sapone profumava di fiori e agrumi. Ingredienti davvero esotici. «Sa di buono» disse. Lui le fece un sorriso, aspettò che lei si lavasse e fece lo stesso con il suo sapone al pino.

CAPITOLO 17

Callum si appoggiò all'uscio, osservando Maggie che camminava lungo il bordo del canneto. Voleva sgranchirsi le gambe prima di partire. La giornata precedente era stata così lunga che, a dire il vero, avevano cenato e poi si erano addormentati in un attimo.

Lui aveva riso quando lei gli aveva detto che avrebbe dormito accanto al fuoco. Le aveva spiegato che c'era posto in abbondanza sul letto, poi le aveva lasciato la sua privacy per andare un'ultima volta a controllare i cavalli. Al suo ritorno, si era cambiato e sdraiato. A volte si sentiva in colpa per i sentimenti che provava nei confronti di Maggie, e si chiedeva se anche lei combattesse le sue stesse difficoltà.

Lei si voltò e lo salutò dal canneto, poi sorrise e indicò il terreno. Sì, doveva aver notato qualche coniglio che le aveva attraversato la strada.

Callum rise vedendola nuovamente sorridere; la sua gioia era contagiosa, anche a quella distanza. Seguendo i conigli, Maggie accelerò il passo lungo il perimetro della vegetazione tra il prato e il ruscello. Gli animali sfrecciarono tra le canne verso l'acqua. Quando lei, presa dalla sua innocente allegria e curiosità, si voltò per seguirli, il terrore lo travolse e gli fece cadere lo stomaco a terra.

No... No, Maggie, il ghiaccio!

«Maggie!» chiamò. Mettendo le mani ai lati della bocca per farsi sentire meglio, ci riprovò. Ma al di sopra delle cime delle canne riuscì solo a vedere che si stava allontanando.

Iniziò a correre, con il cuore che gli batteva furiosamente nel petto. *Per l'amor del cielo.* Era a metà del prato quando la sentì urlare.

No! NoNoNo!

«*MAAAGGIE!*» gridò.

Corse verso il punto da cui proveniva la sua voce. Più si avvicinava e più sentiva il rumore dei suoi movimenti, più gradito del silenzio. L'acqua era gelida, sarebbe sopravvissuta, ma la vegetazione sottostante era una trappola mortale. Attraversò lo stesso sentiero che aveva preso lei poco prima e la vide subito.

«*Maggie!*»

Lei alzò lo sguardo con un rantolo affannoso lottando per liberarsi. I suoi occhi si riempirono di terrore. Callum capì che stava cercando di districare le gambe dalle liane sotto l'acqua. Lo fissava con i suoi grandi occhi pieni di rassegnazione.

No, non l'avrebbe persa.

Scosse la testa e si tuffò. L'acqua bruciava. La raggiunse in pochi secondi, afferrandole le spalle e cercando di sollevarla, anche solo per un momento, fino a liberarla.

Lei balbettò: «Io... io...»

«Ssh, lo so. Stai ferma. Promettimi, Maggie, di stare ferma mentre ti districo».

Lei annuì e lui si tuffò sott'acqua.

Con il suo pugnale, tagliò le liane aggrovigliate intorno alle sue gambe. La tirò via velocemente, per evitare che rimanesse intrappolata di nuovo. Liberò l'area pericolosa con lei al seguito mentre riemergeva. Era più facile entrare in acqua che uscirne. Ma finalmente riuscì a raggiungere il terreno solido.

Poi corse portandola in braccio per tutto il tragitto fino al rifugio, mentre lei cercava di parlare. Sbatté la porta dietro di loro, prese le coperte dal letto e la posò davanti al camino ormai spoglio, dal momento che erano pronti a partire.

«C-c-» balbettò lei.

«Ssh». Lui le tolse gli stivali, sorpreso che fosse riuscita a tenerli addosso, le strofinò tutto il corpo dalla testa ai piedi, togliendole via il vestito mentre lo faceva.

«C-c-Ca-llum... F-fr...»

«Lo so. Lo so. Freddo» concluse lui al suo posto, ansimando. Era preso dalla frenesia del momento, mentre le toglieva gli ultimi indumenti intimi.

Maggie era mortalmente pallida e tremava forte. La avvolse nelle coperte del letto, strofinandole le braccia e le gambe. Poi le afferrò la testa tra le mani. «Starai bene, Maggie» le promise. Più per le orecchie di lui che per quelle di lei. «Devo riaccendere il fuoco».

Lei annuì battendo i denti.

Andando a raccogliere altra legna, quasi staccò la porta dal telaio. Riportare il fuoco a scoppiettare sembrò richiedere minuti preziosi che non aveva. Si spogliò dei propri abiti bagnati e prese un'altra coperta da avvolgersi intorno alla vita. Poi prese Maggie sulle sue ginocchia, massaggiandole le braccia e tutto il corpo. Infine, la abbracciò stretta, cullandola avanti e indietro. Lei continuava a tremare. Riusciva a sentirla.

Poi smise.

«Maggie, guardami». Le afferrò il mento e vide che le sue labbra avevano assunto una sfumatura bluastra. Doveva riscaldarla.

Senza troppa delicatezza, si sdraiò con lei sopra di lui e li avvolse insieme sotto la coperta, pelle contro pelle. Era così fredda al tatto che gli bruciava la carne.

Poi le coprì le labbra con le sue, soffiando lentamente e delicatamente per riscaldarla. Non ci volle molto prima che fosse ricompensato da un gemito. Un gemito di vita, non di passione, c'era una netta differenza. Lei mormorò qualcosa mentre lui continuava le sue pratiche. Respiri lenti, dentro e fuori, braccia che la stringevano il più possibile.

Dopo lunghi minuti, sentì le labbra di lei scaldarsi e

cominciare a gonfiarsi contro le sue mentre continuava a respirarle addosso... Il corpo di lei si rilassò contro il suo e, per la prima volta da quando si era voltata per inseguire i conigli, lui tirò un sospiro di sollievo. Di riflesso, la strinse a sé.

Gli occhi di Maggie si aprirono e lui capì dal suo sguardo che doveva fermarsi. Provò un momento di profonda tristezza quando staccò le labbra dalle sue.

Si sentì subito abbandonato. Dovette impiegare ogni residuo della sua forza di volontà per non coprirle ancora una volta la bocca e, in verità, baciarla.

Ecco, l'aveva pensato! Meritava una punizione celeste. Aveva posato le labbra sulle sue e voleva baciarla.

Voleva davvero baciarla.

Si chiese come si sarebbe sentita se l'avesse fatto. Le appoggiò la testa nell'incavo del collo per evitare di provarci e la strinse a sé. Maggie si abbandonò all'abbraccio, sospirò e in pochi secondi si rilassò cadendo in un sonno profondo.

Mentre la stringeva, gli venne in mente che, per quanto a loro, o almeno a *lui*, piacesse pensare di poter rimanere semplicemente amici, lui la amava.

Sì, l'amava.

Era facile amarla. Era gentile, premurosa, riservata, incantevole, la sua protetta. Provava qualcosa di più dell'amore verso un familiare o per una persona affidata alle sue cure.

Ma a lei non sarebbe andato bene questo sentimento.

Anche lui era in difficoltà in quel momento. Non aveva pensato di potersi sentire così. Onestamente, non era sicuro di essersi mai sentito in quel modo. I suoi sentimenti al riguardo erano contrastanti.

Invece di allontanarsi da lei, l'aveva tenuta per ore davanti al fuoco lasciandola dormire. Si era alzato solo due volte per aggiungere legna al fuoco. La seconda volta aveva indossato un paio di calzoni asciutti, poi l'aveva raggiunta ancora una volta sotto le coperte.

La prima volta aveva strizzato il suo vestito e lo aveva appeso vicino al fuoco, per farlo asciugare. Era stato allora che l'aveva visto.

Il medaglione che lei portava sempre al collo. Quel medaglione che avrebbe potuto giurare, suo padre aveva scolpito per lui quasi quindici anni prima.

Margaret Siobhan Sinclair indossava il suo medaglione.

Era stato quel fatto o *artefatto* a segnare il destino di Maggie.

Era così che doveva andare.

CAPITOLO 18

Anche da lontano, Maggie notò che Seagrave era uno dei luoghi più incredibili che avesse mai visto, e considerando il fascino di Dunhill, questo diceva molto. Era un posto incantevole e fin dal primo momento aveva percepito un costante brulichio di attività, un sottofondo di festa.

Tuttavia, qualcosa era cambiato drasticamente tra lei e Callum, ed entrambi stavano ancora cercando di capire come comportarsi.

Era iniziato non appena erano arrivati nella proprietà dei MacGreggor. Nel giro di pochi secondi, quattro uomini a cavallo li avevano circondati e Maggie aveva cercato di escogitare un piano per abbatterli sistematicamente uno alla volta, desiderando di aver preso qualche lezione in più con la spada. Poi si rese conto che erano amici.

«O'Roarke» disse uno di loro, seguito da saluti simili.

«Chi è questa?» chiese un altro.

Le bastarono meno di dieci secondi dei loro sorrisi di benvenuto per sentire che qualcosa nell'aria era cambiato tra loro. Non fra lei e Callum, ma fra Callum e quegli uomini. Erano subordinati, non suoi pari.

Poi, che il cielo l'aiutasse, Callum chiarì la sua posizione, rivelando un lato di lui che Maggie non aveva mai visto prima e cambiando il loro rapporto una volta per tutte. Maggie non poté più pensare che fossero "solo amici".

«*Lei* è con me» disse Callum, con voce ferma.

Non si trattava di qualcosa tipo: *lei è sotto la mia protezione, trattatela con rispetto o comportatevi bene.* E neanche di: *Maggie non sta cercando un pretendente. Fra noi ci sono sentimenti non corrisposti o non ancora risolti, quindi dateci un po' di tempo per capire.*

No, non insinuò nulla del genere. Avrebbe anche potuto dire: "Lei è mia".

Doveva averlo detto ad alta voce, perché uno degli uomini glielo fece notare. «L'ha fatto, ragazza, l'ha solo mascherato per non turbarti». Poi fece un cenno a Callum e gli uomini si dispersero.

«Callum...» cominciò Maggie, spiazzata dal suo cambiamento di atteggiamento.

Chi era quell'uomo burbero, testardo e possessivo? Le venne in mente l'altra volta che lo aveva visto così. *Quel* Callum era lo stesso uomo che era stato chiamato a risolvere dei problemi in quella notte snervante di alcune settimane prima.

Un guerriero.

«Non farlo» fu tutto ciò che le disse.

L'espressione del suo volto la fece desistere dall'insistere sull'argomento. Non avevano ancora parlato di quello che era successo al rifugio. Anzi, sperava che non ne parlassero mai.

Avrebbe riassunto tutto con: è stato un evento spaventoso e Callum mi ha salvata. A chi importava che quando lo aveva sentito urlare il suo nome, il panico e la paura nella sua voce, le avevano trafitto il cuore e si era rammaricata per la possibilità di perderlo per sempre? O quando lui si era tuffato in acqua e le aveva detto di stare ferma, lei aveva freneticamente memorizzato il suo volto, sperando di portarlo con sé. A chi importava che mentre erano pelle a pelle, con la sua bocca di Callum sulla sua, lei avesse provato l'emozione più sconvolgente della sua vita?

Quanti di quei momenti era destinata ad avere una persona?

Lei aveva avuto la sua parte!

Non ne voleva più.

Al momento, però, sentiva di dover fare qualche passo indietro, visto il suo atteggiamento scortese, insensibile e prepotente. Solo un guerriero sul campo di battaglia poteva comportarsi così, ma non voleva che fosse *quel* Callum a restare sempre al suo fianco.

Era così che doveva andare?

Quando attraversarono il cortile, tutti gli abitanti del castello si accalcarono sulla scalinata d'ingresso. Erano gradini imponenti, che si estendevano per una buona parte del maniero, ma anche così c'era davvero *molta* gente.

Fu allora che notò la coppia in piedi davanti a lei, al centro della gradinata. Una splendida donna dai capelli rosso chiaro e un... Un... Un Dio.

«Santa madre...»

«È sposato» esclamò Callum lanciandole un'occhiata sprezzante.

Wow, era *proprio* permaloso. Lei finse uno sguardo ferito. «Ahi».

Lui scrollò le spalle. Maggie non era disposta ad ascoltare le sue lamentele o qualsiasi altra cosa stesse pensando.

La splendida donna accanto all'adone passò il bambino che aveva in braccio a una delle tante braccia tese e si diresse verso di loro.

L'adone la seguì.

Callum scese da cavallo come un esperto stuntman di Hollywood, atterrando con grazia per abbracciare la donna che era venuta a salutarli. Poi strinse il braccio di colui che suppose fosse Greylen MacGreggor e gli rivolse una specie di saluto con la spalla.

Poi Callum tornò al suo fianco. Non che avesse bisogno di aiuto, ma c'era così tanta gente. Dovette ammettere che era bello averlo vicino. Maggie sapeva che prima, con la sua frecciatina, non stava cercando di insultarla.

Le venne in mente che doveva essere geloso. Quasi ci scherzò su, mentre lui la raggiungeva con le sue grandi mani e le cingeva la vita per sollevarla. Come sempre quando lui la toccava, lei perdeva la concentrazione. Lui le lanciò uno sguardo attento prima di spostarle i capelli dalle spalle, lisciandole la schiena con attenzione.

Avrebbe quasi potuto alzare una gamba per marcare il territorio.

«Cosa stai facendo?» gli chiese il più possibile a bassa voce.

Lui alzò le spalle. «Ti aiuto a scendere» disse piuttosto distrattamente.

«A parte il fatto che hai fatto in modo di sistemarmi i capelli, Callum. Davanti a...» con un braccio fece un gesto verso la folla. Si interruppe quando si rese conto di quanto fossero osservati da vicino. Gwen e Greylen li guardavano con un'espressione a metà tra la gioia e lo shock.

«Non è come pensate» disse Maggie, scuotendo la testa.

I due si scambiarono un'occhiata, poi dissero esattamente nello stesso momento: «Allora com'è?»

«Lasciatela stare» ordinò Callum. «Grey, Gwen, questa è Maggie Sinclair. Maggie, questo è il Laird Greylen MacGreggor e sua moglie Gwendolyn».

Entrambi pronunciarono i loro nomi di battesimo allo stesso tempo, in una sorta di "diamoci del tu e tagliamo i convenevoli". Le sue conversazioni con Callum erano profonde e intime, ma lui non era il tipo da battute taglienti come sembravano essere Greylen e Gwen. Avrebbe potuto dire che sembravano avversari più agguerriti e accesi, sia nel divertimento che nelle discussioni.

Avrebbe dovuto affinare le sue capacità. Immediatamente.

«Allora, come stanno le cose fra voi?» chiese di nuovo Greylen.

«Oh, marito, smettila» replicò Gwen, prendendo Maggie a braccetto.

Con una mossa che sembrava quasi coreografica, Gwen iniziò a trascinarla verso i gradini e ad allontanarla dagli uomini.

«Alt». La voce di Greylen ora era serissima e confermava i

pensieri di Maggie: *era* una mossa coreografica. Gwen aveva capito cosa stava facendo quando aveva cercato di allontanarla. Si voltarono di nuovo verso Greylen, che rivolse la domanda successiva a Callum, con un tono decisamente meno caloroso. «C'è qualcosa che dovremmo sapere?»

Callum ignorò la domanda e fece un gesto verso la cavalla: «Maggie, prendi la tua spada».

Buon cielo, era così agitata che l'aveva abbandonata senza pensarci. L'afferrò subito.

«*Quella* non è la sua spada, Callum» disse Greylen, la cui espressione era passata in pochi secondi dall'essere amichevole e rilassata, in intimidatoria e autorevole. «È fatta dei minerali di Lyall, forgiata per tuo padre e impreziosita dallo stemma della tua famiglia».

C'erano un sacco di informazioni in quell'affermazione. Maggie le ripeté nella sua testa per poterci ripensare più tardi. Per il momento, però, disse: «Il possesso è nove decimi della legge».

A quel punto Gwen sussultò, lanciando a Maggie uno sguardo sbalordito che la fece trasalire. Greylen, invece, strinse gli occhi.

«La legge di chi?» chiese lui.

«È solo un modo di dire» disse lei con un'alzata di spalle, prendendo spunto da Callum. E puntando al pareggio, piuttosto che alla vittoria.

Gwen strinse la presa sul braccio di Maggie e continuò a guardarla con curiosità.

«Anche qui abbiamo un detto, Maggie» disse Greylen richiamando la sua attenzione. «Vuoi dirglielo tu?» chiese a Callum, «o devo farlo io?»

«Smettetela, tutti quanti» esclamò Gwen, trovando finalmente le parole.

In fretta e furia, accompagnò via una Maggie ancora confusa. Questa volta gli uomini non interferirono. A dire il vero, Maggie era felice di andarsene e allontanarsi. Da tutti loro. Soprattutto dalla folla ancora sui gradini che pendeva dalle loro labbra.

Ce ne andiamo, gente!

Il cortile dei Seagrave sembrava quasi un palcoscenico pronto a ospitare eventi drammatici o qualcosa del genere.

Le donne varcarono la soglia d'ingresso e, se non fosse stato per la stretta micidiale di Gwen sul suo braccio, Maggie sarebbe caduta sui gradini che portavano all'ampio atrio su due piani. Invece, si limitò a inciampare, guardando lo scalone degno di un re.

«Gwen, perderò questo arto se non ti calmi» sibilò Maggie. Era chiaro che c'era qualcosa in ballo, quindi tenne la voce bassa per evitare di attirare occhi o orecchie indiscrete.

Gwen allentò immediatamente la presa, ma non rallentò il passo. Spingendo Maggie in avanti, sussurrò: «Perché hai detto così?»

Qualcosa nel tono di Gwen fece bloccare Maggie. «Detto cosa?» chiese.

Gwen si avvicinò di più, i suoi occhi guizzarono intorno prima di fermarsi su di lei. «Lo sai». Poi inclinò la testa, con gli occhi spalancati, cercando di tirare fuori da lei qualsiasi cosa fosse.

In realtà, Maggie non sapeva che pesci pigliare. L'espressione di Gwen rendeva difficile non distogliere lo sguardo. Il nervosismo nei suoi occhi, invece, le faceva venire voglia di farlo, per vedere chi Gwen pensava di avere davanti.

«*No*» sussurrò Maggie. «Non lo so. Che cosa ho detto?»

«Che il possesso è nove decimi della legge». Quando Maggie ancora non rispose, Gwen continuò: «Perché vedi, è un'espressione che non esiste ancora nel 1400».

Maggie rovesciò la testa all'indietro. «Anche tu?» chiese, riuscendo a malapena a crederci.

Gwen annuì furiosamente, mentre un'ondata di sollievo pervadeva Maggie. *Non era sola, non più.*

Anche Gwen doveva aver percepito la stessa cosa, perché proprio lì, davanti alla scalinata, entrambe scoppiarono a piangere, annuirono e si abbracciarono. Sopraffatta, Maggie cercò di trattenere le lacrime. Le sembrava di aver trovato un pezzo di casa. Non la sua vera casa, ma il ventunesimo secolo.

Di lì a poco, tre uomini si avvicinarono, ognuno dei quali sembrava preoccupato e chiedeva in modo concitato: «Lady Gwendolyn?»

Gwen sospirò, si asciugò gli occhi e li salutò: «Sto bene. Davvero».

«Quindi *ci stavano* osservando» disse Maggie.

Gwen sbuffò. «Sono innocui» spiegò sorridendo dolcemente. «Beh, almeno per me. Sono *molto* iperprotettivi. Si calmeranno quando si abitueranno alla tua presenza».

Gli uomini annuirono come se fosse una cosa positiva e lei li salutò. «Abbiamo molte cose di cui parlare» sussurrò Gwen avvicinandosi di nuovo. A quanto pareva, gli uomini interpretarono l'ordine di allontanarsi come a un mettersi a due metri di distanza, invece che a uno solo. Un bambino adorabile barcollò verso di loro e Gwen si chinò per prenderlo in braccio. «Beh, forse bisognerà aspettare fino a più tardi, ma vediamo di sistemarti».

A quel punto Gwen girò sui tacchi, facendo cenno a Maggie di seguirla. Per un attimo lei rimase immobile. Ancora incredula per quello che aveva scoperto. I suoi occhi si posarono su un'enorme finestra che dava sul mare.

Provò un momento di pace.

Solo per un istante, però, visto che Gwen procedeva a passo spedito. Maggie dovette darsi da fare per raggiungerla. Girarono a sinistra e Gwen la condusse lungo un ampio corridoio fino alla sua stanza.

«È fantastica, Gwen» dichiarò Maggie, sentendosi come se fosse entrata in una lussuosa suite d'albergo, beh, senza il minibar e la TV, ovviamente.

Gwen indicò un paio di ganci sulla parete dove Maggie posò la sua spada. C'era una zona salotto davanti al camino, già acceso e crepitante. Un grande letto era affiancato da due comodini e da quella che sembrava una comoda poltrona. Nel muro a sinistra era incastonata una porta ad arco.

«Ci sono alcuni libri sul tavolo. Domani ti mostrerò la nostra biblioteca» spiegò Gwen, poi fece una pausa. «Ti fermi per una settimana, vero? Callum ti ha parlato della fiera...»

Maggie sorrise. «Sì, staremo qui per una settimana».

Poi sospirò. «Bene, okay, qui c'è un guardaroba e una zona spogliatoio. Abbiamo fatto realizzare tutte queste camere con bagno privato». Aprì la porta. «Nei cassetti dovresti trovare tutto ciò che ti serve. Beh, tranne uno spazzolino elettrico o un asciugacapelli. Oh, a proposito, più tardi ti porterò un po' di trucco».

«Trucco?» chiese Maggie, rendendosi conto solo in quel momento di quanto le mancasse sistemarsi un po'.

«Beh, in realtà sono solo un pennello e una polvere che uso come eyeliner. E un unguento di Lady Madelyn, la madre di Greylen, che conoscerai domani. È stata da Gavin e Isabelle per qualche settimana. Isabelle è la sorella minore di Greylen. E Gavin, beh, Gavin è il nostro migliore amico». Scrollò le spalle. «È una lunga storia, ma in un certo senso ce lo condividiamo. Gavin era il primo ufficiale di Greylen, ma quando suo padre è morto, Gavin è diventato Laird. Avevano appena finito di costruire la loro casa e Lady Madelyn li stava aiutando con il bambino e i gemelli. Sto divagando?»

Maggie rise. *Erano* molte informazioni in una volta sola. «Aspetta, mamma, sorella, cognato, ho capito» disse, notando che qualcosa non quadrava. «Qui è così diverso. È molto più vivace di Dunhill. So che Callum è...»

«Oh, Callum è il Laird di Dunhill. Ci sono molte cose da imparare, lo so. Quando sono arrivata qui, confondevo sempre Laird, Lord e Baroni. Facevo molta confusione. Comunque, non lasciarti ingannare dall'attuale ristrettezza di Dunhill. Callum è molto potente e Graham è il suo primo in comando. Se Dunhill funzionasse a pieno ritmo, sarebbe simile a Seagrave. Beh, senza l'attività mercantile di Greylen. *E* ora mi sto facendo prendere la mano di nuovo. Vieni» disse, prendendo Maggie e conducendola verso un divano molto comodo. «Ho tante domande da farti, Maggie. Come sei arrivata qui? Che cosa ti è successo?»

Maggie scrollò le spalle spaesata. «Credo di aver fatto un patto con il diavolo».

Gwen scosse la testa. «No, ti assicuro che non l'hai fatto. Non se sei atterrata qui... O, più precisamente, con Callum. Quello non era un patto con il diavolo. È un brav'uomo, Maggie».

Maggie rimase sbalordita dall'affermazione di Gwen. Sembrava che Gwen fosse completamente soddisfatta lì, nel quindicesimo secolo. Come se, potendo scegliere tra restare in quel posto e tornare a casa, Gwen avesse scelto di vivere nel 1400. Maggie si rese conto con un sussulto che forse stava iniziando a provare la stessa cosa. Quand'era stata l'ultima volta che aveva cercato di tornare magicamente a casa?

Se era sincera con sé stessa, doveva *ammettere* di essere approdata in un bel posto.

E, sì, *con Callum*.

Anche ora, nonostante il suo atteggiamento da guerriero monosillabico. Sul serio, aveva pronunciato solo una manciata di parole da quando erano arrivati a Seagrave e, francamente, nessuna di quelle era stata piacevole. Eppure, a parte tutto quello, ultimamente nel profondo era più che soddisfatta. Ed ecco qualcun altro del ventunesimo secolo che sembrava davvero... «Sei davvero felice qui, Gwen?»

«Oh, Maggie» disse lei, allungando la mano per prendere la sua. «Sì. Forse sembra assurdo, ma è così. Mi piace stare a casa mia, guardare mio marito che cammina parlando con i suoi uomini, o tenendo in braccio uno dei nostri figli. Amo le nostre cene di famiglia, che di solito sono numerose. Siete arrivati in un momento un po' strano, vi giuro che la nostra tavola sta quasi per scoppiare. È semplice, ma complicato in un modo completamente diverso da quello di casa. Ma sai cosa mi piace di più? Non sono sicura che avrei mai trovato qualcosa del genere altrove». Alzò un attimo lo sguardo, poi si mise una mano sul cuore. «Questa sensazione di appartenere a un posto e a qualcuno. Non lasciarti ingannare da questi orpelli arcaici. Greylen e Callum sono uomini ricchi e intelligenti. Sono ben istruiti e credo davvero che siano i "pensatori" di questo tempo». Allo sguardo sbalordito di Maggie, disse: «Non scherzo. Non c'è nulla che non possano o non vogliano immaginare per la sicurezza e l'inviolabilità dei loro cari, della loro famiglia o del loro clan».

Sentirono Callum chiamare, e Gwen si alzò in piedi, assieme al suo bambino: «Parleremo ancora più tardi. E ricorda, se dovevi "atterrare" da qualche parte, questo è il posto migliore. Fidati di me».

Stupita e stranamente più a suo agio di quanto non si sentisse da tempo, Maggie rimase sul divano a fissare la porta aperta da cui era uscita Gwen.

CAPITOLO 19

Callum salì le scale con cautela. In un batter d'occhio, tutto sembrava cambiato. Non poteva confondere il sentimento che lo aveva travolto quando Kevin e gli altri uomini erano venuti a salutarli dopo essere giunti nella proprietà dei MacGreggor. Nel momento in cui avevano rivolto sorrisi ammirati a Maggie, si era sentito consumare dalla gelosia. Il guanto di sfida del possesso era stato gettato e lui l'aveva praticamente marchiata affinché tutti la vedessero.

E non in modo molto gentile, fra l'altro.

Quando James, il capo scuderia, arrivò per prendere i loro cavalli, decise di ignorare le domande di Greylen. Dopo aver rapidamente salutato gli altri membri del personale, prese le sue cose *e* quelle di Maggie ed entrò. Gwen apparve in cima al pianerottolo mentre lui saliva le scale.

Gli rivolse uno sguardo tenero. «La stessa camera di sempre».

«E Maggie?»

«Quella dopo».

Girò in cima al pianerottolo, passò davanti alla sua stanza e posò la borsa di Maggie sulla panca appena dentro la porta aperta. Lei lo guardò, scioccata, forse persino smarrita. Avrebbe potuto interpretare il suo comportamento in tanti modi, ma non disse nulla. Non poteva di certo biasimarla per la sua reazione.

Dopo un rapido cambio d'abito, si avviò per le scale, sorpreso di sentire Maggie che lo chiamava, si voltò e la raggiunse a metà strada.

Ancora a corto di parole, rimase in silenzio, titubante sul cosa aspettarsi. Qualunque fosse stata la sua ipotesi, non si aspettava di certo il ramoscello d'ulivo che lei gli porse sotto forma della *sua* spada.

Era stupito dalla sua gentilezza.

D'altronde, *erano* accomunati dalla stessa sorte, come aveva detto lei. Anche se per ogni passo avanti, ne facevano due indietro. Callum pensò che, nonostante tutto, avevano fatto dei progressi. Se non fosse stato per Maggie, non sarebbe stato in grado di raggiungere il punto in cui si trovava attualmente, pronto per un cambiamento importante nella sua vita.

Quello che era successo al rifugio aveva avuto un impatto notevole su di lui.

Con un cenno sincero di gratitudine, accettò il gesto di buona volontà di Maggie e scambiò la spada con la sua. Lei ricambiò il cenno e, con un inchino formale, tornò nella sua stanza. Anche se l'intera interazione era avvenuta in silenzio, aveva consolidato il cambiamento che aveva percepito fra loro.

Desideroso di dissipare un po' della sua energia inquieta, Callum raggiunse Grey sui campi di allenamento. In breve tempo, gli anni passati sembrarono svanire. Era come se fossero tornati ai vecchi tempi, quando erano appena diventati fratelli d'armi.

Avevano solo cinque e dieci anni, quando Dar, Aiden e Ronan si erano uniti ai loro ranghi. Tutti e cinque avevano giurato fedeltà a una sacra fratellanza in una frizzante sera d'autunno, alla presenza dei padri di Grey e Callum. Era quello il vero motivo della Festa d'Autunno, anche se molti non lo sapevano: il loro modo di onorare i padri.

Si ricordò allora che era stata un'idea di sua madre quella di far indossare a tutti dei medaglioni con gli stemmi di famiglia. "I Futuri Laird dello Stemma" aveva dichiarato.

Callum si chiese per la centesima volta dove Maggie avesse preso quello che indossava. Era così simile al suo che non poteva che essere lo stesso. Lo stesso medaglione fatto da suo padre.

Ma *come* era possibile?

Qualunque fosse la risposta, non aveva alcuna attinenza con i suoi sentimenti per lei. Era solo che vederlo, in quel momento, gli era sembrato... Beh, un segno del destino. Alzò lo sguardo al cielo, pensando in silenzio a sua madre e a ciò che aveva fatto per lui. All'improvviso, sentì un intenso dolore alla testa e avrebbe potuto giurare di aver visto delle stelle prima che tutto diventasse buio.

Qualche tempo dopo, si svegliò nella sua camera, sorpreso di trovare Maggie seduta sul letto accanto a lui. Provava anche del dolore. Aveva un vago ricordo della spada di Greylen che gli colpiva la testa proprio quando aveva alzato gli occhi al cielo.

Ah, pensò. *Mai perdere la concentrazione sull'avversario. Anche se è un tuo confratello.*

Attraverso le pareti, Gwen stava urlando al marito. Non era certo una novità. Callum fece una risatina, una mossa che si rivelò dolorosa, considerata la testa che gli pulsava. La sensazione della mano delicata di Maggie che gli accarezzava dolcemente il lato non ferito della fronte era la più piacevole che avesse mai provato... Beh, da quando le loro bocche erano entrate in contatto, al rifugio, e lui l'aveva avvolta nel suo abbraccio.

Lei lo guardò con i suoi occhi stupendi. I suoi capelli ricadevano sul viso di Callum.

Santo cielo, era proprio nei guai.

Gwen entrò e iniziò a fare una lunga serie di domande.

«Come ti chiami?»

«Callum O'Roarke».

«Quanti anni hai?»

«Trentadue».

«Che anno è?»

«1430».

Lei alzò gli occhi al cielo. «Non ricordarmelo». Poi si avvicinò e sussurrò. «Sai dove Greylen tiene i miei regali di Natale e il brandy in più?»

Callum ridacchiò. «Se lo sapessi, non te lo direi. Sai che c'è un giuramento tra noi».

«Come vuoi». Apparentemente soddisfatta, gli premette un impacco fresco sulla testa. «Riposa fino a cena, per favore. Poi verrò a controllarti».

«Sto bene, davvero, Gwen. Grazie».

«Hai fatto prendere un bello spavento a Greylen. Sono poche le persone con cui gli piace allenarsi con le spade. Da quello che ho capito, era completamente immerso nel combattimento, diciamo. La tua fortuna è che ha buoni riflessi e all'ultimo momento è riuscito a girare la lama. Avresti potuto perdere un pezzo di testa, o peggio».

«Mi dispiace, Grey» disse verso l'amico che era apparso sulla soglia.

Greylen scosse la testa, ancora scosso.

«Riposati» ordinò nuovamente Gwen. «E niente spade per due giorni. Ci vediamo a cena. Stasera siamo solo noi quattro».

Gwen e Grey se ne andarono, lasciandolo solo con Maggie. Lei iniziò a muoversi e lui fu sorpreso dal panico che provava. La fermò con una mano. «Ti prego. Non andare».

«Non stavo andando da nessuna parte. Posso portarti qualcosa?»

Lui scosse la testa, pentendosi del suo modo di fare e trasalendo. Maggie gli accarezzò di nuovo la fronte, accompagnando il gesto con un lieve «Ssh, ssh». Lui chiuse gli occhi e si lasciò andare alle sue attenzioni.

Quando si svegliò, il sole stava appena iniziando a tramontare. Mancava forse un'ora alla cena. Maggie dormiva accanto a lui, con un braccio intorno alla sua vita.

Al diavolo la correttezza: si girò e la strinse a sé, premendole le labbra sulla fronte.

«Callum» disse lei, con voce bassa ed esitante.

Se Maggie non gli si fosse ulteriormente avvicinata, lui si sarebbe allontanato. Ma lei lo fece, e la sua mano leggera gli sfregò la schiena.

«Ssh» sussurrò lui. «La cena sarà presto pronta. Solo pochi istanti. Per favore».

«Va bene» sussurrò lei.

Dovette fare un grande sforzo per trattenersi dal baciarla in quel momento. Si accontentò invece di riportare le labbra dove le aveva già posate, sulla sua fronte, sentendo il calore della sua pelle.

L'abbraccio fra loro fu un delizioso interludio. Per la prima volta, Maggie era sveglia e non intrappolata nel suo sonno agitato.

Molto tempo dopo, Anna bussò alla sua porta. Aveva preparato un bagno caldo per Maggie nella sua camera e stava per fare lo stesso anche per lui.

Alzandosi, si rese conto che si era riaddormentata. Fu tentato di lasciarla stare. Sembrava così bella e in pace. Ma sapeva quanto le sarebbe piaciuto immergersi in una vasca d'acqua calda. Soprattutto dopo la brutta avventura nelle acque gelide vicino al rifugio.

Per un attimo immaginò come sarebbe stato farlo con lei. Il suo corpo nudo, completamente rilassato, appoggiato al suo. Cercando di togliersi quei pensieri dalla testa, *non è il momento, Callum*, passò un'ultima volta le labbra sulla fronte di lei e la chiamò dolcemente per nome. Lei si rannicchiò di più e lo strinse a sé per un secondo prima di svegliarsi di soprassalto.

«Stai bene?» chiese, toccandogli il lato del viso.

Lui annuì e le spostò una ciocca di capelli sulla spalla. «Anna è venuta a chiamarti. Sembra che un bagno caldo ti attenda nella tua camera».

«È meraviglioso» disse lei con un sorriso assonnato. «Tu starai bene?»

«Stai tranquilla, sto bene. Anna se ne assicurerà. Sta preparando un bagno caldo anche per me».

Maggie gli rivolse un'altra occhiata preoccupata, poi annuì e uscì dalla stanza.

Poco dopo, mentre appoggiava la testa al bordo di legno della vasca, Callum sentì bussare alla porta.

«Avanti» esclamò, osando sperare che fosse di nuovo Maggie.

Grey entrò tenendo in braccio la figlia, intenta a giocare con i propri piedini.

«Come va la testa?» gli chiese.

«Meglio» disse Callum, cercando di nascondere la delusione.

La bambina allungò la mano. «Um, Um» balbettò, cercando di pronunciare il suo nome. Callum sorrise e allungò la mano verso di lei, facendole il solletico ai piedini, cosa che la fece ridere a crepapelle.

«Quando sarà uscito dalla vasca, tesoro» le disse Grey. Callum chiuse di nuovo gli occhi. In verità, era completamente rilassato e felice di essere di nuovo lì. Nonostante la ferita alla testa e tutto il resto. «Gwen approva pienamente Maggie» continuò Grey, e Callum si concesse un sorriso pensando alla sua immagine. «Mi ha detto che hanno già legato».

«Mi fa piacere sentirlo. Anche se immaginavo che andassero d'accordo» rispose Callum, sprofondando ulteriormente nell'acqua calda. Non aveva bisogno dell'approvazione di Grey e Gwen. Tuttavia, averla rendeva le cose più facili.

Un altro ostacolo superato.

Non ricordava esattamente quando aveva iniziato a depennare voci da una lista immaginaria, come se avesse tracciato una strategia che solo adesso sembrava indispensabile.

Rivide Maggie solo poco prima di cena. L'aveva aspettata su una panca nel corridoio, pronto a farle strada verso la sala da pranzo. Quando lei apparve fuori dalla sua stanza, si alzò subito.

Aveva un aspetto incantevole.

Si era tirata indietro i capelli e doveva aver messo mano a quello che Gwen chiamava il suo trucco. I suoi begli occhi erano più scuri, intensi e sensuali, e le labbra di colore rosato brillavano. Indossava anche il suo vestito blu zaffiro preferito. Era perfetta.

Le prese la mano e se la portò alle labbra. «Sei splendida».

Lei sorrise. «Gwen è venuta improvvisamente a trovarmi mentre mi preparavo e mi ha portato alcuni unguenti e polveri».

«Ho sentito dire che siete diventate amiche per la pelle». Lui allungò il braccio e lei lo cinse con il suo.

Fermandolo in cima al pianerottolo, osservò il mare dalla finestra. «Non ho avuto tempo prima di assaporare questo panorama, è meraviglioso».

Maggie aveva ragione, era un posto incantevole. Il panorama era incredibile. Ma il profilo di lei, incorniciato dai morbidi capelli a cascata, attirava la sua attenzione ancora di più.

«Parlami di Seagrave. Sembra che ti sia molto familiare» chiese Maggie mentre raggiungevano l'atrio.

«La mia amicizia con Grey risale a quando eravamo solo ragazzi. I nostri genitori erano cari amici. Anche se c'è una certa differenza di età tra noi, Grey e io siamo cresciuti come coetanei».

«È bello che condividiate questo legame».

«È per questo che mi sono ritrovato qui». Fece una pausa prima di aggiungere: «Alcuni mesi dopo la morte di Fiona». Si dovrebbe poter dire la verità, anche se dolorosa, quando si è in compagnia intima.

Lei si fermò e si voltò di nuovo verso di lui, come faceva sempre quando era impegnata in una conversazione importante. La testa si inclinò leggermente mentre lo guardava.

«Capisco» disse. I suoi occhi si fissarono su quelli di lui. «Se non avessi avuto Celeste, non so cosa avrei fatto. È difficile stare da soli. Soprattutto, dopo un periodo del genere, capita di scegliere di isolarsi».

Callum annuì, sapendo che stava condividendo qualcosa di profondo e personale. Parlava raramente di Celeste. Dai suoi precedenti racconti, sapeva che era una grande amica di Maggie.

«Dovresti scriverle» disse. «È sempre la benvenuta, Maggie. Per tutto il tempo che vorrai».

Qualcosa di indescrivibile le passò negli occhi prima che li chiudesse. «Cosa non darei per rivederla».

La tirò a sé, sperando di dissipare un po' della tristezza che avvertiva così forte in lei. «Faremo in modo che succeda, te lo prometto». Se avesse dovuto viaggiare di persona per andare a prenderla, lo avrebbe fatto. Meglio ancora, avrebbe mandato qualcuno.

Qualsiasi cosa per rendere felice Maggie.

Lei fece un piccolo sorriso triste, poi si avvicinò per passargli le dita delicate sulla fronte, lungo la tempia e sulla cicatrice. Lui fremette alla sensazione, come sempre. Maggie si soffermò per un attimo a tracciarla, poi scosse la testa e sussurrò. «Cosa stiamo facendo, Callum? Non credo...»

«Ssh, non pensarci». Non era del tutto sicuro nemmeno lui. Ma non era pronto a dare un nome a ciò che stava accadendo fra loro o a fermare quello che era in corso. Dubitava seriamente che si potesse fare. «Non c'è bisogno di fare nulla al momento. Godiamoci il nostro periodo qui e lasciamo che il resto si risolva da solo».

Guardò il laccio di cuoio al collo di lei e improvvisamente si ricordò che anche Gwen ne indossava uno. Callum sorrise al significato simbolico della coincidenza. Incoraggiato, allungò la mano e toccò il cuoio, sfiorando la scollatura del vestito di lei che, fortunatamente per entrambi, era di taglio modesto. Tuttavia, il suo respirò accelerò, e fissando gli occhi di Maggie, si accorse che anche lei era visibilmente emozionata. Tracciando le sue dita lungo il cuoio, risalendo verso il collo, lei gli coprì la mano con la sua, appiattendola contro il suo petto mentre rabbrividiva. Il cuore le batteva all'impazzata, le labbra leggermente dischiuse.

Sì, lo sentiva anche lui. Solo un secondo prima aveva intenzione di portarla nella sala grande, ma ora la stringeva a sé con il braccio libero, congelato sul posto.

Non aspettò un suo invito. Sì, l'invito era già nei suoi occhi e nella sua stretta. Con un movimento rapido, coprì le labbra di Maggie con le sue, baciandola delicatamente. Ed ebbe una reazione profonda e travolgente.

Quell'attrazione, quella... connessione.

Lei gemette dolcemente contro di lui, lasciandogli la mano e infilando le dita fra i suoi capelli mentre lui le inclinava la testa. Proprio lì, nel cuore dell'ingresso di Seagrave, avevano condiviso il loro primo vero bacio. Lo avrebbe ricordato per sempre.

Era significativo.

In qualche modo, sentì Grey schiarirsi la gola. Alzando la mano verso l'amico, si avvicinò alle labbra di Maggie un'ultima volta prima di staccarsi. Lei arrossì quando lui la guardò e quasi subito iniziò a scuotere la sua bella testa.

«Non credo che sia servito a qualcosa» disse con una risata trillante.

«Beh, di sicuro non ha fatto male» gracchiò lui, sfiorandole con il pollice il lato del viso.

Lei sgranò gli occhi. «Volevo dire...»

Lui scosse la testa, facendole segno di fermarsi lì. Lei lo fece.

«Maggie di Sinclair» disse con fermezza. «Possiamo lasciar perdere. Per favore. Godiamoci la cena. Ti prometto una fantastica compagnia e un'ottima cucina».

«Abbiamo già tutto questo, Callum» rispose lei, allungando la mano per pulirgli dalle labbra quello che lui suppose fosse un po' dell'unguento che le aveva passato.

«Allora consideralo come un trattamento speciale».

«Basta così, voi due» li chiamò Gwen dalla sala grande. Stava versando del vino, la sua attività preferita. «Credo che questa serata richieda una celebrazione».

«Tu pensi che tutto richieda una celebrazione» dissero lui e Grey nello stesso momento.

Allora Maggie rise, una vera risata che le illuminò tutto il viso. Era simile all'aspetto che aveva il giorno prima, quando aveva indicato i conigli, e il cuore di Callum si strinse un po' al pensiero.

Come era possibile che fosse solo un giorno prima, si chiese. Sembrava che da allora fosse passata quasi una vita. Per una volta, beh, forse per più di una volta, prese con gratitudine il bicchiere che Gwen gli porse.

Sì, una notte di baldoria era d'obbligo. Non riusciva a ricordare l'ultima volta che l'aveva fatto.

Si sedettero davanti al camino e gustarono qualche boccone mentre lui si aggiornava con Grey e Gwen sulla famiglia. Maggie si spostò sul pavimento accanto al tavolino basso al centro dell'area salotto, con un piccolo piatto in mano, scegliendo qualche altro bocconcino.

Ridacchiò. «Si direbbe che a Dunhill non ti diano da mangiare».

Lei alzò lo sguardo e sorrise, poi arrossì. «Di solito questa è la mia parte preferita della cena, mi ricorda casa» disse coprendosi la bocca.

«Informerò Ide al nostro ritorno». Rise di nuovo, un po' riscaldato dalla bevanda e dalla compagnia. Si rese conto che da qualche anno non era più felice in quel posto, Seagrave gli ricordava troppo i mesi successivi alla morte di Fiona.

Ora la situazione era cambiata.

A dire il vero, la felicità che provava in quel momento era diversa da quella che aveva provato con Fiona. Maggie, a suo modo, lo aveva cambiato. Callum aveva capito che la felicità era qualcosa a cui aggrapparsi, a cui tendere. Chi poteva sapere cosa gli avrebbe riservato il destino?

O cosa gli avrebbe tolto.

La cuoca entrò seguita dal suo staff e tutti si spostarono a tavola. Allungò la mano verso Maggie e la aiutò ad alzarsi. Il drink li rese entrambi euforici. Quando lei inciampò e si scontrò contro il suo petto, lui dovette trattenersi dal tirarla a sé per un altro bacio profondo e si accontentò di sfiorarle leggermente la fronte con le labbra.

Le cene a Seagrave erano tra le migliori. Sia per la formalità, sia per il cibo. E per formalità intendeva che la cena era un'occasione, trattata come una cerimonia, per stare semplicemente insieme, non per pomposità. Era un momento in cui tutti si riunivano, indipendentemente dagli impegni della giornata, ed era considerata con grande sacralità.

Greylen si sedette a capotavola con Gwen alla sua sinistra.

Callum mise Maggie dall'altra parte, accanto a Greylen e poi le si sedette vicino.

«Non vuoi sederti qui?» chiese lei, mentre prendeva posto accanto a Greylen.

«Non vuole che tu sia esclusa» le spiegò Gwen.

Lasciarla in fondo al tavolo non era un'opzione.

Maggie doveva stare al centro.

Cominciarono la serata di baldoria che aveva immaginato. Gwen fece servire i suoi piatti preferiti e Callum non fu sorpreso di scoprire che piacevano anche a Maggie. Aveva notato che le due donne avevano gusti simili in fatto di cibo. Infatti, lei lo avvertì: aveva intenzione di finire fino all'ultimo boccone.

Lei emise un altro suono di apprezzamento quando diede il secondo morso alla bistecca. «È una salsa piccante?» chiese a Gwen, e Callum le rivolse uno sguardo interrogativo. *Che* salsa?

Gwen sbuffò e bevve un altro sorso del suo drink.

«Okay, per te è sufficiente» disse Greylen con una risata.

Dopo giocarono una partita a scacchi a squadre. Callum non si preoccupò minimamente delle mosse di Maggie a loro favore. Era già una giocatrice esperta. Tuttavia, persero. Grey e Gwen erano degni avversari. Salirono le scale tutti insieme, poi Grey e Gwen girarono verso la loro ala, mentre lui e Maggie dall'altra.

Da soli per la prima volta dopo il loro bacio, Callum sentì il battito del cuore accelerare. Maggie lo fissava, appoggiata al muro fuori dalla porta della sua camera da letto, con le scarpe che si era appena tolte in una mano. Si mosse verso di lei, il calore che li univa era quasi bollente.

«È stata una delle serate più belle che io ricordi, Callum» sospirò Maggie, dopo un attimo. «Grazie per avermi portata qui».

Callum pensò bene di baciarla di nuovo. Così la serata sarebbe stata perfetta.

E fu anche meglio quando, qualche tempo dopo, lei gridò nel sonno. Callum percorse il corridoio ed entrò nella sua stanza, stringendola a sé. Lei si rannicchiò contro di lui e dormirono profondamente per il resto della notte.

stringendola a sé. Lei si rannicchiò contro di lui e dormirono profondamente per il resto della notte.

CAPITOLO 20

La mattina dopo, Maggie si svegliò prima del solito. Quando uscì nel corridoio per vedere cosa l'avesse svegliata, notò Gwen che scendeva le scale con la bambina in braccio. Era scalza e indossava una vestaglia. Se Maggie non lo avesse saputo, avrebbe giurato di essere tornata nell'America del ventunesimo secolo.

Girandosi al rumore della porta di Maggie che si apriva, Gwen le disse di prendere la vestaglia che le aveva lasciato nella stanza da bagno e di seguirla. Desiderosa di passare del tempo con la sua nuova amica, Maggie seguì le sue istruzioni.

Seguendo Gwen lungo le scale, Maggie fu sorpresa quando superarono la sala grande e si diressero verso il retro della fortezza. Gwen salutò il personale, indicandole la cuoca, anche se Maggie non l'aveva certo dimenticata. Il pasto della sera prima era stato sublime. Gwen indicò un tavolino nascosto di lato, coperto da una bella tovaglia di lino e ornato con un vaso di fiori freschi. Accanto al tavolo, una credenza aperta esponeva piatti e utensili, simili a quelli di Dunhill. Maggie sorrise, ricordando che Callum le aveva detto che l'idea era nata da Gwen.

La cuoca posò davanti a Gwen una ciotola di porridge o qualcosa del genere. Era ancora fumante. Lei lo mescolò un paio di volte e poi lo mise da parte. Apparve un'altra ragazza con della panna fresca e un vasetto di quello che Maggie avrebbe potuto giurare essere... *no*.

Inspirò di nuovo profondamente.

«È caffè?» chiese.

Gwen le rivolse un sorriso. «Ti manca, vero? E sì, ed è anche molto buono». Gwen versò a entrambe una tazza, bevve un sorso della sua e sospirò soddisfatta, poi fece un cenno alla cuoca. «Quella donna sa quello che fa». Questa alzò il mestolo che aveva in mano in segno di riconoscimento.

Maggie seguì l'esempio, bevendo un lungo sorso dalla sua tazza. Per un momento, lasciò che l'infuso si diffondesse nel suo corpo e poi si rivolse a Gwen. «Oh, mio dio, è davvero buono. Non bevo una tazza di caffè da più di due anni».

Gwen fece un ampio sorriso e bevve un altro sorso del suo. Rimasero sedute in silenzio per qualche minuto, risvegliandosi lentamente e osservando il trambusto della cucina affollata. Infine, Gwen posò il caffè, appoggiando un gomito sul tavolo poiché la bambina era ancora appoggiata alla sua spalla, e disse. «Okay, è l'ora della storia. Dai».

«Non so nemmeno da dove cominciare».

«Beh, quando è capitato a me, avevo sognato Greylen ogni notte per cinque anni. Questo prima di arrivare qui. Non l'avevo mai visto in faccia né sapevo chi fosse, ma era lui, capisci?»

Maggie annuì, anche se non sembrava affatto quello che era successo a lei.

«Comunque, dopo un po' è scattato qualcosa e dovevo prendere una decisione. Così ho lasciato il mio lavoro, ho rinunciato a un contratto e sono partita per la Scozia. Come se fossi stata attirata lì o qualcosa del genere. Quattro giorni dopo, il giorno del mio compleanno, sono stata sorpresa da una tempesta e sono caduta in acqua... E indietro di centinaia di anni nel passato».

«Quindi non mi farai una rivelazione graduale?» chiese Maggie, e Gwen ridacchiò. «Okay, okay. Ecco quello che so. Il mio ragazzo è morto...»

«Oh, Maggie, mi dispiace tanto» disse Gwen, prendendole la mano.

«Grazie, ora va tutto bene». Maggie alzò le spalle. «Credo».

Fermandosi di nuovo, Maggie guardò di lato, fuori dalla piccola finestra che dava su un bellissimo giardino. Era così strano averlo detto. Andava davvero tutto bene adesso? Stranamente, sembrava di sì.

Fece un respiro profondo e si voltò verso Gwen, rendendosi conto che, a parte con Celeste, che stava combattendo il proprio dolore per Derek, non aveva mai parlato di lui o di quello che era successo con un'altra donna. Anche le sue conversazioni con Callum erano diverse. Gwen era una sua contemporanea. Sapeva implicitamente di poter parlare liberamente del come e del perché tutte quelle cose erano accadute. Cosa che non poteva fare con Callum.

«Sono successe così tante cose da allora. All'epoca ero... a pezzi. Un disastro» spiegò Maggie, grata che Gwen le avesse dato un po' di spazio per riprendersi.

«Che cosa è successo?»

Maggie deglutì a fatica e bevve un altro sorso di caffè. «Eravamo entrambi detective. Avevamo appena chiuso un caso e stavamo andando a festeggiare... Sai, una cenetta nel piccolo ristorante italiano in fondo alla strada. Servivano il miglior pollo al marsala... E la pizza. Comunque, stavamo tornando a casa per un cambio veloce, ma ci siamo fermati al negozio per... per...» Maggie scosse la testa e, quando alzò lo sguardo verso Gwen, sentì che il mento cominciava a vacillare e presto non riuscì più a vederla attraverso le lacrime. «È così stupido. Volevo una barretta di cioccolato».

«Oh, Maggie». Gwen le si avvicinò, inginocchiandosi accanto a lei. «Sai che non è stata colpa tua, vero? Sono sicura che ormai hai fatto il gioco del "e se..." almeno un milione di volte, ma devi sapere che non è colpa tua».

Maggie annuì. «Lo so» disse, riprendendosi. «Eravamo in fondo al corridoio quando abbiamo sentito entrare gli uomini.

Una tipica rapina dalle conseguenze terribili». Fece un respiro profondo: «Non l'ho mai detto ad alta voce. Mai. Nemmeno allo strizzacervelli del dipartimento. Non sono nemmeno sicura di averlo mai detto a Celeste».

«Celeste?»

«La sorella di Derek, eravamo molto legate. Ci chiamavamo dieci volte al giorno e ci vedevamo tutte le sere».

Gwen annuì e strinse la mano di Maggie.

«Poco dopo l'uccisione di Derek, Celeste mi disse che aveva sentito parlare di una sensitiva che avrebbe potuto aiutarci con... Non so cosa abbiamo pensato, sinceramente. Ma ti giuro, Gwen, che ho immaginato una strega con un libro di incantesimi, in grado di riportarlo indietro».

«Come le due zie di *Amori & Incantesimi*?» disse Gwen, con una risatina leggera.

Maggie indicò Gwen con entusiasmo, felice di trovare qualcuno che capisse i suoi riferimenti. «Esattamente! Ero alla ricerca disperata di qualsiasi cosa che non fosse una specie di spaventosa reincarnazione del mio ragazzo».

«Allora? Ci sei andata?»

«Sono qui, no?» disse Maggie chiaramente, e Gwen rise di nuovo. Dopo averle raccontato il resto della storia, gli occhi luminosi della vecchia strega, la foto di Derek, il gioiello, la spada, tutto, Gwen la fissò per un attimo prima di rispondere.

«Okay, aspetta» disse dopo un attimo. «Allora, sei atterrata fuori dall'abbazia, questa parte l'ho capita, ma come sei arrivata a stare con Callum?»

«Sua zia è una delle suore. Ti giuro, Gwen, che mi aveva guardata come una pazza. Agitavo il telefono in aria, trascinando una spada, e nonostante tutto mi ha accolta così velocemente che mi è girata la testa. Ero convinta che mi avrebbe sbattuto la porta in faccia».

«Anch'io avevo il mio telefono» disse Gwen. «Beh, uno vecchio che praticamente usavo come iPod. Grazie al cielo avevo le batterie nella borsa. Le abbiamo consumate tutti e cinque, le prime tre in fretta, le ultime due le abbiamo assaporate».

«Oh mio Dio» esclamò Maggie. «Le batterie. Me ne ero dimenticata. Adesso ci sono anche i caricabatterie solari».

«Il tuo funziona?» chiese Gwen eccitata.

«Io... Non ho pensato di provare. L'ho tenuto nascosto».

«Beh, ovviamente non esiste una rete cellulare, ma il dispositivo in sé dovrebbe funzionare se è ancora carico. La fotocamera, la musica, applicazioni del genere». Gwen alzò le spalle. «Vale la pena provare».

Maggie iniziò a vagliare le possibilità quando Greylen e Callum entrarono in cucina. Guardandoli ora con occhi nuovi, si rese conto di due cose. Uno: erano simili di statura. Anche se Grey era qualche centimetro più alto di Callum, erano entrambi ben strutturati e molto alti. E due, il suo cuore ebbe più di un sussulto alla sola vista di lui. Così a suo agio e leggero con i suoi amici.

Lui incrociò il suo sguardo e sorrise e, che il cielo l'aiutasse, lei si sentì arrossire tutta. Il bacio della sera prima nell'atrio era stato speciale. Si era resa conto che lo stava aspettando. Non era stato un bacio completo, ma il modo in cui lui le aveva coperto le labbra con le sue, beh, era stato bellissimo e possessivo allo stesso tempo. Del tipo *Sei mia ed è tutto sotto controllo, quindi tieni duro*. Poi le aveva preso il viso fra le mani e l'aveva girata in quel suo modo particolare per baciarla di nuovo. Ripensando poi, a come aveva alzato la mano per tenere a bada Greylen e Gwen prima di accarezzarla e concludere con un ultimo bacio, il suo rossore divenne più intenso. Gwen doveva averlo notato perché le aveva lanciato un tovagliolo di lino ridendo. Maggie rise a sua volta e si portò un dito alle labbra per zittirla.

Greylen teneva in braccio suo figlio, il più grande, e quando raggiunsero il tavolo, lo scambiò con la piccola in braccio a Gwen. Lei accostò le labbra alla tempia del bambino e gli sussurrò qualcosa all'orecchio, poi prese il porridge che la cuoca aveva lasciato sul tavolo, la colazione del figlio.

La cuoca arrivò con dell'altro caffè e Maggie realizzò che si trattava praticamente di una colazione continentale. Vide dei dolcetti dall'aspetto delizioso e una... Un momento, davvero? Una quiche! Gwen doveva averle insegnato a cucinare una quiche! Maggie fece una risatina verso Gwen, che ricambiò con un occhiolino.

«Cosa c'è da ridere?» chiese Greylen.

«Maggie» rispose Gwen con un sorriso.

«Maggie di Sinclair, sei diventata un giullare?» la prese in giro Callum.

Gli uomini si sistemarono e Callum le sfiorò il braccio con un buongiorno appena mormorato, come se fosse una routine quotidiana. Come se non fosse una sensazione nuova. Maggie fu colpita dall'intimità di quel momento.

Erano tutti lì, seduti a un tavolino nell'angolo della cucina, lei e Gwen in vestaglia e Callum e Greylen nella loro versione quattrocentesca di un abbigliamento da salotto. Maggie allungò la mano e sfiorò il tessuto della camicia e dei pantaloni di Callum: sì, erano stoffe morbidissime. Quando alzò di nuovo lo sguardo, tutti la stavano fissando.

Scrollò le spalle. «Mi dispiace, non ho mai provato i suoi vestiti da notte».

«Quindi hai provato i suoi vestiti da giorno?» chiese Greylen.

Maggie si sentì arrossire come non mai. Ebbene sì, le piaceva toccarlo, che le facessero causa! Callum cercava di non ridere, ma anche lui era un po' rosso in volto.

«Lasciatela stare» disse Gwen, scuotendo il marito.

«E lui?» chiese Greylen, facendo un movimento con la testa verso Callum.

«Oh, lui è un bersaglio facile».

Maggie mise una mano sul braccio di Callum. «Oh, vacci piano con lui. Ha passato dei giorni difficili».

Greylen inarcò il sopracciglio, riempiendo le loro tazze. Callum sorrise prendendo i piatti e iniziando a passarli.

«Padre Michael sarà qui domani» annunciò Greylen, cambiando argomento.

Il nome suonò come un campanello d'allarme e Maggie ripensò alla confusione di Callum quando gli aveva parlato della sua famiglia dei Michael. «Padre Michael?» chiese. «Il tuo prete? Mi piacerebbe conoscerlo».

«Oh, immagino sia possibile» confermò Greylen con un sorriso che lasciava intendere qualcosa di più. «Ovviamente voi due vorrete passare un po' di tempo con lui». Fece una pausa, ma Maggie non aveva idea di cosa volesse dire. «È stato via quest'ultima settimana, ma sta per tornare. Tempestivo, non vi pare?» concluse Greylen in modo deciso, rivolgendosi a Callum, che strinse gli occhi.

Maggie si irrigidì, sentendo che stava succedendo qualcosa, ma senza sapere bene cosa.

«Perché?» chiese contemporaneamente a Callum.

Gwen coprì le orecchie del figlio e si chinò in avanti. «Voglio dire, lui *viene* a letto con te, no? Siamo nel quindicesimo secolo, Maggie, non nel ventunesimo. Ci sono certe usanze che dovresti rispettare, per il bene di tutti».

Oh. *OH*. Maggie, con gli occhi spalancati, scosse la testa verso Gwen, cercando disperatamente di comunicarle in silenzio che *no, no, Callum non lo sa*. L'ultima cosa che voleva fare era rovinare le cose tra loro. Per quanto Gwen sostenesse che lui fosse intelligente o "un libero pensatore", non era sicura che Callum l'avrebbe accettata se avesse saputo quella verità in particolare.

Poi si rese conto. Né Greylen *né* Callum sembravano affatto scioccati dall'accenno di Gwen al ventunesimo secolo. Anzi, entrambi la guardavano in attesa, quasi placidi.

«Aspetta, lui... Lo sa? Da dove vieni?» chiese Maggie a Gwen.

Gwen annuì, con gli occhi che guizzavano tra i due uomini, i quali facevano lo stesso.

«*Cosa* dovrei sapere di Gwen?» chiese Callum con un'innocenza studiata che Maggie sarebbe riuscita a individuare a un chilometro di distanza.

«Sì, di grazia, cosa?» chiese Greylen, lanciando un'altra occhiata alla moglie.

«Oh, smettetela voi due» disse Gwen con un sospiro esasperato. «Maggie è... Beh, Maggie è...» Gwen lanciò un'occhiata a Maggie, cercando chiaramente di farle dire qualcosa e inclinando la testa da un lato all'altro, ma Maggie non aveva *alcuna* intenzione di farlo.

Niente da fare, amica.

«Maggie è cosa?» domandò Callum, coprendole la mano in modo protettivo, e il cuore di Maggie si sciolse un po'... di più. Non sapeva quali segreti gli stesse nascondendo. Eppure era lì. *Povero Callum.* Arricciò le dita sotto il palmo della mano, evidentemente ansioso di sapere cosa sarebbe successo dopo.

Non riuscendo più a resistere, Maggie fece un cenno deciso a Gwen. *Vai avanti, sputa il rospo, Gwen.*

«Maggie è come me».

«Come te... come?» chiesero insieme Callum e Greylen, sporgendosi verso Gwen come se potessero aiutarla a rispondere meglio.

Gwen si appoggiò. «Viene dal mio tempo» sussurrò. Poi, abbassando ancora di più la voce, «Dal futuro».

Maggie avrebbe voluto strisciare in un buco, o sotto una roccia, qualsiasi cosa in quel momento. Sicuramente sarebbe stato troppo per Callum. O lui avrebbe pensato che fosse pazza, o... Aspettò l'esplosione... E aspettò... Finché...

«Lo sapevo!» esclamò Greylen, sbattendo la mano sul tavolo e facendo trasalire Maggie. «Te l'ho chiesto *ieri* sera *e* stamattina» la rimproverò. «E non mi hai detto nulla».

«Non dovevo essere io a rivelare il suo segreto» precisò Gwen, scrollando le spalle.

Maggie annuì e fece un debole sorriso, aspettando che Callum dicesse qualcosa.

Qualunque cosa.

Lui le teneva ancora la mano, ma aveva iniziato a fissarla in modo strano. All'inizio l'espressione la rese nervosa, ma poi si rese conto che non si trattava di orrore o disgusto, e nemmeno di confusione. No, Callum la stava guardando con un'espressione che avrebbe solo potuto definire di meraviglia.

«Callum?» disse, stringendogli la mano. «Stai bene?»

Lui scosse la testa, come se fosse uscito da una trance. Poi guardò con attenzione ognuno di loro prima di fissarla direttamente negli occhi. «Liete novelle a parte, Maggie di Sinclair» gracchiò. Il suo sguardo era quasi ipnotico nella sua intensità. «Credo di sì».

Maggie arrossì sotto il suo sguardo, con il cuore che le batteva forte nel petto. Non aveva idea di cosa lui intendesse con "liete novelle", ma includeva la parola "lieta", e quindi era sufficiente per lei in quel momento. Il fatto che lei venisse da centinaia di anni nel futuro non lo aveva scoraggiato.

Stranamente, sembrava quasi sollevato dalla cosa.

«Allora, ora che *quella* faccenda è stata sistemata» intervenne Greylen, facendo trasalire Maggie. «Vorrete che padre Michael vi sposi quando arriverà».

«*Cosa*?» esclamò Maggie. È così che si faceva nel millequattrocento? Un bacio e ci si legava per tutta la vita?

Si girò di scatto per guardare Callum, che non sembrava minimamente turbato. Greylen sembrava sul punto di parlare, ma Gwen arrivò prima.

«Beh, *andate* a letto insieme» ripeté Gwen. «Giusto?»

«*Come scusa?*» si strozzò Maggie. Si girò verso Callum che stava arrossendo. Un'espressione che poteva essere di comprensione gli attraversò il volto.

«Maggie, lascia che ti spieghi» disse lui, e Maggie si sforzò di mantenere la sua compostezza.

«Hai detto loro del lago?» sussurrò, sentendosi improvvisamente... esposta... e... e *ferita*. Non ne avevano nemmeno parlato.

Era una cosa sacra.

«No». Lui scosse la testa e le afferrò la mano. L'espressione del suo viso diceva tutto. Anche lui lo sapeva: *era* qualcosa di sacro, e solo tra di loro. «Non ho detto nulla del lago, Maggie».

«Cosa è successo al lago?» chiesero insieme Greylen e Gwen.

«Aspetta» disse Maggie, ora del tutto confusa. «Se Callum non ti ha detto nulla di questo, che, tra l'altro, era più una situazione di salvataggio per non morire congelati che qualcosa di scandaloso, allora di cosa stai parlando? In ogni caso, *non* andiamo a letto insieme». *Almeno non ancora*, aggiunse solo per sé stessa. A quel punto, Maggie era andata a letto con una sola persona in tutta la sua vita.

Gwen le fece un sorriso e alzò un sopracciglio. «Sei sicura, tesoro?»

Maggie scosse la testa, completamente smarrita. Guardò Callum, che per una volta non incontrò il suo sguardo. Qualcosa cominciò a ribollirle dentro: aveva forse raccontato delle bugie sul suo conto?

«Senti» disse Gwen, e il suo viso si addolcì. «Mio marito può sentire uno spillo cadere dall'altra parte del castello. E secondo lui, ieri sera stavi piangendo e Callum è passato dalla tua stanza. Ti assicuro che non io ho sentito nulla del genere». Fece il gesto di bere con la mano. «Ieri sera non ero proprio in uno stato di massima *attenzione*».

Maggie guardò Callum con aria interrogativa. Cosa stava insinuando Gwen? Chi stava dicendo la verità?

«Oh, e poi l'ho visto stamattina quando sono andata a prendere la bambina. Stava uscendo dalla tua stanza» aggiunse Gwen.

Beh, almeno sapeva cosa l'aveva svegliata così presto quella mattina. Non era stata solo Gwen a uscire nel corridoio. Era comunque un piccolo conforto, soprattutto considerando che l'uomo di cui si era convinta fosse *davvero* buono, come le avevano detto, e di cui aveva cominciato a fidarsi con tutto il cuore, si stava rivelando tutt'altro.

«Maggie» chiamò Callum con voce roca, e lei si girò di scatto per affrontarlo. «Non è come pensi. Tu gridi nel sonno. So che dici di non farlo, ma lo fai. In quelle notti sei disperata e terrorizzata, tormentata da visioni che io stesso non riesco neanche a immaginare. Io mi limito ad aiutarti a calmarti».

«Tu "mi aiuti a calmarmi"?» esplose Maggie, sentendosi tutti gli occhi puntati addosso. «Sono curiosa, Callum» fece roteare la mano per enfatizzare. «Cosa ti sembra?»

Nei suoi occhi tornò quel bagliore e lei capì che stava cercando di non sorridere. Un brivido di frustrazione si accese in lei, ma lo lasciò parlare.

«La prima volta ho *cercato* di svegliarti. Ma tu mi hai girato sulla schiena e mi hai immobilizzato... In verità, la tua mossa mi ha riempito di orgoglio, ma...» Maggie venne travolta da un'ondata di comprensione proprio quando Gwen intervenne.

«Oh, bella mossa. Jiu Jitsu?» chiese con impazienza. All'occhiata di Callum, che la guardava con aria severa, si limitò a scrollare le spalle. «Beh, penso che sia fantastico che Maggie sia riuscita ad agire difendendosi, e per di più nel sonno».

Dagli sguardi che Callum e Greylen le lanciarono, Maggie sospettò che ci fosse una storia dietro. Cominciò anche a sospettare che Callum potesse dire la verità.

«Ho premuto il pollice in questo modo?» chiese Maggie, mostrando la strana angolazione che sapeva essere la sua mossa di difesa.

Lui la indicò. «Sì, proprio così. Sei tornata *un po'* in te, hai chiesto perché ero lì, hai *protestato* quando te l'ho detto, poi ti sei sistemata contro di me e ti sei addormentata in un attimo».

Maggie annuì, poi si avvicinò e sussurrò. «Quante volte è successo?»

«Vi sentiamo» dissero Greylen e Gwen, ma Maggie li ignorò. Voleva una risposta da Callum.

«Una manciata di volte» rispose, bevendo un lungo sorso di caffè.

«Quale manciata, la mia o la tua?»

Lui sorrise e tornò a guardarla direttamente. «La mia» disse, con un doppio senso. Ed eccola di nuovo, quella possessività, quel comportamento da guerriero, quasi da barbaro. Beh, barbaro forse era un po' esagerato, ma ci voleva un po' per abituarsi a Callum.

«Allora» disse Maggie guardando Greylen. «Dovremmo sposarci perché a volte si sdraia accanto a me completamente vestito?» Scelse di non dire che stava pensando a cosa sarebbe successo *senza* tanti vestiti addosso.

Greylen sgranò gli occhi. «Tutte le donne del futuro sono strambe o lo siete solo voi due? Indipendentemente da ciò che *accade* in quel letto, lo avete condiviso».

«Maggie non crede nel matrimonio» disse Callum.

«Come scusa?» sindacò Greylen.

Maggie scosse la testa: «Non è che non ci *creda*. È solo che con l'ultimo uomo, ai miei tempi, non siamo mai riusciti ad arrivarci. È stato più che altro un lungo...»

«Dieci anni» intervenne Callum.

«Fidanzamento» concluse Maggie.

«Qui ci si arriva in fretta» mormorò Gwen. «Preparati».

La bambina cominciò ad agitarsi, grazie al cielo. Greylen e Gwen si scambiarono di nuovo i bambini, poi si scusarono. Uscendo, Gwen disse a Maggie di prendersi un po' di tempo, ma di raggiungerla poi vestita nella sala grande.

Nel silenzio della cucina, dopo che i MacGreggor se ne furono andati, Maggie e Callum si guardarono negli occhi. Maggie fece un gran respiro chiedendosi cosa sarebbe successo, quando Callum le tese la mano.

«Dobbiamo davvero parlare con padre Michael?» chiese lei. Il peso di ciò che i MacGreggor le avevano suggerito si posò su di lei. «Voglio dire, non voglio che tu ti senta obbligato a fare una cosa del genere. Non che tu ne abbia *voglia*. Non voglio essere un problema per te o...» Si interruppe, perché cosa poteva dire? Lei *era* il suo problema, o almeno la sua protetta.

Ma sposarsi? Per qualche malinteso? Si era appena abituata all'idea di prendersi di nuovo cura di qualcuno.

Callum la guardò, con una varietà di emozioni che gli attraversava il volto. «Non sei mai stata un mio problema,

Maggie» spiegò scuotendo la testa. «Ma Gwen e Grey hanno ragione. Se non ti sposo io, lo farà qualcun altro».

«Davvero?» Maggie tentennò. «Mi sposeresti solo perché nessun altro possa farlo? Romantico».

A quel punto gli venne in mente qualcosa: la sua espressione era stupita, persino addolorata. Maggie si addolcì, guardandolo. Lui rimase in silenzio per un lungo momento. Guardò fuori dalla piccola finestra accanto al tavolo. Quando finalmente si voltò verso di lei, disse, con voce burbera: «Non ho mai pensato di risposarmi». Le prese i capelli e glieli spostò sulla spalla, cosa che ormai stava diventando un'abitudine. «In verità, non mi è mai passato per la testa niente del genere. Fino a poco tempo fa. *Sposarmi* con *te*, Maggie di Sinclair, non sarebbe un obbligo. Quanto al fatto che qualcun altro ti sposi, è assolutamente inaccettabile». Annuì, come se avesse chiuso l'argomento. «Vieni, ti accompagno di sopra. Io e Greylen dobbiamo andare a cavallo».

Va bene, allora, pensò Maggie. Non sarebbe poi una cosa così negativa essere sposati con Callum. Un uomo buono e di sani principi, con il quale condivideva già un legame profondo... E dal quale si dava il caso che fosse selvaggiamente attratta.

«Quindi, non sei arrabbiato per l'altra cosa. Per quello che ha detto Gwen». Maggie aveva difficoltà a esprimerlo ad alta voce.

«Grey e Gwen sono due delle persone più felici che io conosca, Maggie».

«Questo non significa che...»

Lui le appoggiò un dito sulle labbra e sorrise, zittendola. «C'è solo una cosa che so attualmente, Maggie di Sinclair». Non aggiunse altro, lasciandola a interrogarsi, ma le prese la mano, unendo le dita.

Era bello tenersi per mano e camminare al suo fianco. Le immancabili farfalle nello stomaco provocate da Callum non si erano ancora placate. C'era sempre un ronzio costante sotto la superficie quando era con lui. Ma quando gli stava accanto, tutto sembrava amplificato.

Il castello si stava lentamente animando, mentre la servitù

iniziava a svolgere le proprie mansioni. Fuori dalla porta della sua camera, si voltò per dire... Qualcosa... Addio... Ci vediamo tra poco... Onestamente, non ne era sicura. Callum aveva uno sguardo strano, e all'improvviso le era così vicino che poteva vedere le macchie luminose nei suoi occhi blu profondo.

Sentire il calore del suo corpo.

Sapendo cosa stava per accadere, gli avvolse le braccia intorno al collo, rabbrividendo quando lui sussurrò: «Tornando all'unica cosa che so: ora ti bacerò, Maggie. Profondamente».

Lei emise un suono incomprensibile. Il suo ultimo pensiero, mentre lui si avvicinava e faceva quello che aveva detto, *fu che sarebbe potuta svenire per il piacere.*

CAPITOLO 21

Callum premette completamente il suo corpo contro Maggie. L'attrazione fisica che provava per lei era quasi trascendente, i suoi sensi tesi come corde di violino in costante vibrazione. Sapeva che anche lei lo percepiva. I suoi respiri sommessi e ansimanti la tradivano.

Non era affatto come quando l'aveva tenuta in braccio al rifugio, o anche di notte, quando dormivano. A posteriori, sembravano mosse del tutto caste per entrambi. Invece ora erano completamente svegli e completamente assorbiti dal momento. Dopo il primo bacio, ogni incertezza era scomparsa. Oramai condividevano una profonda conoscenza l'uno dell'altra. Tutti i loro segreti erano stati messi a nudo.

Erano profondamente legati.

La toccò con il viso, strofinando la pelle contro quella di lei, sussurrandole all'orecchio. Quando Maggie rabbrividì, lui gemette e l'abbracciò girandola delicatamente per trovare l'angolazione perfetta per coprire la sua bocca con la propria. Non ricordava di aver mai provato un bacio così passionale. Quando le inclinò la testa, trovò l'accesso perfetto e rese il bacio più profondo. Un forte rumore li interruppe e Callum si tirò indietro. Si guardarono l'un l'altra, con gli occhi spalancati e senza fiato, le labbra chiare di Maggie gonfie.

«Prendete una stanza» mormorò Gwen passandogli accanto.

Lui e Maggie ridacchiarono. Scuotendo la testa, le passò un dito sulla guancia e le sollevò il mento per baciarla un'ultima volta. Castamente. Quasi.

«Oggi devo andare con Grey. Starai bene?»

Al suo cenno, aprì la porta dietro di lei e aspettò che entrasse. Rimase un attimo fermo, con la testa appoggiata allo stipite, sentendosi come un ragazzo che ha bisogno di calmarsi.

Tornando alla sua stanza, pensò alla riluttanza di Maggie a sposarsi. Non avevano mai parlato di matrimonio, perché avrebbero dovuto? Lui non stava cercando moglie, né lei un marito.

Tuttavia, non l'aveva incontrata per caso e ora la stava corteggiando. Gli era entrata nel cuore durante il periodo trascorso insieme a Dunhill. Era stato sincero quando le aveva detto che non aveva mai pensato di prendere un'altra moglie. Anzi, non aveva neanche mai pensato di stare con un'altra donna.

Mai.

Non era sicuro che fosse una cosa normale, ma il colpo ricevuto in passato era stato così forte da abbatterlo. Profondamente.

E poi era arrivata Maggie.

Ripensandoci, si chiese cosa sarebbe successo se avesse risposto alle suppliche della zia di offrire a Maggie un rifugio fin dal primo momento. Si sentiva in colpa per aver rifiutato la richiesta e si chiedeva se anche lei ne avesse sofferto. D'altra parte, se era arrivata fin lì dal futuro come Gwen, forse era una tempistica destinata a essere rispettata, e non sarebbe mai andata diversamente.

Callum finì di vestirsi per andare a cavallo, con un pensiero in mente. Doveva sposarla, e in fretta. Una cosa era essere isolati nel lontano nord, a Dunhill. Un'altra era essere lì a Seagrave, in mezzo a tanti altri uomini che avrebbero potuto approfittarsi di lei alla minima occasione.

Che sciocco era stato. Era stata una sua idea portarla con sé. Poi ci ripensò e cambiò idea. Forse, portare Maggie con sé a Seagrave era proprio ciò di cui aveva bisogno. Quella scelta gli fece vedere la loro situazione con chiarezza.

Dirigendosi verso le scuderie, pensò al tempo che aveva trascorso lì subito dopo la morte di Fiona. Il primo giorno era entrato nel cortile e quando Grey gli aveva detto di mettere via il cavallo e di andare a lavarsi per la cena, senza fargli domande. Gwen l'aveva sistemato nella prima stanza a sinistra, in cima alle scale, e l'aveva accolto come uno di famiglia. Aveva potuto constatare di persona, giorno dopo giorno, che nonostante le loro differenze, Grey e Gwen erano legati da un amore profondo.

Ora anche Maggie era influenzata da Seagrave. Sentire parlare del suo arrivo dal futuro la rendeva ancora più affascinante. Era per quello che la trovava così intrigante? Perché era come Gwen?

No, non era per quello.

In effetti, stranamente, non aveva visto nulla in Maggie che svelasse la sua provenienza dal futuro. Forse era il tempo trascorso all'abbazia con sua zia, o forse era semplicemente *adatta* a quel luogo. Quest'ultima ipotesi gli piaceva.

Quando pensava a Maggie, pensava al suo sorriso, ai suoi occhi, al modo in cui assaporava ogni mattina il tè di Ide. Tutte le piccole cose che faceva e che la rendevano unica. Il modo in cui stringeva il labbro inferiore tra i denti quando era impegnata in una partita a Jack, o in cui si batteva il dito contro il mento quando giocavano a scacchi. Lo sguardo feroce nei suoi occhi quando li stringeva mentre si allenava con la spada.

Si tenne occupato con Grey fino a pomeriggio inoltrato. Maggie era comunque un pensiero costante. La aspettò di nuovo prima di cena, sulla panca del corridoio, come era diventata loro abitudine.

Era bella come la sera prima.

Indossava un vestito di colore bordeaux intenso. Portava i capelli sciolti e gli occhi e le labbra erano truccati. Quando le chiese della sua giornata con Gwen, lei esibì un ampio sorriso, si mise la mano sul cuore e lo ringraziò per averla portata lì. Poi infilò la mano sotto il suo braccio e iniziò a elencargli tutte le cose che avevano fatto.

Era bello ascoltare il suo racconto della giornata. Non vedeva l'ora di presentarle Lady Madelyn e sperava che la madre di Greylen non subisse ulteriori ritardi.

Callum e Maggie varcarono la soglia della sala grande proprio mentre Greylen entrava dalla direzione opposta. Giunto vicino alla coppia, porse la spada a Callum, un segno che i due giorni di riposo forzato dal combattimento erano finiti.

«Smettila di lasciarla in giro» scherzò Grey con un sorriso prima di lasciarli soli.

Callum lanciò l'arma in aria, mettendo alla prova il suo braccio e apprezzandone il peso nella mano. L'altra spada che aveva usato era una buona sostituta. Ma con *quella*, beh, si sentiva a casa.

Quando la riportò a terra, la inclinò appena, mostrando a Maggie lo stemma di famiglia e le sue iniziali che aveva forgiato accanto a quelle del padre.

«Come si chiamava?» chiese Maggie, tastando le lettere.

«Ah». Dopo aver catturato la sua attenzione, alzò lo sguardo e si scambiarono un sorriso. «Il potente Fergus Donnan O'Roarke».

«Un nome che non sento pronunciare da anni» disse una voce dall'alto.

Callum si voltò per vedere Lady Madelyn che scendeva le scale e chinò il capo. «Perdonatemi, Lady Madelyn. Se avessi saputo che stavate scendendo, vi avrei accompagnato volentieri».

«Oh, sciocchezze» disse lei, fermandosi davanti a Callum e dandogli un buffetto sul petto, proprio come avrebbe fatto sua zia. Lady Madelyn era per lui come una vera zia, anche senza un legame di sangue. Gli baciò le guance e sorrise un attimo più a lungo del necessario. Era sempre così dopo un periodo in cui non lo vedeva. Come se la sola presenza l'uno dell'altra li riportasse agli anni passati. «Mi manca ancora» ammise in merito a sua madre.

«I tuoi occhi me la ricordano ogni volta che ti vedo. Ora dimmi» chiese guardando Maggie: «Chi è questa bella creatura che ti sta accanto?»

«Lady Madelyn, vi presento Margaret Sinclair».

«Maggie, per favore» osservò lei con un inchino. Callum pensò che Gwen non faceva mai l'inchino. Si chiese se Maggie l'avesse imparato all'abbazia. «Stavamo ammirando la spada di Callum e la scritta tra il gioiello e lo stemma».

«Sono molto contenta che tu abbia recuperato la tua spada, Callum. Ricordo che l'avevi persa qualche tempo fa». Lady Madelyn abbassò lo sguardo sul punto indicato da Maggie e sussultò. «Aspettate!» gridò, inciampando per la fretta e mettendo in grande allarme Gwen e Greylen che si precipitarono al suo fianco.

Lei cercò di allontanarli, ma fu comunque trascinata dal figlio e dalla nuora verso una grande poltrona. «Sto bene» dichiarò, scacciandoli via. «La spada. Callum» disse, allungando la mano. «Per favore, portamela».

Callum fece come le aveva chiesto, posandola sul suo grembo e inginocchiandosi accanto a lei. La donna toccò il gioiello e guardò il soffitto: «Oh, Isabeau».

«Lady Madelyn?» Callum era confuso dalla sua esposizione. «Cosa c'è?»

«È la pietra, Callum». I suoi occhi brillavano e lei sorrideva dolcemente. «Ero lì... Io ero lì».

Si interruppe per un attimo, come persa nei suoi ricordi e Callum sentì il cuore accelerare, chiedendosi cosa sapesse.

«Sai della pietra?» Poteva solo immaginare come apparisse agli altri la sua espressione di meraviglia con gli occhi spalancati. Santo cielo, le sue parole aggiungevano credibilità alla storia che sua zia gli aveva raccontato.

Per tutta la vita, nessuno gli aveva mai parlato dell'assenza *o* dell'esistenza della pietra.

E ora, in soli due mesi, sembrava che la sua vita ruotasse improvvisamente intorno a essa.

«Oh, Callum, certo che conosco la pietra». Lei gli sorrise, proprio come avrebbe fatto sua madre, e si sentì quasi sopraffatto da una sensazione che gli attraversò tutto il corpo. «Ero lì, alla fiera, quella sera. La notte in cui tua madre la tolse dalla spada di tuo padre».

Una cosa era sentire la storia dalla zia, un'altra era sentirla raccontare da Lady Madelyn. Soprattutto considerando il modo in cui Greylen e Gwen si erano trovati. Stava diventando sempre più difficile escludere che si trattasse di un capriccio o di una coincidenza.

«Non sapevo che foste lì. Mia zia non me l'ha detto» spiegò Callum, fissando Lady Madelyn con uno sguardo intenso.

«Oh, vi abbiamo sempre partecipato insieme. Alistair e tuo padre hanno montato le nostre tende proprio l'una accanto all'altra».

Callum aveva un bel ricordo della fiera. Eppure, in qualche modo, gli era sfuggito che i suoi genitori e quelli di Grey vi avessero partecipato insieme tanto tempo prima. Grey avvicinò alcune sedie e tutti si radunarono intorno a Lady Madelyn per seguire ogni sua parola.

Madelyn raccontò ciò che sapeva, di come la madre di Callum avesse condiviso con lei e sua zia il desiderio di lui, all'epoca suo figlio non ancora nato. Il prezzo che la donna chiedeva per realizzarlo e come la mattina dopo si fossero messe alla ricerca della misteriosa incantatrice.

«Conoscevi quella donna? Quella a cui mia madre ha dato lo zaffiro?»

Lady Madelyn annuì. «Sì, è la stessa donna che ha predetto la profezia di Greylen e Gwendolyn. Quindi, puoi capire» disse, facendo un cenno a Maggie. «Perché sono così curiosa su tutto questo».

Santo cielo.

Che Maggie fosse la sua Gwen?

Davvero?

Le posò una mano sulla gamba e la guardò. Maggie era rimasta in silenzio fino a quel momento, ma ora si era sporta in avanti.

«La profezia?» chiese.

Grey si alzò, sempre desideroso di mettersi al centro della scena quando poteva, e iniziò a recitarla. L'aveva fatto quasi un centinaio di volte, a conti fatti.

«A un clan delle Highlands lui è legato...» sbraitò, ma si fermò quando Maggie irruppe con un piccolo guaito.

Entrambi si voltarono allarmati al suono della sua voce, e videro il suo sguardo sconvolto e il suo volto pallido. Parlò allora, con voce appena superiore a un sussurro. «Un medico... Un detective...»

All'improvviso, Maggie si accartocciò in avanti. Il braccio di Callum la sostenne prima che cadesse a terra e la spinse indietro sulla sedia. Si preoccupò di tirarle indietro i capelli per poi accarezzarle il viso nella speranza di farla riprendere dal suo svenimento.

Quando lei aprì gli occhi, lui le disse: «Sei svenuta».

«Io non svengo» disse lei.

«Certo che no. E non gridi nemmeno nel sonno» mormorò lui, alzando gli occhi al cielo. Poi si fece da parte, facendo cenno a Gwen di ispezionarla.

«Aspetta» disse Maggie con voce insistente. Afferrò il braccio di Gwen. «Sei un...» Si guardò intorno e guardò tutti i presenti nella stanza, poi abbassò di nuovo la voce. «Un medico?»

Gwen le fece un piccolo sorriso. «Sì, Maggie, lo sono. Non preoccuparti però, non è un segreto qui, e di sicuro non in questa compagnia». Ridacchiò e ammiccò un attimo prima di dire: «Abbiamo un detto qui, vero ragazzi?»

Lui e Grey lo pronunciarono al momento giusto. «Quello che succede a Seagrave, rimane a Seagrave».

Gli occhi di Maggie si posarono su di lui. «Oh mio Dio, dovrebbe essere una battuta?» All'improvviso sembrava stare ancora peggio di prima. «Mi sembra di essere in uno strano film di realtà alternativa» sussurrò a Gwen.

«Lasciamole un po' di spazio, okay?» disse Gwen.

Callum ignorò la sua richiesta e la fece allontanare, inginocchiandosi di nuovo davanti a Maggie.

«Ehi» gridò Gwen, dandogli un buffetto sul braccio. «Dico sul serio, Callum. Tutto questo è stato uno shock incredibile per lei».

«Anche per me» scattò lui, che in quel momento si sentiva impulsivamente protettivo. Vide Grey alzare la mano e girò la testa in tempo per vedere la cuoca e il suo staff ritirarsi. In un batter d'occhio l'atmosfera era passata da un momento divertente a esser densa di tensione. Maggie aveva ancora un aspetto spaventoso... Forse malato... Accidenti... Era chiaro che non avesse un bell'aspetto.

«Perché non ci prendiamo qualche minuto per calmarci?» propose Gwen. «La cuoca tornerà presto. Quando la cena sarà in tavola, potremo riprendere il discorso da dove l'avevamo interrotto». Mise un bicchiere in mano a Callum e disse: «Acqua. Per Maggie». Callum dovette ammettere a sé stesso, non a Gwen, che si meritava la sua ira.

Lo portò alle labbra di Maggie, che bevve obbediente. «Sto bene, davvero» dichiarò dopo pochi sorsi. Poi sussurrò: «Mi stai accarezzando la gamba».

«Vi sentiamo». Grey e Gwen gli fecero un cenno.

Maggie ridacchiò, e un po' di colore tornò sul suo viso. Callum tirò un sospiro di sollievo. Considerando quanto era successo pochi istanti prima, decise di non dirglielo... Ma il giorno dopo non avrebbe avuto importanza che lui le accarezzasse la gamba davanti a tutti.

Dovevano sposarsi.

«Credo che questo richieda un brandy» dichiarò Gwen dall'altro lato della stanza, inconsapevole di quanto Callum fosse già pieno di gioia.

«Tu pensi che tutto richieda un brandy» dissero all'unisono lui e Grey.

Maggie ridacchiò di nuovo e, quando lui le rivolse uno sguardo indagatore, annuì. «Sto meglio. Lo giuro».

La servitù arrivò con la cena e gli ospiti trovarono il loro posto a tavola. Grey a capo, lui e Maggie da una parte, Gwen e Lady Madelyn dall'altra.

«Madre, perché non finisci di raccontarci della fiera?» disse Greylen dopo che tutti furono serviti.

«Aspetta» interloquì Maggie. «Se posso, per favore. Nel mio shock, me ne ero quasi dimenticata. Qualcuno potrebbe parlarmi della profezia? Non ho ancora capito cos'è e di cosa si tratta».

Tutti si guardarono tra loro. Un silenzioso duello su chi avrebbe dato per primo la spiegazione. Poi iniziarono a parlare contemporaneamente. Per un attimo si scatenò un po' di confusione. In segno di rispetto, Callum, Grey e Gwen si inchinarono a Lady Madelyn.

«Ah, la profezia» cominciò lei. «Vedi, cara. La profezia è l'incantesimo che ci ha predetto che Greylen e Gwendolyn erano destinati a stare insieme. È stato predetto dalla stessa donna a cui Isabeau diede il gioiello. Per pagarla dei suoi servigi».

«Ecco perché Greylen non era del tutto spaventato dal fatto che venissi da un'altra epoca» aggiunse Gwen con un'alzata di spalle. «Era scritto nella profezia».

Callum ricordava che Greylen gli aveva parlato della profezia alcuni anni prima. Tuttavia, quando aveva incontrato Gwen per la prima volta, era stato piuttosto diffidente. Gli ci era voluto un po' di tempo per crederle incondizionatamente, ma più le stava vicino, più aveva senso.

«Credi in tutto questo?» chiese Maggie, scuotendo la testa e con aria sconcertata.

«Sei qui, giusto?» disse Gwen con tono deciso. Poi diede una pacca sulla mano della suocera e le disse: «Anche Maggie viene dal futuro, madre».

«Oh, cielo» esclamò Lady Madelyn. «Maggie, come sei arrivata qui?»

«È una domanda che mi facevo sempre» ammise Maggie, scuotendo la testa.

«Che ti facevi?» domandò Gwen.

Anche Callum lo notò. Maggie scrollò le spalle. «Beh, da quando sono arrivata a Dunhill, suppongo di aver smesso di chiedermelo. Ma all'epoca, quando tutto è cominciato, questa donna mi ha dato la pietra. Comincio a pensare che sia la vecchia stre... La stessa donna che ti ha parlato della profezia e a cui la madre di Callum aveva dato la pietra».

«Cosa te lo fa pensare?» chiese Gwen.

«Aveva una piccola cassettina di legno e una specie di libro mastro. L'ha tirato fuori e ha iniziato a recitare, *testualmente*, le stesse parole che ha pronunciato Greylen qualche minuto fa quando hai parlato della profezia».

Maggie aveva già la loro attenzione, ma a quel punto l'espressione di tutti si trasformò in stupore. Se davvero pensava di aver incontrato quella stessa donna secoli dopo, allora doveva avere quasi settecento anni.

«Ha recitato la profezia?» chiese Gwen. «La stessa donna che Lady Madelyn e la madre di Callum conoscevano da ben più di trent'anni è la stessa donna da cui sei andata nel *nostro tempo*? Nel futuro?»

Maggie scrollò le spalle. «A questo punto, la tua ipotesi vale quanto la mia. So solo che ha detto quelle parole, mi ha dato lo zaffiro e mi ha detto di non lasciarlo andare».

«Mi chiedo se sarà lì la prossima primavera. Lady Madelyn?» chiese Gwen, che sembrava incuriosita da quella possibilità.

«Suppongo che potrebbe esserci» rispose Lady Madelyn. «Non ci andiamo da anni, ma l'ho vista l'ultima volta che io e Alister abbiamo portato Isabelle».

Le rivelazioni colsero Callum completamente alla sprovvista. Soprattutto il fatto che a Maggie fosse stata data prima la pietra, separata dalla spada. Non aveva mai pensato che potesse esistere l'una senza l'altra. Aveva immaginato che fosse arrivata *con* la spada e la pietra fissata al suo posto.

«Maggie, come...» cominciò, ma non era nemmeno sicuro di cosa chiedere. «Quella donna ti ha dato il gioiello, ma non ti ha dato anche la spada?»

«No, all'inizio avevo solo la pietra. L'ho portata con me ogni giorno per mesi» raccontò Maggie. La sua voce era lieve e tremolante, ma si rafforzava man mano che proseguiva. «Un pomeriggio mi sono imbattuta nella spada. Era stata nascosta e l'ho trovata legata sotto il nostro letto. E quando mi sono seduta a guardare l'incavo sotto lo stemma del lupo...»

«Il piccolo lupo» dissero tutti insieme nel tavolo.

Maggie sembrò stupita dalla loro interruzione, ma non poteva sapere che lo stemma della loro famiglia avesse proprio quel significato. *Piccolo Lupo* era il modo in cui i suoi genitori chiamavano Callum quando era bambino. Lo sapevano tutti, tutti tranne Maggie. Persino Gwen aveva sentito quella storia quando era stato da loro.

Maggie diventò molto silenziosa, con un'espressione perplessa sul viso. Come se stesse elaborando qualcosa nella sua mente. Allora si rivolse a lui: «Perché tua madre ha dato la pietra alla vecchia stre... A quella donna?»

Lui la fissò ed ebbe la sensazione che la risposta non l'avrebbe soddisfatta. Non era sicuro del perché, ma all'improvviso gli sembrò che la magia buona non fosse esattamente a portata di mano e di totale comprensione.

«Mi ha detto che l'ha usata per pagare affinché la mia anima fosse ben custodita» disse Callum dopo un attimo.

«Che cosa significa?»

«Voleva che Callum trovasse un grande amore» specificò Lady Madelyn.

Maggie fece una faccia inorridita. «Dovremmo...» Ansimò: «Credi che sia per questo che loro... Loro...»

Santo cielo. Callum sapeva cosa le passava per la testa, lo sentiva. Non era *quello* il motivo per cui Fiona e Derek erano morti, ne era certo.

«No!» insistette, afferrandole la mano. «Andremo a trovarla, questa incantatrice o mistica o strega o qualunque cosa sia, di persona, e glielo chiederemo direttamente».

Maggie si alzò in piedi, cercando di rinfrescarsi con un ventaglio e cominciò a passeggiare avanti e indietro. Sembrava terribilmente sconvolta, così lui la raggiunse nella speranza di calmarla. Gli si spezzò il cuore allo sguardo che lei gli rivolse, come se fossero responsabili di qualcosa di orrendo.

«Ti giuro, Margaret Siobhan, che quello che stai pensando è quasi impossibile».

«Sei sicuro?» gli chiese aggrappandosi a lui con disperazione. «Puoi essere davvero sicuro che qualsiasi cosa sia stata fatta anni fa non abbia causato quello che è successo a loro, in modo che la pietra mi portasse da te?»

Per l'amor del cielo, cosa avrebbe dovuto dire? «Lo giuro. Su tutto ciò che è Santo» dichiarò per amor suo.

Mantenne il suo sguardo finché lei sembrò accettare la dichiarazione come verità con un cenno deciso. Fermo nella sua posizione, rimase con lei mentre si calmava lentamente, lasciando andare la presa sulla sua camicia e lisciandogli la stoffa sul petto. Poi la condusse di nuovo al tavolo dove, fortunatamente, non si parlò più dell'argomento che tutti avevano senza dubbio ascoltato.

Maggie bevve un sorso del suo brandy, posò il tovagliolo sulle ginocchia e rivolse un piccolo ma caloroso sorriso a tutti gli ospiti intorno al tavolo.

«Sei pronta a continuare la tua storia?» chiese Callum, cercando di non metterle fretta, ma desideroso di sentire l'intera vicenda.

«Dove eravamo rimasti, avevamo... Mi dispiace...»

«Non ti preoccupare» disse lui, coprendole la mano. «Ci stavi dicendo che avevi trovato la spada nascosta sotto il letto».

«Oh, giusto. Non c'è molto altro, Callum» spiegò lei con un'alzata di spalle. «Ho messo la pietra nella cavità e... Beh, eccomi qui».

Lui e Grey si scambiarono un'occhiata di rimprovero. Callum annuì: «Domani».

«Domani, cosa?» chiese Maggie.

«Domani ci sposeremo».

Maggie cominciò a soffocare con l'acqua. Lui le diede una pacca sulla schiena finché la crisi non si placò. «Siamo tornati a questo?» chiese lei.

«Sì». Sorprendentemente si sentiva abbastanza soddisfatto. Greylen aveva la sua Gwen. E ora lui aveva la sua Maggie, ugualmente predestinata, o almeno così aveva deciso di credere.

Distolse lo sguardo per un attimo e sentì addosso gli occhi acuti e concentrati di lei. Improvvisamente divertito, sorrise tra sé e sé, prese il resto del suo drink e, come un gatto compiaciuto che ha appena azzannato un uccellino, rivolse la sua attenzione a lei.

Completamente a lei.

Maggie di Sinclair.

«È tutto quello che hai da dire?» domandò.

«Sì» rispose lui con tono deciso.

«Te l'avevo detto» disse Gwen.

Maggie sembrava sconvolta. A Callum non importava affatto. In nome del cielo, cosa gli era successo? Non riusciva davvero a pensare a nient'altro che a un lieto fine. Avrebbe potuto dire qualcosa in quel momento, ma sembrava perso nei suoi pensieri.

«Callum? Callum?» Maggie gli toccò il braccio. «Hai sentito almeno una parola di quello che ho detto?»

Lui fece un movimento impercettibile con la testa, si schiarì i pensieri e le prestò subito la sua totale attenzione. «Perdonami, no».

«Oh, oh» disse Gwen dall'altra parte del tavolo. Lui la guardò.

«Oh oh, cosa?» chiese Maggie.

«Quello sguardo» Gwen scosse la testa.

«Basta così, Gwen» ringhiò Callum.

«E allora?» ripeté Maggie, senza mai staccare gli occhi da lui. Quando Gwen non rispose, Maggie la guardò. «Allora?»

«Sei fritta».

Callum aveva già sentito Gwen pronunciare questa frase. Di

solito quando stava rimproverando Grey o uno degli uomini. O quando voleva definire l'esito di una mossa ben giocata.

«Ancora non capisco perché dobbiamo sposarci. Cioè, capisco la faccenda di andare a letto insieme». I suoi occhi si allargarono e si rivolse alla madre di Grey. «Oh, Lady Madelyn, in realtà non andiamo a letto insieme. Più che altro... Stiamo l'uno accanto all'altra».

Lady Madelyn si coprì la bocca con la mano, ridacchiando sommessamente.

«Il motivo non è cambiato» disse Callum con fermezza. «Se non ti sposo, sarai considerata un bersaglio facile. Cosa che ho detto essere assolutamente inaccettabile. Se partecipiamo alla fiera e tu non sei stata scelta, qualcuno potrebbe prendersi delle libertà. E se qualcuno ti mette le mani addosso. Io... lo uccido».

Gli occhi di Maggie si spalancarono.

«Non capisco perché non ci hai pensato prima» intervenne Gwen, aggiungendo legna al fuoco. «Anche se non andavate a letto insieme. Avresti dovuto pensarci, Callum».

«NON andiamo a letto insieme!» insistette Maggie.

«Sì, invece» controbatté Callum, divertito nel vedere Maggie così irritata.

«Non stai aiutando la situazione, Callum».

«Invece sì. Si dà il caso che io sia dall'altra parte».

«Non possiamo fare un pareggio questa volta?»

«Non mi sembra il caso». Le prese la mano. «Maggie, Gwen ha ragione. Avrei dovuto pensarci qualche tempo fa. Potrei addurre cento motivi per cui mi è sfuggito, ma il fatto resta. Ora che siamo qui, e lontani dall'intimità di Dunhill, non c'è altra scelta».

«È così... Così... Non ha senso per me».

«Grey, per favore, spiegalo a Maggie, così capirà».

Maggie guardò il suo amico con un po' di ottimismo, sperando che lui potesse offrirle un'alternativa accettabile.

«Stai per sposarti» disse Grey con decisione, distruggendo qualsiasi suo barlume di speranza.

«Vi prego di scusarmi» dichiarò Maggie a tutti tranne che a lui.

Callum la seguì al piano di sopra e la raggiunse fuori dalla sua stanza. Sapeva che avrebbe dovuto lasciarla stare, ma non ci riusciva. «Maggie».

«Sono confusa e stanca. Ho solo bisogno di un po' di tempo, per favore».

Non poteva biasimarla, considerando tutto quello che era successo negli ultimi due giorni. Aveva insistito abbastanza e per il momento si era rassegnato.

Tornato nella sala grande, prese il decanter e versò un altro giro per Gwen, Greylen e sé stesso prima di sedersi. Ridacchiò quando Gwen gli disse silenziosamente con le labbra: «Ti adoro». E con gratitudine bevve un bel sorso dalla sua tazza.

«E adesso?» chiese a nessuno in particolare.

«La scelta è tua. Mattina o pomeriggio?» chiese Grey, riferendosi all'ora in cui lui e Maggie si sarebbero sposati.

«Mattina. Con discrezione. Nel pomeriggio arriverebbero troppe persone. Aspetteremo Dar e Ronan, dovrebbero arrivare abbastanza presto».

«Allora è deciso. Alla Cappella?»

Gwen scosse la testa e sgranò gli occhi. «Cosa c'è di discreto se tutti noi andiamo a piedi alla Cappella? Io dico di farlo qui, nella sala grande».

Aveva ragione. Qualsiasi cosa coinvolgesse il cortile di Seagrave, anche solo una passeggiata tranquilla di un gruppo intimo di cinque persone, avrebbe attirato l'attenzione. Era il luogo in cui si verificavano gli eventi più drammatici.

Un esempio su tutti: il suo arrivo con una certa Maggie di Sinclair.

Molto più tardi, quella sera, la sua bella Maggie lo chiamò di nuovo nel sonno. Lui sgattaiolò lungo il corridoio, entrò nella sua stanza e si mise a letto accanto a lei. Avvicinandola, la zittì e lei si acquietò quasi subito, come se si fosse abituata alla sua voce e alla calma che seguiva al suo arrivo. Le accarezzò i capelli, infilandoseli sotto il mento, e si addormentò pensando all'indomani. Sperando che la giornata trascorresse senza clamori.

Almeno la parte in cui avrebbe sposato Maggie.

CAPITOLO 22

Maggie si svegliò prima del sorgere del sole. Troppi pensieri le passavano per la testa per restare a letto. Guardando fuori dalla finestra, si stupì di come si fosse trovata sul punto di vivere di un altro evento che le avrebbe cambiato la vita.

Un altro evento su cui non aveva alcun tipo di controllo.

Si era goduta la sua relazione nascente con Callum e il modo lento e placido in cui le cose stavano progredendo. Non avrebbe mai immaginato di provare di nuovo dei sentimenti per qualcuno. Da tempo evitava scrupolosamente di avvicinarsi troppo a nuove persone, ma era stata colta di sorpresa. Eppure, non ne era del tutto sconvolta. L'idea di sposare Callum non era poi così negativa; dopotutto, era un brav'uomo. Era attratta da lui, la faceva sentire al sicuro: le aveva salvato la vita, per l'amor del cielo!

Non avrebbe potuto essere più protettivo di così.

Ciò che la infastidiva davvero era che le venisse detto cosa fare, come e quando farlo. Che dovevano sposarsi, *subito*. Questo non le andava giù. Negli ultimi due anni in quel secolo aveva avuto poco controllo su tutto, fino a quando suor Cateline non l'aveva portata a Dunhill.

A Dunhill aveva trovato una parvenza di libertà. Cominciava a sentirsi come se una nuova vita fosse possibile. E tutto stava già per finire? Il suo libero arbitrio era minacciato? O, forse, sposarsi con Callum era il modo migliore per mantenerlo? Sarebbe stato gentile con lei. Ne era certa. Ma le sembrava di perdere quel poco di potere che le era rimasto.

Maggie fece un sospiro e appoggiò la fronte al vetro fresco della finestra.

Con l'avvicinarsi del mattino, l'attenzione di Maggie si rivolse al cortile, che iniziava a prendere vita. La sua visione della zona fu interrotta da Callum che usciva dalla fucina, ammirando qualcosa che teneva in mano.

Quindi anche lui si era svegliato presto.

Era con due uomini che non riconobbe. Pensò che fossero Dar e Ronan. Le aveva detto che sarebbero arrivati presto, la mattina prima della fiera. Aidan, l'ultimo dei confratelli, sarebbe arrivato solo più tardi. Il giorno prima era entusiasta di conoscerli.

Oggi non ne era poi così sicura.

Sorrise suo malgrado quando un ragazzino corse fuori dalla dependance che Callum aveva appena lasciato. Come solo i giovani sanno fare, il ragazzo saltò due volte, atterrando con un balzo davanti a Callum. Lui allungò la mano e gli arruffò i capelli, coprendo tutta la piccola testa con la sua grande mano. Il ragazzo mise le mani con i palmi rivolti verso l'alto davanti a sé e Callum scoppiò a ridere gettando la testa all'indietro.

Maggie non sapeva cosa ci fosse di tanto divertente, ma poi Callum tirò fuori dalla cintura un paio di guanti lunghi e spessi, ovviamente presi di nascosto dalla fucina. Maggie aggiunse "dita appiccicose" alla lista crescente di soprannomi che gli aveva affibbiato. Il ragazzo fece un sorriso e corse via, voltandosi a salutare prima di sparire nella fucina.

Sapeva che Callum lavorava con le mani, intagliando e realizzando vari oggetti. Il suo comodino a Dunhill ospitava il bellissimo elefante che aveva fatto per sua madre. Ma non si aspettava che forgiasse anche il ferro. Anche quello era un hobby?

Qualunque cosa fosse, doveva ammettere che era attraente. Poi Maggie si maledisse e pensò bene di non chiedersi *nulla* del signor Callum O'Roarke, Guerriero delle Monosillabe, Dita Appiccicose, Insofferente e Prepotente.

Al momento stava cercando di dimenticare tutto.

Si era quasi abituata all'idea di sposarsi finché non si era sentita costretta a farlo.

La sera prima erano stati tutti piuttosto chiari nell'insistere. Anche Gwen. Non c'era altro modo che sposarsi. E a quel punto Maggie era abbastanza sicura di aver capito. Aveva senso.

Era la migliore opzione possibile per lei.

Lo sguardo compiaciuto di Callum e l'ultima osservazione di Greylen l'avevano fatta arrabbiare a tal punto che aveva avuto l'impressione che si fossero coalizzati contro di lei, e per quel motivo se n'era andata. Una gentile servetta le aveva portato un vassoio con un piatto di cibo fresco nella sua stanza. Sebbene fosse commossa per la gentilezza, le sue guance si erano arrossate, sapendo che sicuramente il castello era in fermento per gli ultimi pettegolezzi.

In basso, Maggie osservò Callum fissare la sua finestra. Stupita, fece un passo indietro, sperando di non essere vista. Non era pronta... Assolutamente no.

Con grande tempismo, qualcuno bussò alla sua porta e lei afferrò la vestaglia che teneva in fondo al letto. Negli ultimi giorni aveva imparato che lì a Seagrave bisognava muoversi in fretta se si voleva tenere il passo. Proprio mentre Maggie stava allacciando la sua veste, Gwen aprì la porta, con un sorriso comprensivo e una tazza di caffè.

«Ne vuoi un po'?» chiese.

Maggie, un po' rincuorata nel vedere la sua nuova amica, accettò l'offerta e le fece cenno di entrare. Anna la seguì e posò un grande vassoio con i suoi prodotti preferiti per la colazione sul tavolo della zona salotto, mentre alcune ragazze portavano abiti e accessori nella zona spogliatoio.

«Posso?» chiese Gwen, indicando il divano.

«Certo» disse Maggie, prendendo posto accanto a lei.

Troppo sopraffatta e sconsolata per rimanere in piedi, appoggiò la testa al cuscino. Gwen non disse nulla, ma imitò la sua posizione, in modo che fossero faccia a faccia, con i piedi infilati sotto i loro corpi.

«Mi dispiace per ieri sera» ammise Gwen.

Maggie fece un sorriso tirato. Non era sicura di quello che provava. E francamente cominciava a chiedersi se avesse importanza. «Grazie».

Gwen allungò la mano per fare una carezza sulla fronte di Maggie, come avrebbe fatto qualsiasi buona amica, mamma o sorella. Il suo tocco rassicurante fu la rovina di Maggie, che iniziò a piangere. All'inizio si trattò di qualche lacrima silenziosa, ma poi la diga si ruppe. Gwen non disse nulla e si limitò a tenerla stretta mentre lei singhiozzava. Un pianto incontrollabile, con le spalle che si contorcevano, il naso che colava e il respiro affannoso.

Ben presto Maggie si ritrovò a piangere, non solo per la notte passata, ma anche per l'accumulo di *tutto* quello che era successo. Onestamente, non riusciva a ricordare l'ultima volta che aveva pianto in modo così liberatorio. Il malumore di quella mattina e le cure di Gwen avevano allentato qualcosa in lei.

«Oh, tesoro» ripeté Gwen più volte, massaggiandole la schiena. A un cenno di Gwen, Anna si sedette dietro di lei in modo che Maggie fosse avvolta dal calore.

Ci vollero alcuni minuti prima che Maggie si calmasse abbastanza da staccarsi. Quando lo fece, ancora singhiozzando, Anna le porse alcuni quadrati di lino, le diede una pacca sulla schiena e tornò a dirigere i servitori che erano apparsi con secchi d'acqua fumante. Maggie fece un ultimo respiro profondo e tremante e si asciugò il viso.

«Va meglio?» chiese Gwen.

Maggie alzò le spalle. «Non ne sono sicura». Sebbene il pianto fosse una liberazione necessaria, sentiva ancora che le cose si stavano muovendo troppo velocemente e le sembravano completamente fuori controllo. «C'è qualche altro...»

«No». Gwen scosse la testa. «Questo è l'unico modo, Maggie. Supponiamo che tu non sposi Callum e che arrivi qualcuno e ti noti. Pensa che tu sia bella, e lo sei, e lo sai, quindi non provarci nemmeno con me. Comunque, questo ragazzo decide di volerti e, dato che non sei sposata, non *appartieni* a nessun uomo, per così dire, ti prende. I ragazzi di quest'epoca non si limitano a chiederti il tuo numero e a mandarti un messaggio alle due del mattino. O a seguirti sui social mettendo like a tutte le tue foto. Hanno le spade. Sono abituati a... Prendersi quello che vogliono. E questo è quanto. Callum ti troverebbe e ti riporterebbe comunque indietro. Ma a quel punto, chissà quale danno potresti aver subito. È il 1430, Maggie, e, come ho imparato qualche tempo fa, non siamo *più* in Kansas».

«Quindi dovrei rassegnarmi a sposarlo?» disse cupa, avendo finalmente compreso il quadro completo della situazione.

«Callum» affermò Gwen.

«Beh, chi altro?»

Gwen la fissò con gli occhi sbarrati, fece un movimento con la testa e bofonchiò: «Callum!»

Oh.

Maggie si girò di scatto e lo trovò in piedi sulla soglia della stanza. Il suo volto era impassibile, ma i suoi occhi trasmettevano preoccupazione.

«Ti ho sentito piang... Ho sentito la tua angoscia e volevo controllare come stavi» disse per spiegarsi. Fece un brusco cenno alla stanza in generale e se ne andò.

Lei scese dal divano e gli corse dietro. Lui si mosse rapidamente, come avrebbe fatto qualsiasi uomo snello, in forma e di grossa taglia, con il suo passo, e quando lei lo raggiunse era già quasi entrato nella sua stanza.

«Callum» disse lei, tendendogli la mano. «Ti prego, lasciami spiegare».

«Non ce n'è bisogno» dichiarò lui senza voltarsi, sfilandosi la camicia dalla testa e mettendola da parte. «Ti sposerò, ti onorerò e ti proteggerò a prescindere dai tuoi sentimenti».

Lui si addentrò nella sua camera e lei lo seguì, ammirando suo malgrado la schiena larga e il girovita sottile. Si rese conto di non averlo mai visto senza camicia. E santo cielo, faceva impallidire i ragazzi accanto ai quali si allenava in palestra. Ogni muscolo si fletteva a ogni passo che faceva.

Quando si sedette su una panca in fondo al letto, Maggie quasi inciampò per la vista frontale. Il suo petto nudo era uno spettacolo per gli occhi, ampio e di dimensioni impressionanti. E le spalle e le braccia, *beh*. Si riprese e si calmò immediatamente, devastata dal fatto di aver ferito quell'uomo che non le aveva fatto mai niente di male.

«Ti prego, lascia che ti spieghi» ripeté, fermandolo a metà strada e sfilandogli gli stivali prima di metterli da parte. Ancora agitata, si mosse con il pilota automatico e gli tolse anche i calzini. Lui la lasciò fare. Aveva dei piedi incredibilmente belli. Piedi *davvero* giganti.

Per un attimo si chiese se quello che dicevano fosse vero. Poi tornò al problema in questione. «Quello che hai sentito...» spiegò, posizionandosi tra le gambe di lui, che si erano aperte per permetterle di avvicinarsi. «Era... L'ho detto in modo retorico». Maggie gli sollevò il mento per poterlo guardare negli occhi e scrollò le spalle, sperando che il dispiacere che provava per il fatto che lui avesse sentito la sua osservazione incauta fosse evidente. «Essere sposati con te non sarebbe una difficoltà. È solo che...» Distolse lo sguardo, cercando di trovare le parole giuste. Poi abbassò di nuovo lo sguardo su di lui prima di continuare. «Ti prego di capire, Callum, che non poter prendere le decisioni da sola e non avere nemmeno il potere di farlo, è incredibilmente difficile per me. E mi fa paura».

«Non mi hai fatto arrabbiare, Maggie di Sinclair. In verità, ho molti motivi per cui ringraziarti. Mi hai fatto uscire dalla mia malinconia e mi hai aiutato a tornare l'uomo che ero una volta».

Poi sorrise, con quello sguardo compiaciuto e un bagliore diabolico negli occhi. «È bello essere di nuovo qui, ragazza».

«Beh, questo *nuovo* te dovrà lavorare per essere affascinante come il vecchio te» gli disse. Con una mano iniziò a passargli le dita tra i capelli, mentre con l'altra gli tracciava la cicatrice. «Dovrà *lavorare* per conquistarmi».

«Oh, lo *farà*, ragazza. È meglio che ti abitui a lui in fretta, però. Stanotte condividerà il tuo letto».

E così dicendo, si alzò, e facendolo le passò un braccio intorno alla schiena, slacciando con un solo rapido movimento la fascia che teneva chiusa la sua veste. Il calore del suo tocco era quasi scottante, con la sola sottile camicia a farle da barriera. Essere travolta da quel nuovo Callum, più sfacciato, la spaventava ed eccitava al tempo stesso.

La grande mano di lui sulla schiena di lei la strinse con forza, tanto da farle schiacciare i seni contro il suo petto nudo. Lui la fissò profondamente negli occhi, mentre la sua mano le stringeva i capelli, e si chinò lentamente, facendo crescere l'attesa per ciò che lei sapeva essere inevitabile.

Il bacio fu bello e delicato, struggente all'inizio, ma presto si riscaldò. Se avesse avuto il tempo di pensare, Maggie si sarebbe vergognata della sua foga. Come un'adolescente che si lascia sbaciucchiare segretamente dietro le gradinate, si sarebbe rimproverata in seguito per averlo incoraggiato. Passandogli le unghie sulla nuca, strattonandolo e mordicchiandolo, accettò di usare la sua lingua per duellare con quella di lui.

Era come se lui sapesse a cosa avrebbe reagito il suo corpo e seguisse mosse esatte che la facevano aggrappare a lui e gemere come una gattina. I suoi capezzoli erano duri come rocce e l'attrito che lui esercitava muovendola leggermente a destra e a sinistra era come un fulmine che le arrivava dritto al suo centro. Mentre l'umidità le si accumulava tra le gambe, lei lo maledisse, sorridendo suo malgrado. Quell'attrazione era così ingiusta. Rimase senza fiato quando lui la posò a terra e si sorprese di scoprire che erano accanto alla porta della sua camera da letto. Si era persa il viaggio, ma la corsa era stata fantastica.

Lui le sorrise, studiando il suo viso. O forse ammirando la prova del suo stupore. «Ora se vuoi scusarmi, ho una cerimonia da preparare».

Poi il barbaro rimase lì ad aspettare che lei se ne andasse. Maggie fece un'uscita il più possibile dignitosa, ma all'ultimo momento tirò fuori la lingua.

CAPITOLO 23

«Quell'uomo è un maiale! Un arrogante, arcaico maiale neandertaliano!» sbuffò Maggie al rientro nella sua stanza.

«Non avresti potuto pronunciare parole più vere» concordò Gwen con un cenno, sollevata che almeno la sua amica fosse tornata arrabbiata e non in lacrime. «Anche definirlo un cavernicolo funziona bene. Attenzione, però. Se siete davvero destinati a stare insieme, ed è come quello che è successo tra me e Greylen, questa chimica potrebbe essere esplosiva. Fidati di me. Riempirete il castello di pargoli in un attimo. Ma goditene ogni secondo». Quando Maggie alzò gli occhi al cielo, Gwen scosse la testa con fervore. «No, non capisci, Maggie. Se è come Greylen, ti manovrerà fino a farti sentire completamente coinvolta, al punto che finirai per essere totalmente presa da lui».

«È una cosa stupida, Gwen. Vengono dal quindicesimo secolo» sbottò Maggie. Si rese conto di aver reagito in modo un po' esagerato. Forse Gwen aveva toccato un nervo scoperto. «Sei una donna intelligente. Cerca di controllarti».

Gwen le lanciò uno sguardo di circostanza e fece spallucce. «Ricordi quando ti ho detto che questi uomini erano ben istruiti? Non intendevo dire solo che sono intelligenti da manuale. Hanno avuto anche un'educazione molto vasta».

«Che cosa significa?»

«Penso che parte della loro istruzione includesse l'apprendimento delle donne». Ammiccò con le sopracciglia. «Probabilmente dalle cortigiane meglio pagate di questo tempo».

Maggie sgranò gli occhi. Ma in base a quello che era appena successo, era possibile.

«Tanto per dire» concluse Gwen.

Due ore dopo, Maggie si era lavata, vestita e pettinata. Il suo nervosismo si era placato e, onestamente, era sollevata di non aver fatto del male a Callum.

Non se lo meritava.

Era rimasta mortificata dal fatto che lui avesse sentito la sua conversazione con Gwen, così decise di adottare un approccio logico e realistico. Tralasciando ovviamente la complicità della mamma di Callum e la sua nell'evocazione o nella creazione di incantesimi, dove era difficile trovare una logica.

Il suo matrimonio con Callum, invece, avrebbe potuto essere considerato come un accordo. Una collaborazione. Non era innamorata di lui. Anche se solo due giorni fa era stata sull'orlo del baratro, ma per il momento decise che teneva a lui.

Profondamente.

Era un'adulta razionale e voleva rimanere tale. Razionale quando si trattava di Callum. Maggie non voleva dare via il suo cuore per perderlo di nuovo in seguito se, o quando, fosse successo qualcosa.

Non avrebbe mai potuto farlo.

E non l'avrebbe fatto.

Tuttavia, poteva prendersi cura di lui, essere un'amica e una confidente leale. Si sarebbero sposati perché era la cosa più sensata da fare. Poteva accettarlo, farsi andare bene quella decisione. Ma non doveva essere niente di più. Non che non ci sarebbe mai stato altro, fisicamente.

Di quello era sicura.

Ricordava che una volta sua madre le aveva detto, mentre Maggie si stava trasformando da adolescente a giovane, quanto imprevedibili potessero essere gli ormoni. All'epoca, aveva spalancato gli occhi, profondamente imbarazzata dal fatto che sua madre potesse anche solo suggerire una cosa del genere. Ma ora lei e Callum erano un esempio lampante di ormoni impazziti.

Dopo aver capito che era perfettamente in grado di dividere i sentimenti in compartimenti stagni e iniziare a usare la parte logica del suo cervello, che si era un po' spenta da quando aveva preso casa a Dunhill, Maggie si divertì davvero a essere trattata con estrema cura in vista della cerimonia.

Gwen le portò cinque abiti dall'armadio della cognata Isabelle tra cui scegliere, nel caso in cui Maggie non avesse avuto nulla nel proprio guardaroba da indossare. La sorella di Greylen e suo marito Gavin sarebbero dovuti tornare il giorno prima con Lady Madelyn. Ma Isabelle era di nuovo incinta e non si sentiva bene, così Gavin aveva insistito per rimanere con lei e i loro piccoli. Maggie si meravigliava ancora della premura degli uomini di quel gruppo.

Nonostante fossero dei barbari.

In ogni caso, non si era mai immaginata come una di quelle spose principesse delle favole. Quindi, le andava bene la selezione di vestiti tra cui doveva scegliere. Abiti graziosi e classici, ma niente di troppo sgargiante.

Soprattutto perché non sembrava un vero matrimonio. Inoltre, non sarebbe stata una cerimonia in grande stile, e neanche un ricevimento sfarzoso. Da quello che le aveva detto Gwen, avrebbero tenuto segreta l'intera faccenda. A Maggie andava bene così. Se avesse potuto, le sarebbe piaciuto evitare il tutto. Ma ovviamente non poteva.

Così, si fece forza per cercare di affrontare la situazione con maturità e si ritenne fortunata riconoscendo che, se proprio doveva sposarsi, almeno sarebbe stato con Callum.

Alla fine scelse un abito di ispirazione francese, con rifiniture di pelliccia. Era di color bordeaux scuro, con uno scollo a V che metteva in mostra il gonnellino nero e una fascia della sua camicia. Volendo fare un bel gesto per iniziare il matrimonio con il piede giusto, Maggie chiese ad Anna se poteva creare un mantello in tartan del clan di Callum.

Il verde intenso con tenui sfumature di blu e ambra si sarebbe abbinato magnificamente al suo abito. Bastarono pochi aggiustamenti qua e là per ottenere il risultato desiderato.

Quando Gwen le fece notare la sua improvvisa trasformazione, Maggie scrollò le spalle. «Sono sicura che ci sono cose peggiori che essere sposati con Callum O'Roarke».

Quando entrarono insieme nella sala grande, qualche ora dopo, Maggie aveva la schiena dritta e il mento alto. Con la decisione di contrarre questo matrimonio, ma alle sue condizioni, era riuscita a distaccarsi da ciò che stava accadendo, trovando più facile recitare la sua parte.

Gli uomini stavano parlando tra loro, e per fortuna erano in pochi. Callum, Greylen e i due uomini che supponeva fossero Dar e Ronan erano vestiti in modo formale. Maggie dovette ammettere che le piaceva molto l'abbigliamento di Callum. La camicia bianca, i pantaloni neri e gli stivali alti, neri e lucidi.

Era incredibilmente attraente.

Così affascinante che Maggie sentì la sua determinazione vacillare. Ancora di più quando lui non le tolse gli occhi di dosso mentre attraversava la stanza. Lady Madelyn era seduta su una grande poltrona e quando iniziò ad alzarsi, Maggie le indirizzò quello che doveva essere il suo miglior inchino regale. Poi, dopo essersi congratulata con sé stessa, si avvicinò al gruppo degli uomini. Callum si avvicinò a lei.

La sua vicinanza minacciò ulteriormente la sua determinazione. Quando lui le allungò la mano, lei dovette distogliere brevemente lo sguardo per riprendersi.

«Sei così bella, Maggie» disse a bassa voce.

«Ho scelto il vestito pensando a tua madre».

«Lei approverebbe. Anche il mio tartan».

Maggie chinò pudicamente il capo. Qualsiasi cosa per rompere l'incantesimo che lui aveva su di lei.

Poi le baciò il palmo della mano. L'aria quasi crepitava tra loro e lei si chiese se qualcun altro se ne fosse accorto.

«Non importa» disse lui.

«Cosa?»

«Qualsiasi cosa al di fuori di te e di me, oggi».

Lui le tenne la mano e le presentò i suoi amici più cari. Erano rispettosi e gentili, come Greylen. Ma lei sapeva per esperienza che quegli uomini erano tutti cordiali e amichevoli un momento, e padroni assoluti e autoritari del loro castello quello dopo.

Notò il sacerdote che parlava con Gwen e andò a presentarsi. Aveva sempre trovato conforto negli uomini di chiesa e sapeva che lo avrebbe trovato anche lì. Negli occhi del sacerdote c'era calore.

«Padre Michael, ho sentito dire solo cose belle su di lei. Sono lieta di fare la sua conoscenza».

«Ah, Lady Margaret».

«È semplicemente Maggie, padre».

«Bene, allora semplicemente Maggie» disse allegramente. «Anch'io sono felice di conoscerti».

«È sicuro di avere tempo per questo oggi? Deve essere molto impegnato».

L'uomo la guardò con simpatia. «È quasi tradizione qui a Seagrave celebrare matrimoni... Con una certa tempestività».

Tutti i presenti ridacchiarono. Maggie era orgogliosa di sé stessa quando, invece di reagire in modo impulsivo, come avrebbe voluto, si era lasciata scivolare addosso la situazione.

«Vi sento» disse loro con voce cantilenante.

Con la coda dell'occhio vide Callum fare un segnale a padre Michael. Il prete si schiarì la gola e disse: «Perché non cominciamo?»

L'aria sembrò diventare pesante quando si radunarono davanti a lui. Gwen si mise alla sua sinistra, Callum alla sua destra e Grey accanto a lui. Lady Madelyn fece una mossa per alzarsi e Maggie si girò verso di lei. «Per favore, no». L'ultima cosa che voleva era che quella povera, cara donna dovesse sopportare una cerimonia. Dar e Ronan presero spunto da lei e si misero di guardia ai lati della sua sedia.

Si rivelò un'atmosfera piacevole e accogliente. Lei e Callum erano circondati da persone che tenevano veramente a lui e, per estensione, anche a lei.

Per un attimo immaginò sua madre, Celeste e tutte le altre persone che avrebbe voluto al suo fianco, e sentì gli occhi inondarsi di lacrime. Il volto di Callum le si parò davanti e mentre la voce di padre Michael le ronzava nell'orecchio, lui allungò una mano e le toccò il viso, spazzando via delicatamente le lacrime.

Fu un gesto incredibilmente premuroso e lei fu colpita ancora una volta dal suo comportamento. Non attirò eccessivamente l'attenzione sulla situazione, ma si limitò a intervenire per fare ciò che andava fatto.

Era la sua roccia e lei decise in quel momento che, sebbene volesse tenersi lontana da ulteriori sofferenze, lo avrebbe onorato e sostenuto.

Alla fine di quel pensiero, sentì la domanda che avrebbe segnato il suo destino in quel secolo.

«Lo voglio» dichiarò chiaramente, senza mai distogliere lo sguardo da lui.

«L'anello» chiese il sacerdote e Maggie inspirò bruscamente. Stava diventando tutto molto reale.

Callum si mise una mano in tasca ed estrasse due delicate fedi intrecciate. Il cuore le si bloccò in gola per un breve momento, quando capì che dovevano essere quelle che aveva prodotto all'interno della fucina, incredibilmente presto, quella stessa mattina.

Quando gliene infilò uno al dito, l'anello le calzava così perfettamente che Maggie sussultò. Come accadeva per ogni cosa da quando aveva sistemato il gioiello nella spada.

Callum e Dunhill, e il quindicesimo secolo, potevano davvero essere il suo destino?

CAPITOLO 24

Callum sfiorò con le dita la fede intrecciata sulla mano di Maggie, ora al suo posto. La sera prima gli era venuta l'idea di unire due anelli insieme. Il significato era duplice. Per rendere omaggio a quella seconda solenne unione che entrambi avevano deciso di condividere; e per essere legati senza inizio e senza fine. Quando la guardò negli occhi, si sentì esattamente così.

Legato a lei.

Non solo per il modo in cui erano fisicamente attratti l'uno verso l'altra, ma perché sapeva che era in gioco qualcosa di più profondo. Non aveva intenzione di continuare a farsi delle domande.

Lo sapeva con la stessa certezza con cui sapeva di aver bisogno dell'aria per respirare, Maggie di Sinclair-O'Roarke era un punto di riferimento per lui.

La sua salvezza.

Desiderava che la loro unione durasse per l'eternità.

E sarebbe stato così.

Sussurrò appena quella frase e lei inclinò leggermente la testa come se l'avesse sentita. Lui la guardò, mentre le parole del sacerdote risuonavano fra di loro per quella che sembrava un'eternità.

Quando era entrata nella stanza con Gwen, aveva notato che qualcosa nel suo portamento era cambiato dall'ultima volta che l'aveva vista. Non sapeva bene cosa fosse, ma c'era una differenza. La guardò mentre si muoveva in modo regale come qualsiasi altro nobile che avesse mai visto. E ne aveva visti parecchi.

L'abito color bordeaux intenso con riflessi neri era stupendo sulla sua pelle, e gli ricordava come era stato, poco tempo prima, sentirla premuta contro il suo corpo con solo la sottile camicia a separarli. Aveva solo intenzione di baciarla, forse un po' troppo intensamente, ma quando lei gli aveva risposto in modo altrettanto passionale, lui aveva portato quel momento a un altro livello.

Callum evitò il profondo brontolio che emanava dal basso della sua gola e si concentrò sui suoi occhi, scuri e splendidi, mentre le sue labbra brillavano di un rosa lucido. Si era preso molte libertà quando lei lo aveva seguito nella sua camera. Tuttavia, era stato sincero in quello che aveva detto. Non si era offeso per le sue parole.

Quando l'aveva sentita piangere, si era preoccupato per lei. Quel suono l'aveva colpito profondamente e avrebbe fatto qualsiasi cosa per calmarla. Solo che, mentre si trovava sulla soglia della sua stanza, piena di servitori e di frivolezze, si era reso conto di essere entrato mentre lei si stava preparando.

I preparativi per le nozze.

Non si sarebbe mai aspettato che lei lo seguisse nella sua stanza ed era rimasto scioccato nel trovarsela di fronte quando si era seduto per togliere gli stivali. Il modo in cui la sua vestaglia si era aperta senza che lei se ne accorgesse mentre li toglieva era uno spettacolo da ammirare. L'illuminazione era perfetta.

Mentre Maggie gli offriva delle spiegazioni, lui godeva di una vista incantevole. Quando lei gli aveva sollevato il mento, tutto ciò a cui era riuscito a pensare era di farla sua. Callum aveva dovuto lottare per resistere ai suoi impulsi e desideri, si era persino congratulato con sé stesso per la resistenza, fino a quando lei non aveva risposto al suo bacio con un'intensità superiore a quella che si sarebbe mai aspettato. Non aveva mai pensato a qualcosa di simile prima di allora.

Callum la abbracciava di notte, nel suo letto, quando lei gridava, ma fino a quel momento si era accontentato di sentirla tra le sue braccia. E le volte che l'aveva baciata, solo due prima di quella mattina, si era semplicemente goduto il corso naturale con cui l'attrazione cresceva tra loro. Fino a quella mattina, portarla a letto non rientrava fra i suoi pensieri.

Ora le cose erano cambiate.

Aveva lanciato la sfida di condividere il suo letto quella sera durante una delle loro conversazioni scherzose. Tuttavia, aveva tutte le intenzioni di corteggiarla finché non fosse stata pronta. Callum era sicuro che non sarebbe passato molto tempo prima che la loro unione fosse completamente consumata.

Padre Michael continuava a parlare e Callum sapeva che avrebbe dovuto prestare più attenzione, ma le parole avevano poca importanza. Alla fine ascoltò la sacra domanda e rispose: «Lo voglio».

Quando baciò la sua sposa, lo fece con sincerità, ma in modo casto. Poiché tutti i presenti conoscevano il motivo della loro unione, non ci furono grida di gioia, anche se il sentimento prevalse. Non ci sarebbero stato spazio per battute o commenti irrispettosi riguardo a questioni intime o a comportamenti sguaiati e poco eleganti.

La cuoca preparò il pranzo e, a parte un brindisi silenzioso, per rispettare i sentimenti di Maggie, cenarono come avrebbero fatto per qualsiasi altro pasto.

Quando si alzarono da tavola, ancora una volta Maggie chinò pudicamente il capo verso di lui e fece un inchino a tutti i presenti. Callum guardò Gwen, non capendo il suo comportamento un po' distaccato, ma lei si limitò a scrollare le spalle.

«Abbiamo molto da fare oggi» disse, prendendole una ciocca di capelli e spostandogliela dietro le spalle. In verità, voleva toccarla.

«Noi due?» chiese lei, guardandolo per quella che sembrava la prima volta da tempo.

Callum aveva la strana sensazione che, ora che erano sposati, ci fosse un vuoto tra loro. Gli mancava la vicinanza di pochi giorni prima.

Quando fece cenno agli uomini dietro di lui, Maggie disse: «Ci vediamo a cena, allora?»

«Oggi pomeriggio» la corresse lui. «C'è una partita in cortile. Vieni a vederla».

«Certo» confermò. Anche se non c'era luce nei suoi occhi.

Le loro strade si separarono e lui trascorse le ore successive con Grey, Dar e Ronan. Quando tornarono alla fortezza, Gwen era nella sala grande con i suoi piccoli.

«Maggie?» chiese.

«Si è addormentata nel solarium. Non credo che abbia dormito molto stanotte».

Lui capì. Era tardi quando lei aveva gridato e lui stesso era stato inquieto. Callum lasciò Maggie tranquilla e si cambiò, poi diede istruzioni ad Anna di svegliare sua moglie dopo un'ora o poco più... Inciampò un attimo sulle sue parole, quando le disse... *Sua moglie.*

L'enormità della situazione lo colse ancora una volta di sorpresa.

L'aveva tenuta d'occhio per tutta la partita. Il che, doveva ammetterlo, era stato piuttosto piacevole. Quando Maggie aveva varcato le porte principali del castello, con una bevanda calda in mano, dallo stupore aveva sputato fuori ciò che aveva in bocca.

Callum aveva riso di cuore osservando Gwen e sfregando le dita e il pollice fra loro, disse a coloro che erano coinvolti nella scommessa di pagare.

«Per l'amore del cielo, cosa sta succedendo qui?» gridò Maggie incredula.

«È il football!» affermò Callum felice. «Ce l'ha insegnato Gwen».

Lei lanciò a Gwen uno sguardo inorridito. «Gwen, non puoi

continuare a incasinare le cose. Il caffè è una cosa, beh, e anche la quiche, e la salsa piccante, e Dio solo sa cos'altro hai introdotto qui. *E*, lo ammetto, okay... Egoisticamente, sono entusiasta che tu abbia portato queste cose in Scozia con un po' di anticipo. Ma il football? Il football americano? Cosa ti è venuto in mente?»

Gwen sorrise. «Non preoccuparti, Maggie. Abbiamo un detto da queste parti, ricorda».

«Santo cielo... Quello che succede a Seagrave...»

«Rimane a Seagrave!» gridò il cortile.

Callum salì i gradini, se non altro per toccarla di nuovo, le strappò di mano la bevanda e ne bevve un sorso. Poi la strinse a sé e le baciò una guancia. Si costrinse a vivere il momento e a mettere da parte le preoccupazioni precedenti, anche se qualcosa sembrava cambiato tra loro. Quando sentì che lei ricambiava il suo abbraccio e girava la testa per ricevere il suo bacio, si rilassò. Felice, la lasciò andare e si unì alla folla che attendeva il suo ritorno.

Poco dopo iniziarono a giocare con i bambini. Poi iniziò il vero divertimento, poiché in campo rimasero solo gli uomini. Era uno sport entusiasmante e che prendevano molto sul serio. Gwen urlò più volte di "abbassare i toni", ma loro la ignorarono.

Dopo un po' di dolore e una botta in fronte, Callum seguì gli altri su per le scale per sistemarsi per la cena. Maggie gli tenne indietro i capelli, osservando la sua ferita.

«Hai qualcosa per questo, Gwen?» chiese.

Callum trattenne un sorriso. Se era in grado di curare il suo piccolo taglio, forse si sarebbe presa cura anche di lui in modo più profondo.

«Sì, te lo mando in camera» rispose Gwen prima di rivolgersi a lui con l'istruzione di lavare accuratamente l'abrasione prima che Maggie ci mettesse sopra qualcosa. Quindi Callum lasciò Maggie fuori dalla sua camera e andò a farsi il bagno di cui aveva bisogno.

Quando lei uscì dalla sua stanza, qualche tempo dopo, lui la stava aspettando sulla panca, come era loro abitudine a Seagrave. Maggie gli sfiorò i capelli e poi gli tamponò un po' di pomata sul graffio, rivolgendogli un tenero sorriso.

La cena fu più vivace del pranzo, per fortuna, e gran parte dei discorsi si concentrarono sulla festa del giorno seguente, sull'assenza di Gavin e Isabelle e sull'arrivo di Aidan più tardi del solito.

Fecero poi una partita a carte, provocando l'unico sfogo di Maggie della serata. «Poker, Gwen! Davvero?»

Lui le fece l'occhiolino mentre tutti ridevano. Quando anche lei si unì ai festeggiamenti, Callum rise ancora più intensamente.

Era un gioco spietato. E ognuno di loro era competitivo. Dopo innumerevoli mani, si scusarono e Callum la accompagnò al piano di sopra, sempre più impaziente a ogni passo.

«Callum» disse lei, sembrando leggermente nervosa. «*Condividerai* il letto con me stasera? Mi sembra di ricordare che tu abbia fatto una dichiarazione del genere prima».

«Mi accontenterei anche solo di abbracciarti» le rispose lui, con convinzione.

Lei sembrò tranquillizzarsi alle sue parole e non si tirò indietro. «Se mi concedi un po' di tempo». Poi, come se leggesse la sua confusione su quanto tempo e per cosa, chiarì: «Forse per mezz'ora o giù di lì?»

Lui inclinò la testa e si rese conto che avevano iniziato a comunicare in uno strano modo, educato e silenzioso. Con un po' di fortuna, tutta quella formalità presto sarebbe scomparsa.

Poco dopo, Callum trovò la porta della sua camera aperta e, quando entrò, lei era seduta davanti allo specchio, a spazzolarsi i capelli. Attraverso il riflesso, fece un piccolo sorriso.

Lui si occupò del fuoco, poi si avvicinò a lei, tendendole la mano. Lei alzò lo sguardo ed esitò.

«Vorrei solo abbracciarti, Maggie» ripeté, sperando di rassicurarla. «Eliminiamo questo imbarazzo, per favore. Dovremmo sentirci più vicini, non più lontani».

«Mi dispiace, hai ragione».

Avrebbe dovuto essere contento del suo riconoscimento, ma lei abbassò lo sguardo mentre lo diceva. Lui si inginocchiò davanti a lei. «Maggie, c'è dell'altro?» Quando lei scosse la testa, lui le sollevò il mento. «Allora guardami, per favore. Vorrei vedere il tuo viso e i tuoi begli occhi».

Lei gli appoggiò le mani sulle spalle e scrollò le spalle. «Suppongo di comportarmi in modo infantile, o di essere più nervosa del dovuto. Ti giuro che non sto cercando di fare nulla del genere. In mia difesa, non sono mai stata sposata prima».

«Che fortuna che sia io a poterti chiamarti moglie».

Un'espressione strana le attraversò il volto, e lui ebbe la sensazione di aver toccato un nervo scoperto. Improvvisamente la stanza sembrava più affollata. Si rese conto che alcune parole non potevano essere evitate e che, nonostante le possibili insidie lungo il cammino, dovevano comunque andare avanti.

«Vieni, ti mostro come facciamo di notte. Permettimi di abbracciarti. Potremo parlare, forse anche ridere, come abbiamo fatto finora».

Lei aveva iniziato a giocare con i suoi capelli, senza pensarci più di tanto, secondo Callum. Anche se Maggie aveva mostrato una facciata composta per tutto il giorno, le sue azioni la tradivano. Gli piacque la sensazione delle dita di lei che gli sfioravano il collo e lasciò che vi indugiassero un attimo prima di prenderle le mani e alzarsi, accompagnandola verso il letto. Le coperte erano già state abbassate e lui la sollevò e la portò al centro.

Maggie ridacchiò e quel suono gli scaldò il cuore. Callum la seguì, stiracchiandosi e mettendosi comodo per poi sdraiarsi su un fianco e girarla in modo che la sua schiena premesse contro il suo petto. Forse si sarebbe sentita meglio così.

Rimasero in silenzio per qualche minuto. In tutta onestà, lui era più soddisfatto di quanto pensasse.

Poi lei cominciò a muoversi e ad aggiustare la sua posizione.

«Maggie, se vuoi rimanere casta, smetti di muovere il sedere».

Lei ridacchiò.

Santo cielo.

Lui si chinò all'indietro e la girò in modo da farla sdraiare sulla schiena. «Maggie di Si-O'Roarke» sorrise. «Non credo di ricordare di aver mai sentito un suono simile uscire dalle tue labbra».

Lei rise di nuovo, accompagnando la risatina con un adorabile sbuffo.

Lui stesso rise ad alta voce. Trasportato della leggerezza del momento, la baciò affettuosamente, una semplice carezza, per così dire.

L'interludio riuscì a dissipare la tensione silenziosa e di fondo fra loro. Rimasero lì, lui appena sopra di lei e lei che lo guardava.

Quando Maggie gli appoggiò una mano sul petto, Callum pensò di aver esagerato e cominciò ad allontanarsi.

«No» scosse la testa. «Voglio solo toccarti». Riportò la mano al suo posto, questa volta con decisione. Lui rimase immobile, con il respiro corto, in attesa di una sua indicazione.

Lei passò un tempo considerevole a sfiorarlo, passando la mano avanti e indietro sul suo petto. I suoi occhi si restrinsero in contemplazione.

Dopo un lungo momento, incontrò il suo sguardo. «Forse dovremmo farla finita».

Se non avesse temuto di turbarla, avrebbe gettato la testa all'indietro e avrebbe riso. Invece, non riuscendo a farne a meno, fece un piccolo sorriso. Prese la mano che lei aveva sul petto e se la portò alle labbra, baciandole il palmo.

«Ti assicuro, Maggie, che non c'è *niente* da finire».

«Sai cosa voglio dire» disse lei, alzando gli occhi.

«Dovrei sentirmi molto offeso per...» La gioia scaturì da dentro di lui e lo fece ridere. «Quello che stai insinuando *tu* e il *mio* pensiero sono cose ovviamente molto diverse».

Lei rise e gli diede un colpetto sul petto, e neanche un secondo dopo lui esplose in una di quelle risate che era impossibile fermare. Stava quasi per piangere, da tanto era divertente. Anche lei rise e lui si chiese per un attimo se forse Grey aveva ragione. Le donne del futuro *erano* pazze. Non potevano essere solo Gwen e Maggie.

Poi rise ancora di più.

In ogni caso, sembrava che quel momento di buonumore,

indipendentemente dalla causa, fosse proprio quello di cui avevano bisogno. Ogni tensione residua sembrava ormai scomparsa.

«Ma sul serio» disse lei una volta che si furono fermati.

«Ma sul *serio*» ripeté lui, prendendo in giro il suo buffo modo di parlare. Anche lui sapeva che era importante assicurarsi che stessero pensando la stessa cosa, e così si spiegò. «Se avessi pianificato di portarti a letto; tanto per essere chiari su *questo* punto. Se avessi pianificato di crogiolarmi nella tua gloria stanotte. Nella tua bellezza». Le baciò il lato del viso. «Nel tuo calore». Baciò l'altro lato. «E nel tuo corpo». Le passò le dita tra i capelli, sistemandoli sul cuscino, prima di continuare. «Se avessi avuto intenzione di godermi la fortuna di averti come moglie, tramite la consumazione del nostro matrimonio, simboleggiata dal riempirti completamente, rendendoti solo mia da oggi in poi. Avrei iniziato prima davanti al camino. Ti avrei baciata, Maggie, finché non ti fossi aggrappata a me come stamattina. Quando il profumo della tua eccitazione riempiva l'aria. E che il cielo mi aiuti, è stato sufficiente a farmi quasi perdere la testa in quel momento. Tutto quello che volevo fare era abbassare la mano e toccarti. Sentire la tua umidità e accarezzarti fino a farti quasi fare le fusa per me. Ti avrei portato sull'orlo dell'estasi, per poi farlo ancora, e ancora, fino a quando non avrei avuto altra scelta che spingermi dentro di te. E santo cielo, ora riesco addirittura a immaginarlo, e giuro anche a sentirlo».

Gli occhi di lei si velarono e lui capì di averla fatta agitare. Non era sua intenzione, quando aveva iniziato la spiegazione, ma ora era troppo tardi.

«Lo senti anche tu, Maggie?»

A fronte delle sue parole, lei lo aveva semplicemente fissato, senza espressione. Incerto di come avrebbe reagito, Callum si avvicinò e la baciò, testando la sua risposta e pronto a ritirarsi di nuovo se necessario.

«Togliti la camicia, Callum. Ti prego» disse lei, respirando contro le sue labbra.

La camicia venne gettata via in un batter d'occhio. Prima che lui si rendesse conto di come fosse successo, si stavano baciando e stringendo l'uno all'altra in modo frenetico.

Lui cercò di rallentare. «Maggie...»

«Callum, tu sei mio marito, vero?» chiese lei, con lo sguardo fisso su quello di lui, intensamente.

«Sì».

«Posso dirti tutto, vero?»

La domanda di lei lo colpì all'improvviso, quasi come un secchio d'acqua gelata. Si tirò indietro per guardarla, in modo che lei sapesse di avere tutta la sua attenzione.

Callum si fece coraggio, chiedendosi che cosa ci fosse di così importante in quel momento. «Puoi dirmi tutto, Maggie. Ti onorerò e ti proteggerò sempre».

«Callum» lei gli stringe i lati della testa. «Mi hai eccitato così tanto che il mio corpo grida di essere toccato». La disperazione delle sue parole e il suo sguardo erano così intensi che lui smise di respirare per un secondo e si sentì di nuovo quasi esplodere.

«È come se...» I suoi respiri veloci e superficiali si aggiunsero al desiderio già intenso tra di loro. «Come se le mie terminazioni nervose fossero tese *ovunque*, e pulsanti. Come se...» per dimostrarlo, gli passò rapidamente le dita avanti e indietro sul cuoio capelluto per dimostrarglielo. «Così. Ha senso? Non mi sono mai sentita così... Così sull'orlo. Aiutami».

Non riusciva a credere alla fortuna che lei si esprimesse così apertamente, sia con il tatto che con le parole. Era svanita l'idea di una notte di lento e facile piacere.

Di certo non avrebbe potuto dire di essere deluso.

«Permettimi di esserti d'aiuto» disse. Catturò le sue labbra in un bacio infuocato e la strinse a sé. Lei gemette mentre si nutrivano l'uno dell'altra. Lui rimase sbalordito dal livello di passione che percepiva tra loro.

Non ne aveva mai abbastanza di lei.

Qualsiasi cosa di lei.

Si sentiva quasi disperato mentre le succhiava e mordicchiava le labbra prima di iniziare a baciarla profondamente trovando una cadenza perfetta. Non riusciva a stringerla abbastanza vicino al suo corpo e si rese conto che anche lei doveva sentirsi allo stesso modo mentre si abbracciavano e si aggrappavano l'uno all'altra.

Era la passione più grande che avesse mai provato. Maggie l'aveva già portato al limite, e avevano appena cominciato.

Si sedette, portandola con sé. Senza dire una parola, lei sollevò le braccia e si contorse mentre lui le toglieva la camicia da notte. Gemendo alla vista delle sue forme nude, allungò il dorso della mano per sfiorare la pelle chiara e il gonfiore dei seni. Callum avrebbe voluto passare più tempo ad ammirare i suoi lineamenti incantevoli e a toccarla con riverenza, ma Maggie non era in vena di lente esplorazioni.

Avrebbe ripercorso quel territorio più tardi.

In realtà, avevano tutto il tempo del mondo. Il pensiero lo eccitava ancora di più. Per il momento, si dedicò al piacere di sua moglie.

Il corpo nudo di lei premuto contro il suo era già di per sé una soddisfazione. La sua pelle liscia *ovunque* era una meraviglia di cui si compiaceva. Ben presto si persero di nuovo in baci intensi e carnali. Grato che i suoi pantaloni gli fornissero un minimo di contenimento, in modo da far durare quel momento almeno fino a quando non l'avesse vista soddisfatta, le sollevò una gamba attorno alla vita e le afferrò il sedere, con l'intento di metterla in una posizione migliore per toccarla... Scoprirla... Soddisfarla.

Callum gemette e sistemò il calore di lei stretto contro la sua erezione, facendo dondolare i loro fianchi a un ritmo dolorosamente piacevole.

Interruppe il loro bacio slegando i loro corpi e si mise a sedere, pensando che il cuore potesse scoppiargli nel petto. «Santo cielo, Margaret. Mi sento come un ragazzo indisciplinato».

«*Call-um*» sussurrò lei cercando di tirarlo indietro.

«No, cuore mio». Si passò le dita tra i capelli, grattandosi il cuoio capelluto nella speranza di ritrovare il controllo di sé. Poi si sdraiò di nuovo accanto a lei, infilando un cuscino tra loro.

Lei ridacchiò.

Doveva ammettere che *era* divertente.

In tutta la sua vita non aveva mai avuto quel problema, quella sensazione di frenesia. Aveva provato la sua buona dose di passione fino a quando... Beh, fino a un certo momento. "Concedi a tuo marito un favore".

Maggie sorrise con consapevolezza, con le guance colorate di un caldo rossore e gli occhi ancora lucidi di desiderio. Sì, erano entrambi coinvolti in quella... In quella follia. Poi fece scorrere le dita sulle guance di lui. «Baciami ancora, Callum. Ti prego. Non riesco a sentirti abbastanza vicino».

Lui sapeva esattamente come si sentiva e la strinse di nuovo a sé. Il suo controllo tornò, con l'aiuto della spessa barriera di piume del cuscino. Passò lunghi minuti a baciarla di nuovo, ad accarezzarla dalla punta delle dita all'ombelico. Le toccò delicatamente i seni e li prese fra le mani. Le strizzò i capezzoli, piccoli boccioli stretti, applicando un po' di pressione per valutarne la sensibilità.

I suoi segnali verbali erano molto utili.

Sua moglie non era silenziosa a letto.

Premette un po' più forte e il suo sussulto di piacere, seguito da un gemito intenso, gli arrivò dritto all'inguine.

Mentre la baciava ancora, le accarezzò le gambe, allargandole, ma non la toccò. Accrescendo la sua attesa, tornò per un attimo ai suoi seni. Li impastò, li fece rotolare fra le mani e ne pizzicò i capezzoli per poi far scivolare il dorso della mano al centro del suo petto, attraverso l'ombelico e fermandosi sulla sua collinetta, una striscia di pelle liscia e setosa.

Poi passò al suo centro, premendo la mano contro di lei. Le sue dita scivolarono facilmente tra le sue pieghe, sua moglie era già bagnata fin dai loro preliminari. E mentre lui sollevava lentamente le dita applicando la giusta pressione, lei gemette e ansimò quando lui trovò il suo punto di piacere.

«*Caaalluuum*».

Santo cielo.

Callum la stimolò con costanza, evitando di provocarla troppo e senza andare troppo veloce. Sentì la prima contrazione del corpo di lei, poi percepì i suoi muscoli tendersi. Trattenne il respiro, accompagnandola verso il culmine. Poi la sua dolce Maggie esplose mentre il suo corpo fu avvolto dalle vibrazioni.

La baciò e continuò ad accarezzarla mentre lei si calmava. Poi gettò il cuscino da parte e si sfilò i pantaloni così velocemente che quasi li strappò.

Lei fece un movimento con le mani e sussurrò: «Callum. Ti prego. Ti voglio dentro di me».

Si sistemò sopra di lei e lei inclinò i fianchi, allungandosi tra di loro e avvolgendo la mano intorno a lui. Eppure, Callum non sembrava riuscire ad andare avanti. Lei cominciò a sentirsi frustrata, forse anche in preda al panico.

«No» le sorrise e scosse la testa. «Va bene così, amore».

Gli sembrava di non avere alcuna preoccupazione al mondo. Maggie era sua e stava per averla. Completamente. Bastava che si sistemasse un po' meglio. Afferrò di nuovo il cuscino e lo spinse sotto il suo sedere, inclinandolo appena. Poi le afferrò le mani. «Sei pronta?»

Lei annuì e sembrò sull'orlo delle lacrime. «Maggie? C'è qualcos'altro? Ti sto facendo male?»

«No, Callum. Ti prego. Vorrei che anche tu sentissi quello che provo, qualsiasi cosa mi stia consumando. Mi sento ancora così tesa».

Ah, questo lo capiva.

Lei annuì, aspettando. Con ciò, lui inclinò i fianchi all'indietro prima di spingersi completamente dentro di lei. La sua testa stava quasi per esplodere di piacere e pensò di aver versato una o due lacrime.

Era l'esperienza più incredibile che avesse mai vissuto.

Tutti e trenta i secondi prima di liberarsi con il nome di sua moglie sulle labbra.

CAPITOLO 25

Maggie si svegliò tra le braccia di Callum, con la guancia premuta sul suo petto. Le loro membra erano aggrovigliate come in una scatenata partita di Twister. Quando si mosse, gesto che le richiedette più energia di quanta potesse gestire in quel momento, lui le baciò la sommità del capo e sospirò soddisfatto.

Sorprendente. Maggie ridacchiò tra sé e sé e si sistemò di nuovo contro di lui. Rimasero così per quelli che potevano essere minuti o ore, osservando la prima luce dell'alba che si insinuava lentamente nella stanza.

Dopo un po' di tempo, Callum la sollevò finché non si trovarono a guardarsi occhi negli occhi, con un sorriso lento e consapevole che gli si allargò sul viso. Maggie si trovò a imitare quello stesso sorriso. Sarebbe stato ridicolo, se non fosse stato così perfetto. Avvicinandola a sé, Callum sfiorò con le labbra quelle di lei con un tocco delicato e affettuoso. Poi sorrise e la avvolse fra le sue braccia lunghe e possenti.

Maggie lo sentì tentare di dire *qualcosa* che rimbombò contro il suo petto, ma le sembrò quasi un rantolo. Sorrise e lo scavalcò per prendere la tazza con l'acqua dal comodino.

Una delle tante cose che avevano condiviso durante la notte. L'ultima, dopo che lei aveva insistito per cambiare le lenzuola.

All'epoca Callum riusciva ancora a esprimersi, e lo fece con un "Ah", pensando che lei avesse avuto un'idea brillante. La sua reazione era stata ben apprezzata da Maggie insieme all'aiuto dato per rifare il letto. Non che avesse bisogno di punti extra, ma insomma: l'aveva aiutata a rifare il letto!

Avevano anche prestato molta attenzione nel pulirsi.

A vicenda.

Due volte.

Chi avrebbe mai detto che un bagno con una spugna potesse essere così erotico e soddisfacente?

Sazia, si era infilata nel letto a notte fonda. Callum l'aveva seguita sulle lenzuola fresche. L'aveva tirata contro di sé, aveva sistemato le coperte intorno a entrambi, le aveva infilato la testa sotto il mento e lei si era addormentata quasi all'istante.

Ora la guardò mentre beveva un sorso, allungando la mano per accarezzarle il viso. «Ah» disse. «Ho di nuovo la voce».

Maggie sorrise da un orecchio all'altro, ancora euforica dopo l'intimità. Non avrebbe mai immaginato una notte così perfetta. Chi l'avrebbe mai detto che una personalità così irresistibilmente sexy e dolcemente affettuosa potessero fondersi così bene in un solo uomo?

Invece era *proprio* così.

Non era mai stata così eccitata in vita sua.

Mai.

Callum sapeva cosa dire e come dirlo. Come influenzarla con un semplice sguardo. Una cosa che Maggie non pensava fosse possibile.

Aveva scoperto ogni punto di piacere sul suo corpo. E dall'espressione del suo viso, ne era piuttosto soddisfatto. Più di una volta l'aveva fatta arrivare a uno stato di eccitazione così intensa senza nemmeno toccarla, che lei l'aveva implorato prima che lui sorridesse maliziosamente e cedesse.

La chimica che c'era tra loro era ultraterrena.

Maggie voleva disperatamente sapere se anche lui la sentiva. Era come se gli organi interni del suo corpo vorticassero a cento chilometri all'ora. Aveva cercato di spiegarglielo, di mostrarglielo. La sua impazienza lo aveva spinto a dedicarle tutte le sue attenzioni, e la sua intensa concentrazione su di lei la faceva impazzire.

Anche lui sembrava molto soddisfatto.

E poi c'era tutto il resto, oltre alle cose piccanti. Era dolce e genuino. Le piaceva il fatto che potesse passare dall'essere così padrone di sé a mostrarle quanto lo portasse a diventare fuori controllo.

Le immagini della sera prima continuavano a passarle per la mente quando si scambiavano baci lenti e pigri. Sembrava che non riuscissero a fare altro. Entrambi erano stremati dalla loro notte di passione.

Ad un certo punto la luce nella stanza divenne troppo intensa per essere ignorata, e loro si vestirono e si diressero mano nella mano verso la cucina, stando il più possibile vicini l'uno all'altra, strofinandosi l'uno contro l'altra solo perché potevano farlo.

Guardando fuori dalla grande finestra panoramica sulle scale, Maggie lasciò che la sua mente vagasse verso la giornata che l'attendeva. Callum e Grey avevano in programma di occuparsi dei faticosi preparativi della fiera, il che significava che avrebbe trascorso più tempo con Gwen. Maggie ne fu felice.

Erano diventate molto amiche nel breve periodo in cui era stata a Seagrave, praticamente sempre insieme fin dal primo giorno. A Maggie piaceva che Gwen la cercasse, bussando alla sua porta per invitarla a fare una commissione insieme o per farle assaggiare qualcosa di nuovo che la cuoca aveva preparato per loro.

Amava anche osservare Gwen alle prese con la gestione dell'interno del castello. Francamente, si stupiva di come una donna del ventunesimo secolo si fosse costruita una vera e propria casa nel millequattrocento. Era davvero felice, anche senza alcun comfort moderno. Sicuramente molto era dovuto a Greylen, e infatti Gwen interrompeva costantemente lui e i suoi uomini con qualche sciocchezza, desiderosa di vedere il marito durante le loro giornate piene di impegni.

Maggie si rese conto con un brivido che le mancava, il poter controllare cosa stesse facendo la sua persona speciale, e strinse la mano di Callum.

In fondo al corridoio si intravedeva la cucina. Si lasciò immaginare come sarebbe stata la sua vita.

Lì.

Con Callum.

Una vita vera, permanente. Non una temporanea in quel posto. O in cui si aggrappava ancora alla speranza di essere riportata nel suo tempo. Poteva fare in modo che *quello* fosse il suo tempo? Aveva un esempio vivente proprio di fronte a lei. Un esempio pieno di gioia e di promesse.

Gwen e Grey erano già seduti a tavola, insieme ai bambini. Se Maggie non avesse avuto così tanta voglia di caffè e colazione, avrebbe evitato Gwen per almeno una settimana nel tentativo di salvarsi dal gongolamento della sua nuova amica.

Poteva solo immaginare come appariva, stravolta e rilassata, accanto a Callum. Aveva sicuramente i capelli arruffati in stile "appena dopo il sesso". Sperava che l'insegna al neon sulla sua fronte smettesse di lampeggiare al più presto.

Gwen e Greylen sollevarono un sopracciglio alla loro entrata, facendo ridacchiare Callum. Maggie si morse il labbro e non disse nulla.

Callum le prese una sedia e si sedette in quella accanto. Quando Maggie si accomodò, lo fece anche Callum e la trascinò più vicino a sé. La sua mano si appoggiò sulla coscia di lei. Anche se non stava facendo nulla di male, se non appoggiarla lì, le provocava uno stravolgimento interno. La sua mano grande e pesante.

Ecco.

Beh, era quasi troppo. Lo stomaco fece di nuovo una capriola. E non aveva ancora bevuto il caffè.

Sicuramente l'intensità della loro attrazione fisica sarebbe svanita presto. Altrimenti Maggie non era sicura di come avrebbe affrontato la giornata.

Per alcuni lunghi momenti, nessuno disse nulla.

NULLA.

Alla fine, Gwen interruppe il silenzio. «Beh, questo è imbarazzante» dichiarò, reprimendo chiaramente un sorriso.

Dopo un altro momento di silenzio, Grey disse: «Buon cielo, sono senza parole».

Callum lanciò a entrambi un'occhiata di finto avvilimento, ma disse: «Buongiorno» versando a Maggie una tazza di caffè. O, almeno, cercò di dire "Buongiorno". La sua voce era ancora un po' rauca. Mentre si versava una tazza per sé stesso, le sue guance si arrossarono, e così quelle di lei.

Allora risero tutti, la tensione si era finalmente spezzata.

Maggie incrociò lo sguardo di Gwen e fu accolta con il suo sguardo da *te l'avevo detto*.

Sgranando gli occhi, Maggie lanciò il tovagliolo a Gwen con finto fastidio e prese uno dei panini burrosi preparati dalla cuoca dal bel cestino al centro del tavolo. Quando diede un morso, la pasta lievitata si sciolse in bocca. Ne strappò un grosso pezzo e lo mise nel piatto di Callum, proprio mentre lui stava per dimezzare un pezzo di quiche da mettere nel suo.

«Santo cielo» disse Greylen. «Li guardi? Non credo di riuscire a sopportare tutto questo».

Gwen si mise a ridere e lanciò un panino sul tavolo, che Callum afferrò con un occhiolino. Questo servì a dissipare l'imbarazzo residuo. Ben presto la conversazione passò agli affari del giorno, con gli ultimi preparativi per la fiera.

Ascoltando le chiacchiere intorno al tavolo, Maggie si rese conto di quanto tutto sembrasse *normale*. Nonostante il suo matrimonio non fosse avvenuto in modo normale... Beh, okay, in effetti forse *era* normale per il secolo in cui viveva ora. *Che cosa aveva detto padre Michael?* Ah, giusto. I matrimoni a Seagrave erano tempestivi. Infatti.

In ogni caso, normale o non normale, non era poi così importante. Anche se lei e Callum avevano dovuto sposarsi a causa delle circostanze, sembrava comunque la cosa giusta da fare.

Era questo l'aspetto più strano. *Sembrava* così giusto che Maggie stava iniziando a dubitare di riuscire mai ad allontanarsi da lui. Un piano che sembrava così valido, *essenziale* per mantenere una qualche forma di autonomia e libertà, ora le sembrava quasi sciocco.

In effetti, ora si sentiva più padrona di sé, più sicura, praticamente in tutto, di quanto non lo fosse dal giorno in cui aveva infilato il gioiello nella spada ed era atterrata fuori dall'Abbazia. La sera prima era successo qualcosa. E non si trattava solo di sesso. La nottata *era* stata intensa, ma era stata l'intimità che avevano condiviso nel frattempo a fare la differenza. Quella che avevano condiviso nei mesi precedenti. Il loro legame a letto sembrava parallelo al modo in cui la loro amicizia era cresciuta e si era approfondita, lentamente e in modo indelebile.

Il legame di amicizia che avevano costruito negli ultimi mesi aveva per Maggie un significato ancora più profondo, persino ora. Se non fossero diventati così amici, non credeva che avrebbero mai potuto sentirsi a loro agio l'uno con l'altra.

Tutto questo contribuiva ad approfondire la loro vicinanza. Maggie amava davvero Callum, ma non era quell'amore sciocco e appariscente, del tipo "non ne ho mai abbastanza di te". Non sentiva alcun bisogno di gridare al mondo quanto lo amasse. I suoi sentimenti non erano di quel tipo. O almeno era quello che diceva a sé stessa.

Guardandolo ora, mentre parlava con Grey di cavalli, tra tutte le altre cose, Maggie sentiva un calore nel petto, un profondo rispetto e grande ammirazione per lui. Le piaceva come essere umano. Callum era un brav'uomo. Onesto, intrigante e intelligente, e con nuove sfaccettature che non aveva mai visto prima. Il guerriero implacabile... Colui che la faceva sentire come se nel suo regno fosse la sua regina. E come tale, non le sarebbe stato fatto alcun male.

Ora sapeva che quando erano arrivati a Seagrave e lui si era comportato come Tarzan con lei, non era per fare scena. La stava marchiando perché tutti la vedessero. L'aveva rivendicata secondo un'usanza antica quanto il tempo. Almeno in quei tempi, come supponeva fosse la consuetudine.

Essere reclamata da Callum non era affatto negativo. Era un uomo molto affettuoso, anche prima della loro notte di fuoco. Con lui si sentiva al sicuro. Aveva tutte le intenzioni di onorarlo e di sostenerlo in tutto ciò che faceva. Era meritevole di entrambe le cose. E si sarebbe assicurata che lui lo sapesse.

L'aspetto fisico della relazione, invece, beh, era un vantaggio.

Guardando Gwen e Greylen occuparsi dei loro figli, Maggie notò che l'amore tra loro era evidente. Si meravigliò ancora una volta di quanto Gwen fosse davvero felice in quel posto. E di come considerasse non solo Seagrave, ma anche il quindicesimo secolo, casa sua per sempre.

Maggie la invidiava per questo. Le mancavano ancora Celeste, il suo vecchio lavoro, la pizza da asporto e le tubature moderne. Si chiese ancora una volta se quella sensazione di appartenenza sarebbe arrivata anche per lei. Fantasticava ancora, anche se molto meno di prima, sulla spada che prendeva vita e le faceva cenno di tornare a casa. Ma si rese conto che, anche se *fosse rimasta* lì per sempre, sarebbe andato tutto bene.

E bene al cento per cento, vivere *lì*, nel quindicesimo secolo, con Callum.

Ora aveva trovato un'amica in Gwen. Un'amica che poteva capire esattamente cosa stava passando e da dove veniva. Letteralmente. Maggie si sorprese nel rendersi conto che se le fosse stata data la possibilità di scegliere ora, se rimanere lì o tornare a casa, non era sicura di cosa avrebbe scelto. Per il momento, essere la moglie di Callum non era una difficoltà. Sperava che il resto, come si dice, si risolvesse da solo.

Dopo colazione, il programma della giornata prevedeva di adattare una strategia in stile "divide et impera" per prepararsi alla fiera. Callum, Grey e gli altri uomini si sarebbero occupati dell'allestimento all'aperto e nella sala grande, mentre Maggie si sarebbe unita a Gwen per i dettagli dell'ultimo minuto relativi all'arredamento e alla preparazione del menu.

Spostandosi da un capo all'altro del castello, Gwen la informò che fino a due anni prima, la fiera d'autunno si era sempre svolta a Dunhill. Questo sorprese Maggie: Dunhill non era esattamente il vivace agglomerato di Seagrave.

Tuttavia, ragionò Maggie, aveva senso che, dopo la morte di Fiona e la permanenza di Callum a Seagrave, l'avessero trasferita lì. Secondo Gwen, la prima fiera risaliva a dieci anni prima ed era iniziata con un semplice falò in riva al mare, mentre i cinque uomini, Greylen, Callum, Dar, Aidan e Ronan rendevano omaggio ad Allister e Fergus per averli riuniti e per averli educati, addestrati e plasmati nei guerrieri che sarebbero diventati. Nel corso degli anni, la fiera era cresciuta lentamente e avevano deciso di organizzare una serata speciale per tutti gli abitanti della proprietà, anche se gli uomini avevano mantenuto il tributo privato tra di loro.

Anche se quell'anno la fiera sarebbe stata più grande, Gwen aveva tutto sotto controllo. O almeno così sembrava. La giovane era un vortice d'iniziativa e aveva tutti gli abitanti di Seagrave al suo servizio, compreso il marito.

Quando tutto fu pronto, Gwen e Maggie si separarono per vestirsi. Nessa e Rose le avevano preparato un bellissimo abito di lino bordeaux da indossare sopra una morbida sottoveste beige a maniche lunghe. Maggie ammirò come il corpetto sottile e aderente della tunica e il corsetto le mettessero in risalto il seno e la vita. La gonna, leggermente più ampia, era drappeggiata con morbide pieghe e l'intero abito era ornato da una spessa fascia ricamata. Infine, portava al collo un ampio girocollo. Era davvero stupendo e in perfetto stile medievale.

Mentre si vestiva, Maggie si rese conto di non aver visto Callum per tutto il giorno. Fu ulteriormente sorpresa nel rendersi conto di quanto la ferisse scoprire che non la stava aspettando sulla panca all'ingresso. Sconvolta da quello che le sembrò un affronto e da quanto questo la colpiva profondamente, Maggie sentì il suo spirito affondare, nonostante sapesse che stava per passare tutta la serata con lui.

Se una piccola delusione la mandava in tilt, forse avrebbe dovuto riconsiderare i suoi sentimenti precedenti e tornare a essere più distaccata o con meno aspettative nei confronti di Callum.

Forse non era pronta. Maggie si era messa a nudo con lui, si era fidata emotivamente e fisicamente, e ora una piccola cosa come non incontrarla fuori dalla soglia della sua stanza, la faceva sentire abbandonata. Probabilmente Callum aveva un buon motivo per non esserci.

Tuttavia, era una buona lezione per imparare a essere cauta con le sue emozioni.

Scendendo le scale, si fermò a fissare la grande finestra sul pianerottolo. Era un luogo in cui si era trovata a soffermarsi in più di un'occasione e, in base alle molte altre persone che aveva visto fermarsi allo stesso punto, Maggie immaginò che fosse il posto preferito di tutti coloro che vivevano lì.

Premette la mano sul vetro, perdendosi un po' nel riflesso. Il suo senso di appartenenza a quel secolo era chiaramente più tenue di quanto pensasse. Un'ondata di nostalgia la investì e Maggie si preparò ad affrontare una serata di bagordi di cui non era più sicura di essere all'altezza.

Non c'era niente di peggio che sentirsi soli mentre si era circondati da centinaia di persone. Persino la fede nuziale al dito, che solo il giorno prima le aveva fatto sciogliere il cuore, non sembrava più così speciale. Ora che Callum aveva ottenuto ciò che voleva, che lei gli appartenesse, aveva già smesso di aver bisogno di lei così intensamente?

Lo considerava una delle persone più premurose che conoscesse, ma evidentemente stava perdendo il controllo. Quella stessa mattina si era sentita molto vicina a lui, ma ora sembrava tutto un po' vuoto. L'ultima settimana era stata tutta una montagna russa di emozioni, su cui lei era chiaramente ancora in movimento, e ora si sentiva particolarmente scoraggiata ma anche speranzosa che questa non fosse la fine. Le sembrava impossibile aver lasciato Dunhill solo sei giorni prima.

Erano tante le cose a essere cambiate.

Con il crepuscolo alle porte, il bagliore dei falò divenne visibile dalla riva sottostante. Maggie osservò alcuni cavalieri che scendevano lungo il ripido sentiero. Nel cortile, tavoli e sedie erano stati allestiti per il banchetto che la cuoca e il suo staff stavano preparando da giorni. Per coloro che non sopportavano il freddo dell'aria aperta, la sala grande avrebbe offerto riparo in un luogo caldo e invitante.

Maggie vide Callum, in piedi con i suoi amici nel cortile, bello come sempre. Quella sera indossava i calzoni, gli stivali e la sua solita camicia, ma sopra aveva un pezzo smanicato scuro più pesante.

Aveva conosciuto Aidan, l'ultimo membro dei confratelli, quando era arrivato e aveva trovato lei e Gwen in cucina. Era sembrato gentile, si era congratulato con lei per le nozze scusandosi per essersi perso l'evento. Maggie invidiava il legame che condividevano quegli uomini, anche se si riunivano in gruppo solo una volta all'anno.

Di sotto, Callum sorrise per qualcosa che uno degli uomini stava dicendo. Era felice per lui. Si stava divertendo.

Solo che lei non era più dell'umore giusto.

Prima di voltarsi, vide Greylen sollevare Gwen in cima al suo cavallo e salire dietro di lei, abbracciandola prima di baciarle una guancia. Lei si avvicinò e gli avvolse le braccia intorno al collo. Maggie adorava guardarli. Il loro amore era così evidente. E l'incredibile vita che condividevano era stupefacente.

Solo quella stessa mattina si era chiesta se lei e Callum avrebbero mai potuto essere così felici un giorno.

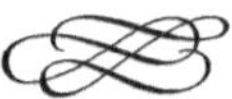

CAPITOLO 26

Callum alzò lo sguardo quando Maggie si allontanò dalla finestra. Negli ultimi minuti aveva tenuto d'occhio la sua figura, desideroso che lo raggiungesse. Quando si accorse che indugiava, capì che c'era qualcosa che non andava.

Chiedendosi cosa l'avesse turbata, lasciò la compagnia dei suoi confratelli e tornò alla fortezza. Pensando che l'avrebbe trovata all'uscita mentre entrava, passò un paio di minuti a vagare per la sala affollata. Alla fine, non vedendola, prese le scale.

Si aspettava di stare in sua compagnia da quando si erano lasciati quella mattina. Visto quello che era successo *quando* si erano lasciati, aveva pensato che anche lei fosse ansiosa di vederlo.

Dopo colazione l'aveva accompagnata in camera sua, l'aveva premuta contro la porta dopo averla chiusa e l'aveva baciata come voleva fare sempre ultimamente. Si era tirato indietro per guardarla e lei aveva annuito. Avevano sorriso entrambi.

Callum era pronto a mettere in pratica una delle tante dichiarazioni che aveva fatto la sera prima, quando le aveva spiegato in dettaglio le cose che le avrebbe fatto, alcune delle quali proprio lì, con lei premuta contro quello stesso muro. Purtroppo, erano stati interrotti pochi secondi dopo da un insistente bussare alla porta, e lui le aveva sussurrato di avere intenzione di mantenere la sua promessa più tardi.

Chiedendosi cosa fosse cambiato da allora a quel momento, Callum scrutò la folla dall'alto del pianerottolo. Nel caso l'avesse persa in qualche modo. Non vedendo la sua donna in giro, andò dritto verso la sua camera, pensando che forse aveva dimenticato qualcosa. Bussò leggermente alla sua porta, poi la aprì e chiamò il suo nome.

La prima ondata di sollievo che provò nel vederla, una visione in un abito che Nessa e Rose avevano evidentemente confezionato con grande cura, fu superata dallo sgomento. C'era qualcosa che non andava nella sua Maggie, seduta sulla panca in fondo al letto con un'aria particolarmente triste. Non era una vista che lo rendeva felice.

«Maggie?» chiamò di nuovo, questa volta più dolcemente.

Lei fece un sorriso tirato e tenne le mani in grembo. Lui le si avvicinò e le sollevò il mento.

«Cos'è questo?» chiese, sfiorandole la guancia con l'altra mano.

Lei alzò lo sguardo tra le ciglia e commentò a mezza voce. «Dobbiamo proprio ricominciare a discutere di *questo*?»

Lui sorrise dolcemente al suo tentativo di sdrammatizzare e si sedette accanto a lei, prendendole la mano. «Pensavo che potessi dirmi tutto».

«Hai intenzione di analizzare *tutto* quello che è successo ieri sera elencando ogni cosa come nella lista della spesa per il supermercato?»

Il suo tentativo di essere leggera non andò a segno. «Sono disposto a passare l'intera serata a risolvere la questione, se necessario. Ma per favore, spiegami cosa significa *supermercato*».

Lei gli rivolse un piccolo sorriso e disse: «È come se tu volessi rinfacciarmi qualcosa che è successo».

Lui si offese per la sua spiegazione, ma rifletté attentamente sulle sue parole. «Criticandoti o per scherzo?» Doveva esserne sicuro, per evitare di farlo di nuovo. Forse era quello che intendeva

Grey quando diceva che le donne del ventunesimo secolo erano tutte strane.

Lei alzò le spalle. «Anche se è per gioco, quando è a spese dell'altra persona, ferisce comunque i suoi sentimenti».

Callum pensò che si riferisse *a lei* e si chiese cosa o chi avesse ferito i suoi sentimenti. Era ovvio che fosse molto sensibile. Ma prima si scusò per il suo atteggiamento.

«Non ho mai voluto ferire i tuoi sentimenti. In tutta onestà, quando ho detto *questo*, non mi riferivo alla nostra conversazione di ieri sera. Avrei dovuto iniziare con: "Margaret, cosa ti preoccupa in *questo* momento?"»

Lei gli rivolse uno sguardo triste, poi disse: «Mi sento piccola, stupida e sciocca ora che sei qui e sei così gentile...»

«Prima di tutto, si tratta di sentimenti, Margaret. Tutti li abbiamo. E hanno *tutti* un valore. In secondo luogo, perché non dovrei essere gentile con te?» Non aveva intenzione di interromperla, ma doveva chiarire subito la questione. Prima di rendersene conto, era davvero in difficoltà. «Aspetta, un momento. Sono *io* che ho ferito i tuoi sentimenti?»

«Pensavo che ti fossi dimenticato di me». Lei alzò le spalle. «Credo di essermi sentita piantata in asso».

Il solo pensiero che lui si fosse dimenticato di lei era assurdo. Non che gliel'avrebbe mai detto. Era cresciuto in una famiglia gestita essenzialmente da due donne e sapeva che anche Fiona talvolta poteva avere atteggiamenti avventati. Soprattutto quando era incinta.

«Non mi potrei mai dimenticare di te. *Mai*. Ora, mi puoi spiegare cosa significa che sei stata piantata in asso?» Aveva una sensazione e non era entusiasta di essere visto sotto a quella luce.

Lei alzò le spalle: «Significa che... Mi hai abbandonato».

Lui sobbalzò per l'incredulità. *Stai calmo, Callum.* Fece un respiro profondo, ma sentì la voce alzarsi quando parlò. «Davvero? È *questo* che pensavi? Che ti avessi abbandonato?»

Lei scosse la testa e gli mise una mano sul cuore. «È quello che ho *provato*, Callum. I miei pensieri sono un po' confusi in questo momento. È stato un turbine da quando abbiamo lasciato Dunhill, non credi?»

«Sono d'accordo, Maggie. Detto questo, sono molto felice di essere nel posto in cui ci troviamo ora».

«Lo so. Non sto dicendo che non sono felice anch'io. Lo sono... Beh, lo ero. È solo che quando non ti ho visto nel corridoio ad aspettarmi» si coprì il petto con la mano e scosse la testa. «Il mio cuore si è stretto e mi ha spaventato. Perché mi sono resa conto di quanto ho imparato a tenere a te e a contare sulla tua presenza. E all'improvviso mi sono sentita come se non ti importasse più».

A quel punto Callum si ammorbidì e la tirò lentamente a sé, grato che lei non opponesse resistenza. La strinse per un attimo, premendo le labbra sulla sua fronte. Aveva imparato l'importanza e la strategia di far ragionare una persona. In quel caso, il pareggio o la resa erano la mano vincente. La sentì rilassarsi mentre le massaggiava la schiena.

«Presumo che tu non abbia ricevuto il mio biglietto» le disse, mantenendo volutamente la voce leggera.

Lei si tirò indietro. «Mi hai lasciato un biglietto?» C'era un'espressione di speranza sul suo viso, un addolcimento dei suoi begli occhi.

Lui sorrise. Santo cielo. Amava quella donna. Anche se era sconvolta, gli aveva parlato con sincerità. Anche lui aveva imparato che da quel momento in poi non le avrebbe più rinfacciato nulla.

Nemmeno per scherzo.

«Margaret, credi davvero che io sia così disinteressato da lasciarti per tutto il giorno? Il giorno dopo il nostro matrimonio, per giunta, e dopo aver trascorso insieme la nostra notte più importante?»

E poi la baciò, come aveva desiderato fare per tutto il giorno. Come aveva desiderato quando era entrato per lavarsi e cambiarsi e aveva scoperto che lei si aggirava ancora per la fortezza con Gwen.

Gli era dispiaciuto non vederla. Anzi, era rimasto sconvolto.

Come un ragazzo innamorato, aveva scritto un biglietto. «Siamo legati da Dio, dalla legge e dall'intimità. Margaret, io...»

«No» gridò lei, coprendogli la bocca con la mano delicata. «No, non dirlo». Scosse la testa.

«Perché no?» chiese lui, aggirando le dita di lei.

Lei lo guardò, chiaramente sorpresa che lui avesse chiesto una spiegazione. Ormai doveva aver capito che lui prendeva decisioni ponderate, a meno che non stesse agendo solo d'istinto. Più conoscenze aveva a disposizione, meglio era preparato a gestire qualsiasi cosa dovesse affrontare.

Le ci volle un attimo per rispondere. In verità, nemmeno lui era del tutto sicuro che fosse sincera con lui.

«Siamo anche legati dalla magia, o da un incantesimo, o da qualsiasi cosa sia» spiegò lei, scegliendo chiaramente le parole con attenzione. «E chissà quanto sono solide le nostre fondamenta. E se fossimo condannati a conoscere l'amore e la perdita, ancora e ancora? Per prima cosa, non sono pronta a tentare il destino. Secondo, possiamo semplicemente stare bene con le cose come stanno ora?»

«Se è questo il tuo desiderio, sì». La sua paura nel sentire che lui la amava era abbastanza reale. Non si offese se lei non voleva ascoltare quelle parole.

Erano solo parole.

Gliele avrebbe dimostrate.

Callum avrebbe fatto tutto ciò che era in suo potere per renderla felice di essere lì, in quel secolo, con lui, come Gwen lo era di stare con Grey. Aveva un esempio pronto da emulare; doveva solo impegnarsi per darle la gioia che giustamente meritava.

Le sistemò i capelli sulle spalle. «Troviamo il biglietto che ho scritto, d'accordo?»

Lei annuì, con un sorriso piccolo ma genuino sulle labbra. Mano nella mano, iniziarono ad aggirarsi per la camera. Lì, sul tavolo davanti al fuoco, giaceva un vassoio con tè e biscotti.

Quasi sicuro di ciò che c'era sotto, scrollò la testa, e quando sollevò il vassoio, lo trovò proprio lì, sotto gli occhi di lei. Maggie sorrise mentre glielo porgeva e lui fu contento di dimostrarle che non aveva mancato di pensarla o di darle attenzione. Lei ruppe il sigillo di ceralacca.

Mia carissima Margaret di O'Roarke, mia regina,

attendo con ansia l'ora... il minuto... e il secondo in cui avrò il piacere di essere di nuovo in tua compagnia. Cercami nel cortile all'inizio della fiera.

Tuo,
Callum Sebastian O'Roarke

«Beh, sono felice che abbiamo fatto questa chiacchierata» sorrise lei.

Lui rise, sapendo che si trattava di uno scherzo e che lei lo stava prendendo in giro per quello che era successo. «Posso portarti di sotto e tenerti sotto braccio mentre ci godiamo una notte di festeggiamenti?»

Lei annuì e lo baciò. Un bacio affettuoso, ma che comunque lo eccitò a dismisura. Poi si lasciarono alle spalle la camera e, sperò, anche le sue preoccupazioni.

La portò sulla riva, cavalcando per la prima volta con lei davanti a sé sul suo stallone. Callum amava tenerla così vicina mentre scendevano lungo il sentiero ripido. Poi camminarono da un capo all'altro dell'insenatura costiera. Sei fuochi erano stati accesi e continuavano ad ardere. Le aggiustò il mantello e le avvolse un braccio attorno alla vita quando la vide rabbrividire.

Notando per la centesima volta il laccio di cuoio che le cingeva il collo, chiese: «Posso vedere il tuo medaglione?»

«Intendi dire il tuo?»

«Credo che sia proprio al suo posto» le disse mentre lei si avvicinava e lo slegava. «Sai che anche Gwen ne porta uno?» ridacchiò, tenendo il familiare lupo in mano. «A volte ne indossa due».

«Davvero?»

«Sì». Le sfiorò teneramente il lato del viso. «Grey è il Drago Possente, Dar è il Grifone Impavido, Aidan è l'Orso Formidabile e Ronan è il Falco Imperiale».

«E tu sei il piccolo lupo?»

Rise. «Per tutti i numi, Margaret. *No!*» Era così divertente che quasi gridò di nuovo. «*Ero* il piccolo lupo da bambino. Da uomo sono diventato il Lupo Fiero».

Lei alzò gli occhi al cielo, mormorando: «Mi spiace!» Callum non poté fare a meno di ridere di nuovo.

Tra loro calò un silenzio rilassato. Callum si mise a sfiorare ancora una volta l'incisione sul medaglione, e si rabbuiò guardando il mare e rendendo omaggio a suo padre. Fece un respiro profondo prima di parlare di nuovo.

«I nostri padri hanno fatto un medaglione per ciascuno di noi» raccontò, sollevando lentamente quello che aveva in mano. «Ognuno di noi ha inciso i rispettivi animali. Una notte, quasi quindici anni fa, Fergus e Allister costruirono un falò, simile a questo, chiamando a raccolta tutti noi della confraternita. Ci misero i medaglioni al collo, ci tagliarono i palmi delle mani e ci fecero fare un giuramento. Un giuramento di sangue per onorare e proteggere coloro che ci sono cari. Servire il nostro popolo con integrità. Amare senza riserve ogni giorno della nostra vita. È un giuramento che commemoriamo ogni anno».

Premette le labbra sul lupo che suo padre aveva scolpito per lui, poi lo rimise al collo di Maggie. Lei rabbrividì al suo tocco, poi gli strinse la mano.

«Vieni, andiamo a bere, a ballare e a festeggiare» disse lui, sentendosi improvvisamente molto leggero.

«Tu sai ballare?»

«Mi offendi molto, Margaret di O'Roarke. Ma ti lascerò giudicare da sola».

Sorrise, prendendola per mano e trascinandola con sé, mimando le mosse che Gwen aveva insegnato a Grey. Alla sua espressione stupita, si sentì piuttosto compiaciuto e rise, mettendole una mano al collo e l'altra sul suo petto.

Poi ebbe inizio una notte di festa che non si sarebbe mai aspettato, prima che Maggie di Sinclair O'Roarke entrasse nella sua vita. Ballarono, bevvero, mangiarono. Fu una delle notti più memorabili della sua vita.

Lei lo aveva toccato ripetutamente durante la serata, indicando, forse, che era più aperta di quanto pensasse. Anche se lei pensava che le parole significassero tutto, in realtà erano le azioni a prevalere. Callum annotò tutti i momenti in cui lei cercò la sua mano o avvolse il suo braccio intorno a quello di lui. Gli accarezzò la nuca ogni volta che erano abbracciati sulla "pista da ballo", come la chiamava Gwen. Condivisero il loro drink e anche la cena.

Santo cielo.

Anche se lei *non* avesse mai voluto pronunciare le parole "ti amo", lui l'avrebbe accettato e sarebbe stato comunque fortunato ad averla.

Quando arrivarono alla camera di lei, i piccoli gesti intimi della serata li avevano oramai portati entrambi a uno stato di frenesia. Nel momento in cui la porta si chiuse alle loro spalle, Callum la spinse contro il muro e la baciò profondamente.

Mentre le slacciava la parte anteriore del vestito, le sue mani trovarono i suoi seni e li accarezzarono. Una volta liberati, si chinò per accarezzarli con la guancia. Le sue labbra prima succhiarono, poi mordicchiarono delicatamente i capezzoli induriti, finché lei non sussultò.

Il suono gli arrivò dritto all'inguine.

La girò di fronte al muro e, con un unico movimento fluido, raggiunse la gonna per toglierle le calze, poi le sollevò la gamba e la piegò al ginocchio in modo che fosse schiacciata tra il muro e il corpo di lui, esponendola comodamente per le sue attenzioni.

«Va tutto bene bene, amore?» sussurrò, sapendo che i suoi seni nudi poggiavano contro la fredda parete di pietra.

Lei gemette. «Sì, Callum. Ti prego».

Lui le accarezzò il sedere e il retro delle cosce, stuzzicandola e provocandola. «Ti prego cosa?» mormorò.

«Toccami».

Oh, la toccò. Fece scivolare la mano lungo il suo fianco, fino a premere contro il suo calore e la sua umidità. Con il suo punto di piacere facilmente accessibile dalla posizione in cui si trovava, usò la punta delle dita per accarezzarla costantemente, su e giù. Applicando una pressione appena sufficiente, se lei avesse desiderato di più, le sarebbe bastato spingersi contro di lui.

Maggie gemette ancora e ancora. L'inebriante combinazione dei suoni che emetteva e del suo profumo gli fece nuovamente quasi scoppiare il petto. Lui la portò ancora più avanti, usando l'altra mano per stimolarla leggermente, poi sentì il corpo di lei irrigidirsi e inserì delicatamente un dito, sentendo i suoi muscoli tesi contrarsi ripetutamente.

Armeggiò con i pantaloni e alla fine si liberò abbastanza da strofinare la sua erezione nel calore di lei. «*Callummm*». Maggie si dimenò e inclinò i fianchi contro di lui.

«Margaret, santo cielo» esclamò disperatamente, spingendosi dentro di lei.

Lei strillò mentre lui la riempiva ma a un certo punto si fermò per paura di averle causato dolore.

«Maggie?»

«Oh, Callum. È *così* bello, *così* profondo».

Non sarebbe mai arrivato a festeggiare il loro primo anniversario se sua moglie lo avesse tenuto costantemente in bilico a quel livello di eccitazione. Callum spinse di nuovo e lei quasi si arrampicò sul muro con un sussulto. Sapeva già che le piaceva quella posizione, ma pensava che forse sarebbero stati più comodi sul letto.

All'inizio, quando lui fece per spostarli, lei mise il broncio, cosa che lui trovò provocante e allettante, così le promise di ricompensarla in un attimo. Si aiutarono a spogliarsi a vicenda e poi lei strisciò sul letto per sdraiarsi in modo che lui potesse riprendere da dove avevano lasciato.

Fu uno spettacolo bellissimo quando lui si avvicinò a lei, preoccupandosi di sistemarle i capelli sulle lenzuola. Poi le sollevò i fianchi e trovò di nuovo la posizione perfetta.

Fece attenzione a non penetrarla troppo profondamente per paura di farle male. Tuttavia, il piacere era straziante. Non aiutava il fatto che Maggie si fosse appoggiata a lui, rendendo quasi vano il suo sforzo di non andare così in profondità. Si congratulò con sé stesso per essere riuscito a resistere del tempo dentro di lei. Forse un minuto o due in più delle altre volte, almeno così sperava.

Poi la pulì, come aveva fatto la sera prima, con delicatezza ma con diligenza. Quindi si infilarono sotto le coperte e Maggie si rannicchiò contro il suo petto.

Callum la strinse a sé mentre dormiva, con la mente piena di progetti per renderla felice.

Avrebbe fatto in modo che non si preoccupasse mai più di qualsiasi misteriosa magia li avesse uniti grazie al patto stretto da sua madre.

Lei apparteneva a lui, e lui a lei.

Non c'era bisogno di altre spiegazioni.

CAPITOLO 27

L'ultimo giorno di Maggie a Seagrave iniziò con un brusco risveglio da sola, tra il fresco delle lenzuola. I suoi occhi si aprirono di scatto e tirò un sospiro di sollievo alla vista di Callum in piedi accanto alla finestra.

Sì, era molto attaccata a lui.

Lo guardò in silenzio, assaporando le sue forme. Quell'uomo bello e fiero, suo marito. Il guerriero di un altro secolo che aveva sposato solo pochi giorni prima.

Già vestito, stava in piedi e sembrava essere immerso nei suoi pensieri. Doveva aver percepito di essere osservato, perché si voltò verso di lei, con gli occhi intensamente luminosi, e le rivolse il più delizioso dei sorrisi. Il suo volto era pieno di eccitazione e di zelo per qualsiasi cosa avesse escogitato, e traspariva dalle sue labbra.

«Buongiorno, amore».

«Buongiorno» rispose lei, rendendosi conto che quell'uso della parola non la infastidiva. Sembrava più un vezzeggiativo affettuoso che un'intensa dichiarazione.

Non che non provasse sentimenti profondi per lui. Certo che li provava. Ma non era pronta per la pressione e il peso di ciò che significava un *ti amo* in quel contesto. Amava Callum, ma non sapeva se era in grado di lasciarsi andare oltre.

C'era del vero in quello che gli aveva detto la sera prima. Si chiese se l'incantesimo o la magia che l'aveva portata fin lì avesse degli effetti imprevisti. Era quello era il punto cruciale della questione. E se si fosse innamorata di lui e poi fosse stata costretta a tornare indietro? O se le fosse stata data la possibilità di farlo? L'avrebbe colta? Non ne era del tutto sicura.

Sentiva che avrebbe potuto essere felice con Callum. Ma non sapeva se sarebbe stata una felicità totale. C'era ancora qualcosa che l'assillava. Qualcosa le diceva che non era finita.

Aveva lasciato Celeste.

Non di proposito. Eppure, era semplicemente... Scomparsa. Se Maggie si era sentita piantata in asso da Callum la sera prima, come doveva sentirsi Celeste? Era l'unico dubbio che ancora la perseguitava. Quello che non riusciva a lasciar andare.

Lo guardò mentre le versava una tazza di caffè dal piccolo vassoio sul tavolo, e le venne il dubbio di essersi persa la colazione.

«Ho dormito fino a tardi?» chiese, accettando la tazza da lui e bevendo con piacere.

Lui scosse la testa. «No, mi sono alzato prima del solito». Si sedette sul bordo del letto e subito lei sentì la sua energia. Vibrava praticamente di entusiasmo. Poteva quasi vedere gli ingranaggi che gli giravano nella testa.

Maggie si stiracchiò e bevve un altro sorso dalla sua tazza. Era bello godersi il caffè a letto. Ma aveva la sensazione che quella dimostrazione di vitalità e vigore significasse che Callum era pronto a tornare a casa. A Dunhill. Poi vide le borse sulla panca in fondo al letto e sorrise malinconicamente. I suoi pensieri avevano trovato conferma.

Scosse la testa. «No, niente malinconia. Torneremo qui. In primavera».

Quanto non vedeva l'ora. Poi, improvvisamente, si chiese se sarebbe stata ancora lì. Questo dubbio non la aiutò affatto a chiarire la sua confusione, anzi provò una fitta di delusione all'idea che forse non ci sarebbe stata.

Come poteva concedersi completamente a quell'uomo se

dubitava lei stessa della sua permanenza in quel posto? Doveva farsene una ragione. Non poteva vivere metà dentro e metà fuori. Non ora che erano sposati. Non era giusto per nessuno dei due.

Per ora, decise, avrebbe *accettato* il suo destino e avrebbe dato a Callum ciò che meritava. Una partner, una compagna e un'amante che lo avrebbe sostenuto in tutto. Ma non si sarebbe lasciata cadere troppo in basso.

Maggie gli accarezzò il viso, tracciando la cicatrice, per poi passargli le dita tra i capelli e sporgersi in avanti per baciarlo. Adorava baciarlo. Soprattutto in quel modo, quando non si aspettava nulla di più. Era l'intimità del tocco, quel passo in più rispetto alla stretta di mano e all'abbraccio che consolidava l'unione di coppia.

«Ti prometto che torneremo». Le prese la mano, sfiorandole l'anello.

«Non ti ho mai detto quanto mi piace questa fede. È bellissima e unica».

«L'ho forgiata pensando a te e alla nostra unione» le disse.

Quindi, l'aveva fatta lui. «La amo ancora di più» sussurrò, incontrando il suo sguardo.

«Il mio giuramento per te è solido e infinito come questo anello, Margaret. Questo include ogni promessa che ti faccio, grande o piccola che sia. Rivedremo Seagrave con la prossima primavera».

Lei gli fece un cenno di assenso. Maggie gli credette, naturalmente; era solo difficile lasciare Seagrave. La sua vivacità e l'amicizia che aveva trovato in Gwen. Per non parlare di tutto quello che era successo in quella camera. Tutto quello che aveva condiviso lì con Callum.

Poi, qualcosa la colpì. Dunhill sarebbe stata la sua *casa*. Sarebbe stata la padrona del castello. Cominciò a fremere per l'eccitazione. Il ritorno a Dunhill sarebbe stato bello.

«Colazione?» chiese Callum, strappando Maggie dai suoi pensieri. «Quando sono andato a prendere il caffè, la cuoca stava già preparando i tuoi piatti preferiti. Credo che stiano preparando un sacco di delizie per il nostro ritorno a casa».

Sentirgli pronunciare la parola "casa" suscitò in lei una sensazione di calore e benessere. Annuì. «Sì. Allora ti aiuto a fare i bagagli».

«La mia borsa è pronta. Mi sono permesso di iniziare a sistemare anche la tua».

«Hai preparato le mie cose?» chiese, non sapendo se essere riconoscente o arrabbiata. «Cioè, hai frugato tra le mie cose?»

«Ho piegato i tuoi vestiti appesi e li ho messi sopra alcune scarpe, chiaramente non necessarie per il viaggio verso casa. Poi li ho messi nella tua borsa più grande» spiegò. Come se fosse infastidito dalle sue domande e la considerasse priva di intelligenza.

«Grazie. Credo».

«Perché ti dà fastidio?»

Aveva toccato un nervo scoperto e si sentiva un po' in colpa. Come aveva potuto dimenticarsene? *Callum non doveva essere messo in discussione.* Soprattutto Lord Callum. Supponeva che avrebbe dovuto considerarlo un gesto gentile. Era ansioso di tornare a casa. E in ogni caso, lei non aveva niente da nascondere.

«Non sono sicura che mi dia fastidio. E se ci fossero cose private?»

«*Ah*» disse lui, con consapevolezza. «Non ho curiosato, Margaret. Ma... Hai qualcosa da nascondere?»

«Beh, io possiedo delle *stranezze*» gli ricordò lei con un sorriso sbilenco.

Lui sorrise, il suo viso si illuminò di nuovo. «Sì, è vero». La baciò. Un altro di quei baci che si limitavano a sfiorarle le labbra avvicinandola leggermente a sé. Le piacevano molto. Lui inclinò la testa, evidentemente non pensava solo a baciarla. «Stranezze diverse dal tuo gioco del Jack?»

Lei ridacchiò e annuì, non sapendo esattamente come spiegare cosa fosse un telefono cellulare, a meno che, ovviamente, lui non sapesse già di quello di Gwen. Maggie sperava che gli abitanti di quel luogo prendessero a cuore il loro detto.

In caso contrario, il mondo sarebbe stato fortemente cambiato da una certa Gwendolyn MacGreggor e dalla sua allegra banda di complici.

Maggie avrebbe voluto indugiare nella colazione, ma capì che Callum era già dieci passi avanti e impaziente di mettersi in cammino. Avrebbero preso una strada più circolare per il ritorno, dato che avevano un carro pieno di provviste per l'inverno e dovevano attenersi a percorrere strade abbastanza larghe da poterci passare. Questo significava anche che il tempo di viaggio verso il rifugio era quasi raddoppiato.

Dopo colazione Maggie si prese un momento di solitudine per assimilare tutto quello che era successo durante il loro soggiorno a Seagrave. Gwen era di sopra con la figlia. Callum e Greylen erano fuori, a controllare la solidità del carro e a fare l'inventario delle provviste che avrebbero portato a Dunhill.

In piedi nel grande atrio, si girò lentamente, memorizzando la sensazione di trovarsi in quel posto, tra quelle persone. Certo, sarebbe tornata, magia della vecchia strega permettendo, ma sapeva che non sarebbe mai stato così. Come la prima volta.

Erano successe così tanti avvenimenti nell'ultima settimana. Tante cose erano cambiate. Il suo legame con Callum era diventato profondo e si era fatta una nuova migliore amica. Venire in quel posto le aveva davvero cambiato la vita, ancora una volta. Voleva assicurarsi che quello fosse uno di quei momenti cristallizzati nella sua mente.

Da non dimenticare mai.

Maggie abbracciò Gwen per salutarla, piangendo e guardandola negli occhi per l'ultima volta. «Ci vediamo in primavera» disse Gwen, annuendo e asciugandosi le lacrime mentre Greylen metteva un braccio intorno alla moglie. Maggie fece lo stesso, grata dell'abbraccio rassicurante di Callum che la condusse al carro e la aiutò a salire. Si voltò e salutò per l'ultima volta, triste per l'addio ai MacGreggor e a Seagrave.

Quando si fermarono per il pranzo, Maggie si sentì un po' meglio. Anche se di nuovo strana per un motivo diverso. Le venne in mente che era seduta in un carro trainato da cavalli, accanto a Callum, suo marito, nel quindicesimo secolo.

«Stai per entrare in un'altra dimensione...» le risuonò nella mente, da un vecchissimo programma che aveva visto in streaming online. *Sì, era proprio lì.*

Scrollandosi di dosso la strana sensazione, Maggie aiutò Callum con i cavalli, fece un rapido giro nella boscaglia isolata, poi sistemò la coperta che Anna aveva preparato per loro. Callum afferrò il cesto pieno di leccornie che la cuoca aveva riempito e si distese su un fianco, ridendo quando lei esclamò: «Insalata di uccelli! Gnam».

«Ah ah» la prese in giro. «È pollo».

«Beh, è uno dei miei preferiti. Soprattutto dentro a questi panini».

Camminarono un po' per sgranchirsi le gambe e poi ripartirono. Il sole stava tramontando quando iniziò a intravedersi il rifugio.

Maggie si meravigliò della differenza che una sola settimana era riuscita a creare.

CAPITOLO 28

Callum si occupò dei cavalli mentre Maggie entrò in casa per sistemare la cena che la cuoca aveva preparato. Fatto questo, mangiarono al tavolino della minuscola cucina. Il piacere della moglie per il pasto gli provocò una risata mentre descriveva quello che stavano mangiando come un altro "ritorno al passato".

«*Ma sul serio*, Callum. Vedi, questo è un medaglione di filetto con salsa olandese».

«Ma *sul serio*, Margaret, sto per prendere la tua porzione e mangiarmela io».

La sua espressione cambiò e divenne preoccupata. «Oh, hai ancora fame? Tieni, per favore. Posso mangiarlo un'altra volta».

L'aveva solo presa in giro, ma Margaret di O'Roarke gli stava dimostrando amore e attenzione. «Ho mangiato abbastanza» le disse. Poi si sedette per godersi i suoi suoni deliziati mentre mangiava.

Dopo averla aiutata a sistemare, si sedettero accanto al fuoco, guardando le fiamme danzare mentre la legna ardeva.

«Hai della musica sul tuo... Come si chiama? Il tuo telefono?» chiese mentre lei si sdraiava tra le sue gambe, con la schiena appoggiata al suo petto. Aveva sentito solo qualche brano dallo strano e all'inizio sorprendente apparecchio di Gwen. Dopo lo shock iniziale, aveva scoperto che gli piaceva molto quello che lei e Grey ascoltavano.

Lei ridacchiò. «Ce l'ho, ma al momento è morto. Solo quando ho detto a Gwen che l'avevo con me ho pensato di provare a caricarlo. Dovrò lasciarlo fuori e vedere se funziona».

«Come mai?» chiese lui, sinceramente curioso.

«La batteria può funzionare con l'energia raccolta dal sole».

«Davvero?» chiese, meravigliandosi di come fosse possibile.

«Credo di sì. O almeno lo faceva» spiegò lei, spostandosi ancora una volta.

«Girati, così ti massaggio la schiena e il sedere».

Lei ridacchiò: «Molto delicato».

Lui capì cosa intendeva e rise. «Non è quello che avevo in mente». Eppure. «So che sei indolenzita. Abbiamo passato una lunga giornata seduti sul legno. A prescindere dall'imbottitura, non è un'impresa facile».

Il massaggio durò molto più a lungo di quanto si aspettasse, visti i gemiti di piacere della moglie mentre le lavorava delicatamente i punti più delicati. Poi fece l'amore con lei accanto al fuoco, nello stesso punto in cui solo una settimana prima aveva lottato per tenerla in vita.

Quella volta, invece di fare l'amore in modo frenetico come avevano fatto fino a ora, il loro momento di passione fu lungo e languido. Quel tipo di amore che possedeva la propria forza nella lentezza. La strinse a sé per molto tempo dopo che si era addormentata, poi la portò a letto, stringendola ancora una volta a sé e infilando la sua testa sotto il mento.

Ci volle un po' di tempo prima che il sonno lo prendesse, preso com'era dal pensiero di tutto ciò che lo aspettava a casa. Aveva passato ore a parlare con Grey, Dar, Aidan e Ronan per riportare in vita Dunhill.

Con grande gratitudine di Callum, Dar si era offerto di venire dopo qualche mese. Forse un po' più tardi, a seconda della complessità di alcuni impegni familiari. Sarebbe stato bello avere il suo amico e confratello a Dunhill.

Aveva molte cose da realizzare e avrebbe visto Maggie prosperare come meritava. Non che lei non fosse stata felice a Dunhill. Lui credeva che lo fosse già. Ma sapendo quanto lei amasse Seagrave, aveva deciso che era giunto il momento di riportare Dunhill al suo splendore.

Callum sentiva il peso di tante responsabilità in quel momento. Maggie e la sua felicità lì, con lui, in quella che equivaleva a un'altra vita.

Il ripristino dell'eredità che suo padre gli aveva lasciato. Cosa avrebbe pensato il potente Fergus Donnan O'Roarke di suo figlio?

Infine, e forse ciò che contava di più, avrebbe onorato l'accordo che sua madre aveva fatto per renderlo felice.

CAPITOLO 29

Secondo i calcoli di Maggie, era durata quarantasei giorni, dodici ore e nove minuti. Quarantadue dei quali trascorsi a Dunhill.

Aveva fatto del suo meglio per mantenere il muro eretto intorno al suo cuore, per autoconservarsi, pur continuando a sostenere suo marito. Callum era un brav'uomo. Ma ogni giorno diventava più difficile dire a sé stessa che non lo amava in *quel* modo.

L'autoconservazione aveva ancora la meglio su di lei. Per il momento. Finché non fosse stata sicura di quanto sarebbe rimasta nel quindicesimo secolo, avrebbe continuato a resistere.

Dall'altro lato, c'era il voto che aveva fatto di sostenerlo e onorarlo in tutto ciò che faceva. Era sua moglie, dopotutto, indipendentemente da quanto la magia o le forze del destino l'avessero portata alla sua porta.

Pensarci la sorprendeva ancora: era letteralmente comparsa alla sua porta ed era diventata l'altra metà della sua vita. La seconda metà della sua vita.

Maggie non si lamentava. Le cose stavano andando bene, anzi benissimo. In realtà, chi voleva prendere in giro? Era tutto straordinario. Per la maggior parte del tempo le sembrava di camminare sulle nuvole. Ecco quanto era felice.

Quando lo aveva detto a Callum, lui aveva riso e aveva detto che era così che gli era apparsa quasi dal primo momento. Una donna che fluttuava nel castello invece di limitarsi a camminare. Aveva ammesso che si era divertito a guardarla scivolare per i corridoi e per le scale, da lontano poco dopo il suo arrivo e poi da vicino.

Non appena rientrarono al castello da Seagrave, nonostante il freddo dell'inverno si stesse insinuando fra le mura, Callum iniziò ad aprire Dunhill. Lo fece con un entusiasmo che lei non sapeva possedesse. A dire il vero, non l'aveva mai visto così impegnato in qualcosa. Dall'alba al tramonto e alcuni giorni anche di più.

Certo, in quel periodo dell'anno le giornate erano corte. Ma comunque lavorava instancabilmente.

Settimana dopo settimana, Maggie notò che sempre più persone abitavano la loro terra. I cottage sfitti venivano ora occupati. Il loro numero cresceva. Di quel passo, Dunhill avrebbe potuto essere a pieno regime entro la primavera.

Quando il tempo rigido o l'oscurità lo costringevano a rientrare, Callum le parlava di riportare il castello al suo antico splendore. Maggie non era sicura di cosa lo spingesse a tutta quell'attività, ma non poteva fare a meno di lasciarsi trascinare dal suo zelo.

Per quanto la riguardava, l'interno della tenuta era sempre stato incantevole. Tuttavia, riflettendoci meglio, notò che lo stile era solo quello di Callum. Le piaceva l'idea di farne la loro casa insieme.

Iniziarono al piano superiore aprendo semplicemente tutte le porte. Insieme attraversarono ogni camera, facendo un inventario mentale. Poi iniziarono a riordinare i mobili, gli arazzi e i giunchi, i veri pezzi d'arte e le cianfrusaglie.

La camera nella torretta che era di Callum e che aveva condiviso per un breve periodo con Fiona, divenne la loro nel corso di poche settimane. Maggie si dilettava a portare rami di sempreverdi freschi e lavanda secca per decorare la stanza, mentre

Nessa e Rose lavoravano a nuove lenzuola e a una coperta per il loro letto.

L'appartamento che era stato dei suoi genitori stava lentamente diventando una graziosa suite per gli ospiti, e non più il santuario di una volta. Tutti i vestiti e le scarpe che Maggie era in grado di usare li aveva spostati nei propri armadi e nella zona spogliatoio all'altro capo del corridoio. Il resto, per il momento, lo avevano impacchettato in cassapanche di ottima fattura realizzate da Callum.

Fu lui a dirle che il marito di Rose avrebbe potuto rivestire tutti gli arredi e così lei iniziò a scegliere nuove stoffe dalla stanza del cucito, provando vari schemi di colori e modelli nel corso di un pomeriggio.

Il cambiamento di Callum la riempiva di orgoglio e si chiedeva se fossero stati il suo arrivo lì, la loro relazione e il matrimonio a fare la differenza. Doveva ammettere che, quando non era preoccupata di tutti i suoi "se", lo percepiva anche lei.

L'ottimismo e l'eccitazione di un nuovo inizio.

Era sufficiente per alzarsi al mattino con rinnovato vigore e vedere il mondo in modo diverso. Fare di quel posto una vera e propria casa, vedere Callum desideroso di fare lo stesso al suo fianco, fece sentire Maggie più sicura di quanto non fosse da anni.

Callum faceva l'amore con lei ogni mattina presto. Spesso prima che sorgesse il sole, desideroso di iniziare le sue giornate. A lei piaceva, naturalmente, la vicinanza di lui e partecipava con ardore e disponibilità. Ma si tratteneva dal concedersi completamente. Se voleva continuare a essere felice in quel posto, e a lungo, sentiva di non poter abbassare la guardia.

Non di nuovo.

Ogni sera lui le tendeva la mano per accompagnarla al piano di sopra e fare l'amore con lei anche prima di andare a dormire. Maggie non era mai stata una grande amante delle coccole e da quella prima notte in cui avevano dormito insieme, davvero insieme, si era sempre stupita del fatto che ogni volta che si svegliava era attaccata a lui come la colla.

All'inizio si era scusata, ma la seconda o terza notte dopo il loro ritorno, Callum le aveva detto: «Mi piace stringerti. Mi piace che tu sia rannicchiata il più vicino possibile a me. Forse ne abbiamo bisogno perché siamo stati privati del tocco di un'altra anima per così tanto tempo. Forse siamo diventati ancore l'uno per l'altra».

Aveva ragione. E anche Gwen aveva ragione, quegli uomini erano più saggi dei loro anni e degli anni in cui erano nati.

Tra una faccenda e l'altra, Callum trovava comunque il tempo per continuare le sue lezioni di spada. Due volte alla settimana la trovava nella sala grande, nel solarium o nel salotto, dove magari stava ridipingendo o si allontanava per finire di leggere una storia che aveva preso da uno degli scaffali. Aveva trovato molti dei libri preferiti di Isabeau che ora stavano diventando anche i suoi. Di solito era così presa da qualsiasi cosa stesse facendo che lui aveva smesso di chiederle di unirsi a lui per le lezioni e si limitava a chiamarla dalla porta d'ingresso: «Prendi la spada, Margaret».

C'era qualcosa che lei trovava affettuoso e speciale quando lui usava il suo nome proprio. A parte le presentazioni, nessuno l'aveva mai chiamata Margaret, nemmeno sua madre. Era sempre stata semplicemente Maggie.

Ricordava il modo in cui Callum l'aveva usato la notte del loro matrimonio e di come l'avesse colpita. Quando lui era stato frenetico quanto lei, e le aveva fatto perdere il controllo. C'era anche un accenno di rispetto, di autorità: lei era sua *moglie*. Era importante. Quindi, quando lo usava adesso, aveva importanza.

Era lui a farla sentire in quel modo, e glielo dimostrava ogni giorno.

Una sera, dopo cena, lei si era addormentata mentre erano sdraiati su un divano nella sala grande. Quando si era svegliata da sola, era andata a cercarlo e lo aveva trovato nel suo studio. Stava scolpendo il legno a lume di candela.

Incuriosita, l'aveva guardato mentre posava quello che stava facendo per ruotare il polso in un verso e nell'altro, flettendo le dita per un po'. Era evidente che si stava impegnando a fondo in quello che stava facendo. Alla sua vista, le aveva fatto un sorriso e cenno di entrare. Non l'aveva mai visto lavorare a qualcosa del genere ed era entusiasta di vedere la sua nuova creazione.

Quando lei gli aveva chiesto cosa stesse facendo, lui aveva teso la mano e l'aveva tirata dietro alla scrivania, facendola sedere sulle sue ginocchia. Poi aveva preso il piccolo oggetto, posandoglielo sul palmo della mano.

Le lacrime avevano iniziato a scendere sulle guance di Maggie mentre guardava la replica di un Jack, intagliato con tanta cura. Non riusciva a immaginare il tempo che lui aveva impiegato per realizzarlo. O quando avesse trovato il tempo per farlo. Lo sguardo di lei si era addolcito e aveva sussurrato: «Callum». Le era sfuggita un'altra lacrima e aveva scosso la testa. «L'hai fatto tu? Per me?» La sua voce si era bloccata. Lui aveva sorriso dolcemente, asciugandole le lacrime. Poi aveva preso l'astuccio appeso al pomello sul piano della scrivania.

«Allunga le mani» le aveva detto, guardandola negli occhi. Le aveva scostato i capelli dal viso passandoli sopra la spalla. Poi le aveva versato il contenuto nelle mani a coppa... Una serie di Jack era caduta fra le sue mani. Ne aveva contati dieci perfettamente intagliati quando lui aveva aggiunto al mucchio quello che teneva in mano. «Ho appena finito l'ultimo».

I pezzi erano bellissimi e intricati. Ogni punta terminava con una piccola sfera arrotondata all'estremità. Maggie si era sentita sopraffatta dalla gratitudine e dalla sensazione di essere davvero riconosciuta da lui. Così sopraffatta da qualcosa che non riusciva a definire con precisione, era scoppiata a piangere. Con sua grande confusione, aveva pianto in modo sconsolato, anche se solo per un minuto. Lui l'aveva stretta a sé, le accarezzandole la schiena e zittendola.

«Margaret, cos'è *questo*?»

Lei aveva sorriso tra le lacrime e compreso, dalla leggera scrollata di spalle e dall'occhiolino, che l'aveva fatto apposta per lei. Le ci era voluto un attimo per ritrovare la voce. «È il regalo più bello e premuroso che abbia mai ricevuto, Callum. Grazie».

«Desideravo portarti gioia, non lacrime».

«Hai portato più gioia nella mia vita di quanta ne avessi mai immaginata». Aveva sorriso, era sincera. «E qui, così lontano nel tempo».

Lui aveva tenuto aperto l'astuccio in modo che lei potesse rimettere dentro i pezzi. Poi l'aveva accompagnata di sopra, a letto, dove aveva fatto l'amore sussurrandole dolci parole all'orecchio.

Quindi sì, tutto andava a gonfie vele, *fino a quando qualcosa non cambiò.*

E tutto si trasformò, in un attimo. La sua spirale nell'abisso iniziò quella stessa mattina, quando improvvisamente fu invasa da quella sensazione di nausea che si prova quando ti gira la testa e la saliva ti risale in bocca. Callum era uscito per andare a lavorare all'esterno, così almeno non aveva un testimone mentre si sforzava di vomitare senza successo.

Ripensando a tutto quello che aveva mangiato la sera prima, si era resa conto con un sussulto di essere in ritardo per il suo ciclo mensile. Una cosa che non le era mai successa in tutta la sua vita. Il sole sorgeva e tramontava anche in secoli diversi, ma Maggie era sempre puntuale.

Era così stupita che per un attimo dimenticò la nausea che provava. Lei e Derek non avevano mai avuto il timore di una gravidanza in tutti gli anni trascorsi insieme, e non erano *sempre* stati attenti. Dentro di sé, Maggie temeva che significasse che non avrebbe potuto avere figli. O forse avrebbero avuto bisogno di un po' di aiuto per stimolare la fertilità al momento giusto.

Un'intensa ondata di nausea la riportò al presente e si strinse lo stomaco, pensando alla vita che lei e Callum avrebbero potuto creare insieme. *Avrebbero avuto un bambino.*

La testa le cadde all'indietro mentre le lacrime di gioia e risate sgorgavano da lei, perché sapeva assolutamente che era questo che voleva. Maggie fu così sopraffatta da quell'impeto di gioia che rimase stordita. Le fu subito chiaro anche un altro aspetto. Amava, o meglio, AMAVA quell'uomo, e non poteva più negare quanto.

Le sue difese crollarono all'improvviso, e se lui l'avesse guardata in quel momento, avrebbe visto chiaramente i suoi veri sentimenti. Lui meritava il suo amore e lei glielo avrebbe detto quella stessa notte. A prescindere da ciò che sarebbe potuto accadere, non poteva più vivere nella paura del *cosa succederebbe se*.

Nel tardo pomeriggio, mentre aiutava Nessa e Rose a sistemare alcuni dei soprammobili di Isabeau nella sala grande, Maggie sentì un suono simile a quello di una calca di persone provenire dal cortile. Il sorriso che aveva lottato per tenere lontano dal suo viso svanì in un istante. Sapendo cosa significava l'ultima volta, entrò immediatamente in stato di massima allerta.

Corse a vedere cosa stava succedendo e si fermò sui gradini d'ingresso per trovare Callum in tutta la sua gloria, il suo fiero guerriero, circondato dai suoi compagni mentre si dirigeva verso le porte della fortezza. A volte le mancava il fiato quando lo vedeva, e non riusciva a credere che, per uno strano scherzo del destino, fosse lui il suo prescelto. Si era persino dimenticata di aggiungere *in quel secolo*.

Maggie rimase in piedi, congelata nell'arco della sala grande. Quando Callum la vide, fissò i suoi occhi su quelli di lei, con uno sguardo serio e determinato. Nei mesi in cui lo aveva conosciuto, aveva imparato a conoscere tutti i suoi aspetti. L'anima gentile che aveva incontrato la prima volta e ora il guerriero implacabile.

Amava ogni singola parte di lui. Ogni singolo centimetro dentro e fuori. Come aveva fatto a dubitarne?

La profondità della sua ammissione fu sorprendente e la fece quasi cadere a terra. Vacillò fisicamente. E in un attimo lui la raggiunse, per tenerla ferma.

Maggie si aggrappò alle sue spalle. «Dove stai andando?»

«Ci sono dei problemi a sud».

«Aspetta». Corse in camera loro e afferrò la spada. Quando tornò era senza fiato.

«Non la vedevo da anni!» esclamò Dar sorpreso, perché lui e Graham avevano raggiunto Callum sui gradini. I suoi occhi si socchiusero e un'espressione perplessa gli attraversò il viso, proprio come tutti gli altri quando notavano che l'elsa ora conteneva la pietra.

Poi, inaspettatamente, Dar allungò la mano e afferrò l'elsa, prendendo la spada in mano. La tenne in alto e i suoi occhi si spalancarono, così come quelli di Maggie, quando la spada vibrò e il gioiello brillò.

Un'esplosione di LUCE.

Maggie sentì il riverbero a un metro di distanza. Lo stesso che aveva sentito il giorno in cui era stata trasportata lì, tanto tempo fa. Tanto tempo prima aveva smesso di contare i giorni trascorsi da quando aveva lasciato il ventunesimo secolo, e aveva invece contato solo i giorni trascorsi da quando si era sposata con Callum.

Di riflesso, la sua mano si allungò verso la spada e le immagini di casa, di Celeste e della vita che si era lasciata alle spalle le balenarono davanti agli occhi. Poi, altrettanto improvvisamente, fece un salto indietro, allontanandosi il più possibile, terrorizzata da ciò che aveva quasi fatto, sperando che non fosse troppo tardi.

Ti prego, Dio, non farmi tornare indietro. Non ora. Continuò a pregare, con gli occhi chiusi.

Al rumore della spada che cadeva a terra, li aprì per vedere Dar che scuoteva il braccio, chiaramente incerto su cosa fosse accaduto, ma abbastanza intelligente da lasciar perdere. Entrambi gli uomini la fissarono per un attimo. Poi un pensiero attraversò il volto di Callum, che si chinò per recuperare la spada ormai inanimata e la pietra tornata al suo aspetto normale.

CAPITOLO 30

Callum accorse da sua moglie, che si era rannicchiata dietro la colonna di pietra.

«Maggie». *Poteva essere vero?* La sua reazione era stata certamente molto eloquente. La paura era evidente sul suo volto. Vedendola così in difficoltà, mise da parte i suoi pensieri e le tese la mano: «Vieni, amore».

Gli occhi di lei passarono dalla pietra a Dar e poi a lui.

«Si è fermata. Vedi?» La girò in mano per mostrargliela, ma lei indietreggiò. Cercò di porgere la spada a Dar, ma Dar scosse la testa come se avesse afferrato la peste e alzò le mani in aria.

Sospirando, Callum posò la spada e si avvicinò alla moglie. «Margaret. Per favore».

«Callum» avvertì Dar. «Dobbiamo andare».

Lo sapeva, e sentiva i mugugni degli uomini diventare sempre più forti. Ma era combattuto nel lasciarla così. Callum scosse la testa, mettendosi di fronte a lei che lo guardava. «Io...»

«Sii prudente» sussurrò lei. «Ti prego, Callum».

Lui ricambiò il suo sguardo, gli occhi di lei che coglievano ogni parte del suo viso. Era lo stesso sguardo che aveva avuto quando erano al lago e pensava di annegare. Prima che lui potesse dire qualcosa, lei si voltò e tornò di corsa nel castello, salendo le scale.

Fu mentre camminava verso le scuderie, con il peso della spada in mano, che il vortice nella sua testa si schiarì abbastanza da dare un senso a ciò che credeva fosse appena accaduto. Montò a cavallo, continuando a rielaborare il pensiero nella sua mente.

Sua moglie aveva scelto lui.

Le era stata data una possibilità. L'aveva visto chiaramente, la spada che si illuminava per la prima volta da quando era arrivata all'abbazia.

Aveva scelto lui.

Per un attimo aveva conosciuto la vera paura quando la spada aveva tremato nella mano di Dar. La frazione di secondo in cui la mano di Maggie si era protesa nella sua direzione lo aveva quasi ucciso. Poi era balzata indietro come se si fosse bruciata, con il terrore che le si leggeva in faccia.

Callum seppe allora, senza nemmeno un briciolo di dubbio, che lei lo amava. Amava la vita che avevano e che stavano costruendo insieme. Tutto ciò che faceva era per lei. La sua felicità era fondamentale per tutti, ma lui era stanco di placare le sue paure.

Avrebbe risolto la questione una volta per tutte.

Facendo girare il cavallo, Callum si diresse verso il cortile invece che verso i cancelli.

Il suo passo doveva aver annunciato la sua presenza, perché lei aprì la porta della loro camera proprio mentre lui la raggiungeva, facendo un passo indietro quando vide il suo sguardo determinato e la mascella serrata.

«Dimmi, Margaret» disse lui avanzando mentre lei continuava a indietreggiare.

«Dirti cosa, Callum?» sussurrò lei, senza guardarlo negli occhi.

«Quello che *non* mi hai detto di proposito, nonostante i tuoi sentimenti. Quello che hai chiesto anche a me di non dire. Basta con questa storia. Mi hai sentito, basta!»

«Ti prego, non farlo».

«Sono stato spaventato quanto te». Il suo cuore si sentiva come stretto in una morsa per tutto l'amore che provava per lei. Era l'ultima cosa che voleva. Mai. Sentirsi di nuovo così. Eppure, ecco che gli succedeva di nuovo, ma ancora più profondamente a causa della loro esperienza e della loro perdita. Fin dal primo momento, aveva sentito che Maggie gli apparteneva. Non per credo o per diritto, per quanto potesse sembrare maschilista. Ma per Dio, per il fato, per il destino, una fra queste scelte. Maggie gli apparteneva a un livello profondo come l'anima. Lui lo percepiva e sapeva che anche per lei valeva lo stesso. «Ma stiamo continuando a girare intorno alla verità. Questo è il nostro amore, e in nome di Dio, io dico di prenderlo».

Lei scosse la testa, i suoi riccioli morbidi e ondulati ondeggiavano da una parte e dall'altra. Lui si spostò in piedi davanti a lei, sollevandole delicatamente il mento mentre il dorso delle sue dita le sfiorava il collo.

«Dillo» ordinò, ma con dolcezza.

«Ti prego, Callum».

Aspettò che lei incontrasse il suo sguardo. «Ti amo, Margaret Siobhan Sinclair O'Roarke».

Mentre una sensazione di libertà lo attraversava a quelle parole, lei sussultò e fece un passo indietro.

«Non dirlo ad alta voce» esclamò lei a bassa voce. «Hai visto cos'è appena successo? È tutta colpa mia!»

«Che colpa hai?»

«Ci ho pensato. Ci ho pensato e ora mi rivuole indietro! *Siamo* maledetti» disse con enfasi, annuendo con la testa.

«No!» In nessun caso. Per prima cosa, non pensava che *quella cosa* la volesse indietro. Non che l'avrebbe mai lasciata andare. In realtà, la spada non brillava per Maggie.

Era per Dar.

In ogni caso, si sarebbe trovato ad affrontare nuovamente le stesse questioni. «*Non* siamo maledetti, Maggie. Non siamo responsabili della morte di Fiona, né di Derek. Non stiamo rivivendo un incubo che si ripeterà ancora e ancora. Il destino non sarebbe mai così crudele. Lo giuro». Lo ripeté altre due volte, sapendo che era una sua paura. Era determinato a trovare l'incantatrice in primavera e a mettere fine a quella storia.

Lei gli lanciò un'occhiata e il suo cuore si spezzò per quello che temeva avrebbe detto.

«Ma se lo *fossimo*, Callum? Prima ho provato una sensazione di gioia incredibile. Ho pensato a noi, e guarda cosa è successo. Si è illuminata! E se dovessimo continuare a rivivere ancora e ancora questa sensazione, per poi perdere tutto alla fine? E se...»

«Basta». Callum scosse la testa e fece un passo avanti, prendendola tra le braccia. Lei si irrigidì un attimo prima di rilassarsi nel suo abbraccio. Lui adorava stringerla a sé. La sua struttura si adattava perfettamente al suo corpo. Poi lei gli si rannicchiò addosso e gli strofinò la guancia sul petto. «Guardami, Maggie».

Si tirò indietro, con gli occhi spalancati e fiduciosi.

«So che hai paura» disse lui. «C'è una ragione per cui stiamo insieme, Margaret Siobhan. Non so come o perché, semplicemente è così». Le prese il viso tra le mani e poi la baciò. «Dimmelo» disse.

Maggie sembrò voler parlare, ma non ne uscì nulla.

«Dimmelo» disse ancora.

«Io... Io... Sono incinta».

L'affermazione lo stordì. Come se avesse ricevuto un colpo, incespicò all'indietro, poi si irrigidì. Margaret era sterile. Ne era sicuro. Aveva trascorso dieci anni con Derek senza rimanere incinta. Sebbene la consapevolezza fosse devastante in quel momento, lui ci aveva riflettuto a lungo ed era in pace per il fatto di non poter avere figli. Anzi, era arrivato a credere che fosse la cosa migliore.

Lui e Margaret e il loro amore erano sufficienti.

Callum si voltò a guardare fuori dalla finestra, mentre nella sua mente si affollavano pensieri spontanei sull'ultima volta che aveva sentito quelle parole. E agli orrori che ne erano seguiti. Quando si voltò verso Maggie, non sapeva cosa dire. Non sapeva come esprimere tutto ciò che provava, il bene e il male.

Così, fece l'unica cosa che gli venne in mente.

«Devo andare» le disse, poi si girò e se ne andò.

CAPITOLO 31

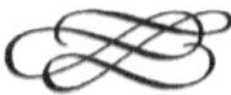

Le porte di Seagrave si aprirono, accogliendo in silenzio l'arrivo di Maggie, che salì le scale d'ingresso. Gwen attraversò l'atrio, con la bambina in braccio, e si voltò per vedere chi stava arrivando o andando via. Nel vederla, trasalì.

«Maggie? Cosa ci fai qui?» chiese, andandole incontro appena dopo la soglia.

Maggie afferrò la mano libera di Gwen. «Io... Io... Ho solo bisogno di un posto dove poter pensare. Un posto dove so...» Ma in realtà, no, non lo sapeva.

Era scappata via.

Maggie era rimasta al centro della stanza che condivideva con Callum, con il cuore spezzato. Voleva dirgli che lo amava e invece gli aveva rivelato di essere incinta. Lo sguardo che lui le aveva rivolto, il silenzio che ne era seguito e il suo voltarsi deliberatamente mentre lei lo guardava allontanarsi l'avevano sconvolta.

Era così stordita che non era riuscita a muoversi finché non l'aveva sentito allontanarsi con i suoi uomini pochi minuti dopo. Tremando, si era asciugata le lacrime e, non sapendo cosa fare, aveva preso la sua borsa. Aveva messo in valigia i vestiti per qualche giorno e i suoi tesori, il set di Jack che aveva portato con sé, il telefono e, tra i vestiti e la biancheria intima, il nuovo set che Callum aveva fatto per lei.

Mentre camminava oltre la soglia della loro stanza, aveva preso la spada di Callum, quella di ricambio. Sperava di non doverla usare per difendersi.

Aveva lasciato un biglietto per Nessa e Rose, sapendo che avrebbero subito avvisato Albert. Ma in realtà, cosa potevano fare? Non poteva certo mandare un messaggio a Callum per dirgli che era partita.

Edward aveva già terminato i suoi compiti nella scuderia per la notte. Dopo che tutti se ne erano andati, lei aveva potuto prendere la sua cavalla senza che nessuno se ne accorgesse. Aveva preso il sentiero che l'avrebbe condotta al rifugio, grata di riuscire a ricordarsi la strada. Lì, lei e la cavalla si erano riposate un po'. Con la luna piena a guidarla, era ripartita. Dopo qualche ora era arrivata a Seagrave proprio mentre il sole stava sorgendo.

Era ancora carica di adrenalina, ma appena sotto la superficie la stanchezza la divorava.

«Aspetta». Gwen fece una pausa e guardò oltre la spalla di Maggie e verso il cortile. «Dov'è Callum?» chiese. Gli occhi di Gwen si spalancarono e le strinse la mano, in quella frenesia che precede la conferma di un sospetto. «Non sa che sei qui, vero?» esclamò Gwen.

A quel punto, il suo sguardo si diresse verso gli uomini che stavano vicino alle porte. *Già, come se non avessero sentito.*

Maggie si limitò a scuotere la testa. «Callum se n'è andato con Dar e i suoi uomini. Stavano andando via... Sono andati via con le loro spade».

«Oh, cielo». Gwen abbassò lo sguardo e sembrò considerare qualcosa per una frazione di secondo prima di gridare: «Marito!»

Maggie le strinse la mano. «Gwen, cosa stai facendo?»

«Lo scoprirà. Dobbiamo dirglielo subito». Lei scosse la testa. «Te l'ho detto, è meglio strappare subito il cerotto. È l'unico modo».

Greylen si diresse verso le scale, mano nella mano con il loro figlio maggiore. Ovviamente stavano tutti andando in cucina per la colazione. Fece un sorriso confuso a Maggie, poi chiese alla moglie perché lo avesse chiamato.

«Maggie è venuta a stare con noi» disse Gwen, e Maggie la ringraziò in silenzio.

Greylen scosse la testa, sgranò gli occhi e disse a Gwen: «Sì, moglie, lo vedo». Il sarcasmo era leggero, ma in quel momento lei invidiava l'affetto e l'amore che quei due condividevano.

Gwen sospirò. «Greylen, Maggie è venuta a stare da noi».

Greylen sgranò gli occhi quando lei si ripeté. «Devi perdonare mia moglie, Maggie. È soggetta a crisi di stupidità».

Guardò Gwen con affetto, poi, un attimo dopo, la sua testa scattò nella sua direzione e improvvisamente tornò a essere il Laird e il guerriero del quindicesimo secolo che lei conosceva.

«Callum non sa che sei qui? Sei venuta da sola?» Guardò il cortile da una parte e dall'altra. «Sei venuta qui a sua insaputa o all'insaputa di altri?» La sua voce aumentava a ogni parola, finché Gwen non gli mise una mano sul braccio nel tentativo di calmarlo. I loro figli non indietreggiarono, evidentemente abituati alla voce alta. «Sai come ha perso la moglie?» disse Greylen, rivolgendosi a lei. «Hai idea di cosa potrebbe pensare quando tornerà e tu non ci sarai perché sei scappata?» Peggiorò la situazione e gridò. «Da sola!»

Il cuore di Maggie affondò, rendendosi conto di aver appena ricreato la peggiore paura di Callum. Il suo viso ebbe un crollo e iniziò a piangere. Tra un rantolo e l'altro, quasi soffocò. «Io... Gli ho detto che ero incinta».

Sprofondò in ginocchio mentre Greylen ruggiva e rimase sul freddo pavimento di pietra mentre Gwen cercava di calmarla.

CAPITOLO 32

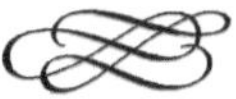

Maggie languì a Seagrave per cinque lunghe notti e sei giorni ancora più lunghi. Riusciva a malapena a mangiare, non solo per le nausee mattutine, ma anche per il mal di cuore che provava. Non sapeva che fosse una cosa vera. Il mal di cuore.

Lo era.

Era più debilitante di tutto quello che aveva passato negli ultimi anni. E questo diceva tutto. Tutto ciò che voleva, era ripetere da capo quel giorno a Dunhill. L'occasione di dire a Callum che se le fosse stata data la possibilità di scegliere tra tornare alla sua vita nel futuro o costruire un futuro *lì*, in quel momento, con lui, *non* avrebbe avuto esitazioni.

Avrebbe scelto lui.

A mani basse, ogni volta.

Avrebbe alzato bandiera bianca per arrendersi. E ancora di più, avrebbe lottato per lui. Lo amava. Era totalmente innamorata. E avrebbe fatto di tutto, avrebbe *dato* qualsiasi cosa per avere la possibilità di sistemare la situazione.

Ora capiva che tutto era stato causato dallo stato di shock: con Dar che lo esortava a intraprendere un viaggio, indubbiamente importante, durante il quale avrebbe rischiato la vita, e la sorpresa per la sua dichiarazione. Maggie riuscì a comprendere la sua reazione.

Secondo Greylen, Callum aveva avuto l'impressione che lei non potesse avere figli. Poteva capire perché l'avesse pensato e, onestamente, era sorpresa che avesse preso in considerazione la questione. Ma Callum era così, andava avanti a tutta forza con i progetti per la loro vita insieme, mentre lei vacillava sul filo del rasoio, terrorizzata di superare il limite.

Si sentiva piccola ed egoista sapendo di aver tenuto nascosto un pezzo di sé a Callum. L'uomo che le aveva dato tutto ciò che era in suo potere darle, quando lei non riusciva a dirgli quanto lo amasse e lo adorasse.

Ora era diverso stare a Seagrave. Solo poche settimane prima, Maggie non vedeva l'ora di andarci.

Adesso, invece, voleva solo tornare a casa.

Ma Greylen si rifiutava di lasciarla andare via, anche con una scorta. Le disse che aveva mandato un messaggio a Callum, che era lì e al sicuro e che sarebbe rimasta sotto la loro custodia fino a quando non fosse venuto a prenderla. Aveva detto che era sotto la loro custodia solo per mettere le cose in chiaro. All'inizio Greylen si era, comprensibilmente, arrabbiato per conto dell'amico. Era stata una piccola fortuna che si fosse ricreduto poco dopo.

Anche Isabelle e Gavin, che lei non vedeva l'ora di incontrare, anche se in circostanze diverse, erano giunte a Seagrave da qualche settimana. Ed erano in cima al pianerottolo quando lei era arrivata per la prima volta, osservando tutta la scena. Maggie non aveva fatto la migliore delle impressioni. Tuttavia, scoprì presto che erano davvero fantastici. Anche se non era una sorpresa, conoscendo Gwen e Greylen.

Maggie ricevette molti sguardi compassionevoli e parole di conforto da parte degli uomini, mentre Gwen e Isabelle fecero del loro meglio per consolarla. Condivise il suo Jack con le ragazze. Non il set che Callum aveva fatto per lei; glielo aveva mostrato solo perché potessero ammirarlo. Era orgogliosa di mostrarlo e si vantava del suo talento. Aveva anche aggiunto, mostrando la mano, che la fede nuziale l'aveva fatta lui stesso. I primi due giorni non si erano preoccupate di sentire i suoi racconti, ma poi avevano iniziato ad alzare gli occhi al cielo, stanche di sentirla esaltare le sue virtù.

Lei ci aveva provato, davvero. Ma tutto ciò che voleva era vedere Callum. Assicurargli che stava bene. Dirgli che lo amava. E pregarlo. Implorarlo di perdonarla. Sperava che potessero tornare indietro, costruire un posto migliore di quello che avevano prima.

Un tardo pomeriggio era in piedi davanti alla finestra della sua camera, quando improvvisamente la sagoma di un cavaliere apparve lontano all'orizzonte. I brividi la assalirono alla vista di colui che sperava fosse suo marito, il padre di suo figlio. Con il viso e le mani premuti sul vetro, trattenne il respiro finché non riuscì a scorgere i colori di lui che danzavano nel vento dal retro della sua sella. Con le lacrime che le rigavano il viso, Maggie lo guardò correre sul sentiero che portava alla collina appena oltre le mura di Seagrave.

I cancelli si aprirono mentre lui si avvicinava e lei gli corse incontro.

Quando raggiunse il pianerottolo, le porte si spalancarono. Callum gridò il suo nome.

«*Margaret Siobhan O'Roarke!*» Poi ci fu una pausa. «*Fatti vedere!*»

Attraversò di corsa l'atrio e le porte, fermandosi di colpo nel portico. Callum era lì, con la spada sguainata, come se avesse intenzione di combattere. Fu allora che Maggie si rese conto del suo stato.

Si bloccò e si portò le mani alla bocca.

La parte sinistra del viso era ricoperta di sangue secco. Anche i vestiti ne erano ricoperti dallo stesso lato. Quando apparve, lui si passò il braccio libero sulla fronte, si concentrò su di lei, poi vacillò e crollò. Cadde a terra con tanta forza che intorno a lui si alzarono sbuffi di polvere.

Maggie urlò, un urlo straziante dal fondo dei polmoni. Poi corse, crollando accanto a lui, singhiozzando il suo nome.

«*No! Callum! No no no!*»

Il resto avvenne in un momento concitato da film dell'orrore. Qualcuno la trascinò via dal suo corpo e la trattenne mentre Greylen girava Callum, gridando il suo nome. Gwen accorse, inginocchiandosi accanto a lui, per controllare i suoi segni vitali. Cominciò a scuotere la testa e a quel punto Maggie pensò al peggio e ricominciò a urlare.

Il suo incubo peggiore prendeva vita.

Ancora una volta.

Per la seconda volta in due secoli, doveva convivere con la perdita.

Erano maledetti.

Il senso di colpa la consumava. Perché gli aveva nascosto i suoi sentimenti? Sembrava inutile ora, lui non aveva mai saputo quanto fosse importante per lei. Quanto lo amasse. Che stavano per avere un bambino. Stava piangendo così forte che iniziò a rantolare e a soffocare.

«Mettila giù, Kevin» gridò Gwen al loro uomo d'armi.

Inginocchiata a quattro zampe, Maggie piangeva e tossiva così forte da vomitare, poi si raggomitolò in una palla.

Fissò il corpo di Callum con aria assente, guardando gli uomini che correvano verso di lui trasportando una vecchia porta di legno. Continuò a osservarlo mentre Greylen e Gavin lo giravano su un fianco in modo da poter spostare la barella improvvisata sotto di lui.

Ci vollero sei uomini per sollevarlo. Maggie scavò la terra davanti a sé nel futile tentativo di raggiungerlo, mentre lo portavano via e lo trasportavano verso il castello, e trovò abbastanza forza per scacciare le mani che cercavano di spostarla.

Voleva rimanere lì e morire.

Contro i suoi ultimi desideri, qualcuno la prese in braccio. Il confortante e cullante "Ssh", con sua grande sorpresa, proveniva da Greylen.

«Sta bene, Maggie» disse, con voce calma. «È solo esausto, non veramente ferito. Sembra che nella fretta non si sia mai fermato o riposato. Ha solo bisogno di dormire e di acqua. Gwen dice che tornerà come prima, qualunque cosa significhi».

Un povero gatto ululò di dolore da qualche parte. Era un suono terribile e Maggie voleva solo che smettesse. Poi, mentre Greylen la teneva stretta e la cullava, si rese conto che il rumore, ora placato dal suo conforto, proveniva da lei.

Ancora disorientata e confusa, fu portata accanto a Callum in una stanza vicina alla cucina che Maggie non aveva mai visto prima. Una stanza che poteva solo descrivere come un'infermeria. Non era assolutamente all'avanguardia. Ma sembrava che Gwen potesse fornire un minimo di aiuto quando necessario.

Greylen la fece accomodare su una sedia accanto al tavolo di legno su cui trasferirono Callum. Poi Gwen chiese dell'acqua calda e guardò Maggie. «Aiutatemi a lavarlo, poi potranno spostarlo di sopra».

Lo lavarono a mano e Maggie gli pettinò i capelli sporchi, poi li lavò e li sciacquò. Greylen tornò con un paio di morbidi pantaloni con coulisse che gli fecero indossare. Quindi lo portarono al piano di sopra, sulla porta ormai pulita e drappeggiata con un lenzuolo fresco, ovviamente usato per trasferire i pazienti.

Gwen le assicurò che stava bene. Non sapeva dire quando fosse stato ferito, ma spiegò a Maggie che le ferite alla testa sanguinavano molto, facendole sembrare peggiori di quanto potessero essere. Lasciò un barattolo di pomata sul comodino, in modo che Maggie potesse riapplicarla quando necessario.

Ora Maggie era accanto a lui, gli rimboccava le coperte e gli passava le dita tra i capelli, mentre Anna si occupava di preparare un bagno caldo per lei nella sua stanza.

Era un disastro.

Quando Maggie ebbe finalmente la certezza che Callum sarebbe stato bene, che non doveva fargli la guardia per tutta la sera, si infilò nel letto accanto a lui.

All'inizio temette di disturbarlo, ma lui di riflesso la strinse a sé.

Fu l'ultima cosa che ricordò dopo avergli sussurrato «Ti amo».

CAPITOLO 33

Callum si svegliò lentamente. Gli occhi pesanti e il corpo spossato. Il dolce profumo di Maggie e il suo corpo stretto contro di lui erano un balsamo vitale per la sua anima. Inspirò profondamente, le palpebre ancora troppo pesanti per poterle aprire. Poi, con suo grande dispiacere, le sue spalle iniziarono a tremare e si abbandonò a singhiozzi silenziosi e strazianti, mentre le sue braccia si stringevano intorno al corpo di lei.

Sentì le sue lacrime sul petto mentre piangeva con lui. Santo cielo. Era stata la peggior settimana della sua vita. Persino la notizia della sua salvezza non era riuscita a rasserenarlo.

In sostanza, aveva evitato la moglie incinta. La sua bella Margaret, il cui unico ostacolo sfuggiva al suo controllo. Il suo dolore per aver lasciato Celeste e la paura di amare e perdere di nuovo, vivendo nell'incertezza della sua permanenza qui, con lui.

Secondo lui, nessuna di quelle cose era un vero affronto.

Margaret era diventata la ragione per cui si svegliava presto ogni mattina con la sete di vivere di nuovo la vita al massimo. Il destino, la fortuna e Dio avevano concesso loro di nuovo quella possibilità, un'opportunità per amare e vivere una vita piena di soddisfazioni.

Da quel giorno in poi, non sarebbe stata vana.

Aprì gli occhi, sollevando lentamente la moglie sul cuscino. La mano di lei gli sfiorò delicatamente il viso, poi si posò sulla nuca. Scosse la testa guardandola: «Margaret». Era un rantolo, ma ci riuscì. «Mi sei mancata, amore».

Non era quello che aveva intenzione di dire per prima cosa, ma era talmente sopraffatto, che fu tutto quello che gli uscì dalla bocca. Le sue labbra sfiorarono la fronte e gli occhi di lei. «Non avrei mai pensato che avremmo avuto un bambino tutto nostro».

«Ma?» disse lei con aspettativa, con gli occhi pieni di preoccupazione.

«No, non c'è nessun ma». Lui scosse di nuovo la testa. «Possiamo riempire tutta Dunhill di figli, se questo è il volere del destino».

«Ti amo, Callum».

«Lo so, Margaret».

«Davvero?» Nei suoi occhi brillava il sollievo.

Lui sorrise. «Sì, me lo dimostri ogni giorno, amore. In tutto ciò che fai. Ti amo più della vita stessa, Margaret di O'Roarke. Sei il sole che nutre la mia anima. Davvero, sei il mio tutto».

«Anch'io ti amo, Callum di O'Roarke. Mi rendi più felice di quanto abbia mai creduto possibile».

«Anche qui?»

«Sì, anche qui».

«Allora dico che è ora di vivere, amare ed essere veramente felici».

«E così sia» sussurrò lei.

La sua mano le sfiorò il lato del viso e la baciò. «Sì, amore mio. Così sia».

EPILOGO

Maggie e Callum camminavano mano nella mano alla fiera di primavera, aggirando le tende dove le famiglie si accampavano per la notte e dirigendosi verso le bancarelle allestite da chi vendeva i propri prodotti. Si erano fermati due volte per assaggiare qualche boccone di cibo delizioso, ma Maggie stava già pensando a cosa avrebbero provato in seguito. Il suo stomaco era rotondo e teso con il bambino che cresceva al suo interno.

Sembrava che ultimamente provasse un entusiasmo crescente per quasi ogni cosa.

Dar, che aveva alloggiato a Dunhill nelle ultime settimane, li invitò ad aspettare. Era la terza volta che qualcosa attirava la sua attenzione e Maggie ridacchiò, strattonando la mano di Callum e indicando di nuovo l'amico. Il marito ne approfittò per avvicinarla e baciarla mentre Dar tornava da loro.

Li raggiunse con un ampio sorriso sul volto, che Maggie ricambiò. Si era affezionata a Dar da quando era venuto a stare con loro. Le piaceva averlo intorno. In effetti, aveva preso possesso della suite degli ospiti che era stata dei genitori di Callum.

Era divertente ma non superficiale, e davvero di buon cuore. Insomma, era rimasto a Dunhill per aiutare Callum dopo che si era sentito così disperato da buttarsi a terra. Letteralmente.

Maggie sospettava che Dar propendesse per Callum, come Callum per Grey.

La sua ossessione di ascoltare storie sul ventunesimo secolo le faceva ricordare il tizio del primo film di *Terminator*. Al contrario, naturalmente, dato che Dar viveva nel passato ma era affascinato dal futuro.

Solo una settimana prima, o poco più, gli aveva parlato di come era arrivata nel quindicesimo secolo. Non sapeva che Callum avesse raccontato a tutti i suoi confratelli di lei e delle sue origini. Aveva senso, supponeva, visto che tutti loro sapevano di Gwen. Appurato che Dar non si sarebbe spaventato, si rivelò vero il contrario: era affascinato dal futuro ed era pieno di domande. Così Maggie gli raccontò delle storie e gli mostrò quello che poteva sul suo telefono. Era finalmente riuscita a ricaricare la batteria solare.

Quando una sera scoppiò a piangere per la disperata mancanza di Celeste e per la preoccupazione che pensasse che Maggie l'avesse abbandonata, Dar si offrì di portarle un messaggio. Maggie aveva la sensazione che fosse più preso da Celeste che dal pensiero del futuro in sé, ma forse non era poi un male. Spesso fissava la sua foto a lungo. Era dolce.

Dar prese di nuovo la spada per vedere se brillava. E lo fece. Per il momento, tutti decisero che sarebbe stato meglio mantenere una politica di non intervento nei confronti di Dar. L'ultima cosa che volevano era che viaggiasse nel tempo verso Dio solo sa dove, finché non fosse stato veramente pronto.

Proprio mentre Dar li raggiungeva, l'attenzione di Maggie fu catturata da qualcos'altro. Sussultò e afferrò con forza la mano di Callum. I suoi occhi si posarono su una donna dai bellissimi capelli rossi e dagli occhi così verdi e vivaci che sembravano brillare.

Era giovane, molto, molto più giovane di quando Maggie l'aveva incontrata la prima volta, ma non poteva negare che fosse lei. La donna inclinò la testa e sorrise, fermandosi davanti a loro. Guardò da Maggie a Callum e viceversa, poi osservò la pancia. La toccò con la mano. «Vedo che vi siete trovati. Un altro ragazzo che porta il nome della famiglia. Tuo padre Fergus sarebbe molto orgoglioso di te» disse, sorridendo calorosamente a Callum, mentre Maggie se ne stava lì, sbalordita. «Per rispondere alla tua domanda, siete l'uno il vero amore dell'altra. Vi eravate già trovati, ma il destino a volte è volubile. Ti è stata concessa un'altra possibilità con l'accordo fatto da tua madre, Callum».

Poi, come se le cose non fossero già abbastanza strane, indicò Dar. «Preparalo bene. Il futuro potrebbe non essere pronto per lui, ma lui lo sarà per davvero. Celeste lo aspetta. Il momento è quasi arrivato».

E poi se ne andò. Maggie allungò il collo per vedere dove fosse andata. Ma era come se fosse scomparsa nel nulla. Forse era così.

Suo marito si voltò verso di lei, sorridendole con tutto l'amore di cui la ricopriva ogni giorno. «Mia regina, sei soddisfatta ora?»

Lei inclinò pudicamente la testa e fece un inchino come se lui fosse un re. «Mio signore, sono ora e per sempre al vostro servizio».

IL PATTO

Estratto Dal Libro Iii Della Serie *Highlands: Oltre il velo del tempo*

«Vattene». Darach MacKenna sputò fuori le sue parole, poi accartocciò la pergamena che gli era stata consegnata, guardando chi gliel'aveva consegnata dritto negli occhi. Senza distogliere lo sguardo, la gettò nel fuoco scoppiettante, poi si voltò, lasciando l'attonito gruppo di visitatori sulla scia dei suoi passi pesanti.

«Non puoi rifiutare un ordine del genere!» gridò uno degli uomini alle sue spalle.

Dar si fermò, tutto il suo corpo si irrigidì come se *fosse* la possente quercia di cui portava il nome; *Darach, quercia in gaelico*. Alto e possente, sapeva che la sua stazza incuteva intimidazione e paura e, in momenti come quelli, la usava a suo vantaggio. Quando si voltò, i quattro uomini indietreggiarono di un passo mentre lui si dirigeva verso di loro. Dar li indicò, brandendo tutta la forza del suo braccio muscoloso. «L'ho appena fatto» dichiarò con fermezza, con la rabbia che stava per esplodere.

Dubitava che quegli uomini sapessero quanto fosse precaria la loro situazione, perché in quel momento desiderava ardentemente una sanguinosa rissa per alleviare le sue sofferenze. Sapendo che non avrebbe dovuto continuare a nutrire tali pensieri, Dar si distrasse volutamente rivolgendosi al fuoco, dove il messaggio ricevuto era già diventato fuliggine. Sebbene il foglio si intravedesse ancora leggermente fra le braci scoppiettanti, oramai non era altro che polvere, e gli ricordava chiaramente quanto fosse volubile la vita, come tutto potesse cambiare in un batter d'occhio.

«Non lo vedrò» dichiarò Dar, ora più calmo, voltandosi verso gli uomini in attesa. «Dite a Lachlan che, a prescindere dalle voci, non è il mio sovrano». *O mio padre*, pensò Dar con cautela. «E non risponderò alla sua convocazione».

«*Verrà* da te, Dar» dichiarò uno degli uomini in piedi davanti a lui, interrompendo il flusso dei pensieri di Dar. «Non confondere la sua pazienza con rassegnazione. E ti assicuro che non aspetterà ancora a lungo».

Con la primavera quasi alle porte, Lachlan aveva aspettato finora due stagioni. Incoraggiato da quella consapevolezza, Dar mantenne la sua posizione e con un gesto della mano fece un cenno verso la porta. Qualche brontolio dopo, il gruppo di Lachlan capì finalmente, convocazione ufficiale o meno, che non si sarebbe unito a loro nel viaggio di ritorno. Quindi se ne andarono.

Grato che se ne fossero andati e ancora di più per essersi tolto dalla mente l'intera situazione, almeno per il momento, Dar salì le scale che portavano alle sue stanze. Una volta dentro, si tolse la tunica, gli stivali e i pantaloni e si immerse nel bagno caldo e fumante che lo attendeva. I servitori non mostravano alcuna cattiveria nei suoi confronti, che fosse bastardo o meno, e la loro lealtà lo dimostrava. I suoi muscoli si rilassarono lentamente mentre premeva il collo sul bordo della vasca, scaricando un po' di tensione. Lo girò da una parte e dall'altra finché non si distese, poi tirò un sospiro di sollievo.

Ma il sollievo fu di breve durata. In realtà, si sentiva come un uomo senza casa, quando per tutta la vita la sua casa, *quella* casa, il Remshire, lo aveva reso molto orgoglioso. Ora era lì, tornato solo per raccogliere alcuni effetti personali e ripartire il giorno dopo.

Con la coda dell'occhio scorse il libro mastro sul comodino. Rilegato in pelle e pieno di pergamene, era scritto con appunti meticolosi, presi negli ultimi mesi per aiutarlo a orientarsi nel futuro. Ora, riusciva a ragionare con lucidità: lo aspettava un *nuovo* futuro.

Vieni quanto vuoi, Lachlan, non mi troverai qui.

Cerca i miei libri nella tua libreria di fiducia, sulla tua piattaforma preferita o in biblioteca.

SULL'AUTRICE

Kim Sakwa è autrice di molte storie d'amore bestseller, tra cui *La profezia*, *Il prezzo*, *Il patto*, *Non è un addio*, *Non è mai troppo tardi*, e *Non dire mai*. Quando non scrive, ama ascoltare le colonne sonore che crea per i suoi romanzi. È un'inguaribile romantica, patita del per sempre felici e contenti.

ALTRE OPERE DI KIM SAKWA

Highlands: Oltre il velo del tempo

La profezia

Il prezzo

Il patto

La promessa

*Il premio (data non ancora stabilita***)**

I fratelli Montgomery

Non è un addio

Non è mai troppo tardi

Non dire mai (data non ancora stabilita)

www.ingramcontent.com/pod-product-compliance
Lightning Source LLC
Chambersburg PA
CBHW020754310726
48969CB00002B/534